夢に追われて

夢に追われて

朝比奈弘治

作品社

夢に追われて

目次

KINOCCO—19

始まりは麻婆豆腐だった。

武生《たけお》が夕食の支度に取りかかっていると、寝室で仕事をしていたはずの鈴麗《リンリー》が急にキッチンに出てきた。いつになく険しい顔つきをしている。調理台の少し手前で立ち止まり、ガスにかけた中華鍋の中身を遠目で確認しているようだ。眉間には難問に突き当たった研究者のような深い皺《しわ》が刻まれている。しばらく凝視したあと無言のまま武生を押しのけるようにして麻婆豆腐に近づくと、スプーンの先でソースをすくって口に入れた。とたんに「何、これ！」と甲高い叫び声があがった。

「全然味がしないよ。これじゃ豆腐の味噌和《あ》えだよ。花椒《ホアジャオ》を入れてないでしょ。豆板醤《トウバンジャン》も足りないよ」

冗談じゃない。鈴麗のレシピ通りに作った本格派の四川風麻婆豆腐だ。こういうスパイスの効いた痺れるような辛さはほんとうは武生の好みではないのだが、中華料理のときは仕方なく鈴麗の舌に合わせている。これで文句を言われてはたまらない。

「でも、ほとんど匂いもしないよ」

鈴麗は当惑した顔つきで湯気が立ちのぼる鍋に顔を近づけ、確かめるように鼻をひくつかせた。それでも匂いが感じられないようだ。

このピリピリした香りもわからないなんて、いったいどうしたんだ？　と言おうとして、ふと気がついた。そういえばしばらく前から鈴麗は鼻をくすんくすんといわせている。なんだか息が苦しそうだ。花粉症があるとは聞いたことがないし、ただの鼻風邪とも思えない。もしかしたら……

武生が黙って鈴麗の顔を見つめると、鈴麗も視線を合わせたまま黙りこんだ。思い当たる節があるようだ。

「あれかな？」

「かもね」

それだけで話が通じた。「あれ」というのは、もちろん世界中で流行しているあのウィルス性の感染症のことだった。

そもそも武生が鈴麗と暮らすようになったのは、その感染症のおかげだったと言ってもいい。

ある日、武生が勤めている日本語学校に、背の高いポニーテールの女の子がやって来た。上級クラスに登録したいというので、受付に座っていた武生が申し込み用紙を渡すと、流麗な字体ですらすらと記入欄を埋めてゆく。名前は「聶鈴麗」

「へえ、耳が三つか、何て読むの」と、武生はいつもの軽いノリで声をかけた。

「ニエ、でもここは日本だからね、『じょう』でいいよ」と、彼女もタメ口で答えて、名前の横に振り仮名を書きこむ。

それからボールペンを指先でくるくる器用にまわすと、「わたしの先祖は聶隠娘《ニエインニャン》だよ」と言って、武生の顔を覗き込んだ。

「それ、誰？」

「知らないの？　スーパー忍者みたいな無敵の女だよ」

からかうような笑みを口元に浮かべるとカンフーに似た構えを取り、「キエ――」と甲高い気合もろとも片脚を思い切り蹴り上げた。天井に向かって飛び上がりそうな勢いだ。通りかかったベトナムの留学生が、ギョッとした顔で後ずさる。武生もちょっと面食らったが、垂直にまっすぐ跳ね上がった白い靴先が目に焼き付いた。たしかに無敵の女忍者の面影がなくもない。鈴麗は何事もなかったかのように申し込み用紙を武生の前に押しやると、くりっとした丸い目を細めて得意げな笑顔を見せた。

それから飲み屋に誘い、やがて付き合うようになるまで、大した日数はかからなかった。勤め先からは、学生との個人的な関係は避けるようにというお達しが出ていたが、そんなコンプライアンスの遵守に付き合う気にはならなかった。隠しておけばいいだけの話だ。だいたい正規の雇用契約も結んでくれないくせに、窮屈な規則ばかり押しつけてくるのは権力関係を悪用した不当な圧力というものではないだろうか。むしろ武生には、こんな安月給に耐えている以上、それくらいの余得はあって当然だろうという思いがあった。

軽い気持でスタートした関係だったが、三歳年下の鈴麗とはけっこうウマが合った。鈴麗は大胆で物怖じしない。誰に対してもずけずけ物を言う。ろくに化粧をしない。無頓着というか無造作というか、人混みの中を歩きながらぼりぼり菓子を食べ、包み紙を道に捨てる。武生が振り返るそぶりを見せても、「大丈夫、紙だから自然に消えるよ」と気にする様子もない。赤信号でも車のスピードを計算して悠々と道を渡る。クラクションを鳴らして突っ込んでくる車には中国語で何か叫び返すので、喧嘩にならないかとはらはらする。通行止めの柵があっても平気で飛び越えて、行きたいところに行く。乱暴というわけではないが、怖いもの知らずの女だ。見かけに似合わず気の小さいところがある武生には、そんな鈴麗の行動がいちいち新鮮で愉快だった。

一方で鈴麗には、妙にかたくなで他人に内面を見せないところもあった。異国での長い一人暮らしで、警戒心が過敏になっているのかもしれない。そのせいか、あまり心を許せる友だちはいないようだった。中国の西部、チベット高原に広がる青海省の出身だということだけはわかっていたが、家族や故郷のことはほとんど口にしない。そうした話題は避けている様子だったので、武生も聞き質《ただ》すようなことはしなかった。当たり障りのない会話と他愛のない冗談をやり取りするだけで、じゅうぶん楽しく過ごすことができるのだから、要らぬ詮索をすることはない。

あの感染症が流行《はや》り出したのは、そんな関係がはじまったばかりの頃だった。ステイホームが声高に叫ばれ、街を歩いているだけで非難の目が突き刺さるようになると、日本語学校の事務室は一気にあわただしくなった。消毒液やアクリル板を大急ぎで買いそろえ、一方では間に合わせのリモート授業体制を構築してはみたものの、緊急事態宣言が発出され外国人の入国禁止が打ち出されるに及んで、結局事業の大幅縮小に追い込まれることになった。

真っ先に自宅待機を言い渡されたのは武生だった。

「状況が良くなったらぜひ戻ってきてほしい。そのときはかならず連絡するよ」

上司は気の毒そうな顔を作って武生の肩を叩いたが、もちろん言ったほうも言われたほうも、意味のない挨拶だということはわかっていた。

非正規雇用なのだから仕方がない。武生は当事者でない者から言われそうなことばを自分でつぶやいて、力ない自嘲の笑みを浮かべるしかなかった。しかし「仕方がない」で済む話ではない。問題は明日からの生活だ。こんなことになる前の武生には、先のことを考えない呑気《のんき》なところがあった。何をしたって生きていけるさ、いざとなったら仕事なんかこっちから辞めてやる、と高をくっていた。しかし緊急事態が宣言されたとたん、いくらでもあったはずの求人はあっという間に消えてしまった。コンビニや居酒屋のアルバイトの口さえ見つからない。武生は巧妙な詐欺に引っ掛かって路上に放り出されたような思いだった。実際こうなってしまっては、いま住んでいる中古の狭いワンルームの家賃をひねり出すのも難しい。

思いあぐねて鈴麗に愚痴をこぼすと、「うちに来てもいいよ」と、あっさり言ってくれた。鈴麗は都心の1LDKのマンションに住んでいた。壁を覆う超薄型テレビに、北欧直輸入の豪華なソファー、広々としたルーフバルコニー。初めて訪れた武生は目を丸くした。ふだんの鈴麗は学生っぽいラフな身なりで、高価なブランド品などには無縁の生活をしているように見えたからだ。それに親からの仕送りなどは一切なく、貿易関係の仕事で自活していると言っていたはずだ。それだけでこんなに稼げるものだろうか。

「家賃、高いんだろうねえ」

武生が遠慮がちに尋ねると、鈴麗は「まあね」とはぐらかす。そして、きょろきょろ家の中を見まわしている武生をおかしそうに眺めながら、

「それよりさあ、在学証明書、作ってくれない」と言いだした。リモート授業では割に合わないか

らもう学校はやめたい、でも在学証明書は必要なのだという。

「なに言ってんだ。できるわけないだろ」

「ええっ、一枚くらいいいじゃない。けち」

「俺、クビになったんだよ。わかってんの」

「でもさあ、知らん顔で入っていって、スタンプをポンと押せばいいだけじゃない」

「無理だよ。もしそんなことをしたら即逮捕だな」

「ちぇえ、ダメかぁ」

どうやら武生に恩を着せて、滞在許可に必要な書類をただで手に入れようという目論見《もくろみ》だったらしい。しかし計画がうまくいかなくても、次の瞬間にはもう忘れたかのようにけろっとしている。


鈴麗のマンションに転がりこんでからしばらくのあいだ、武生は追い立てられるような気分で過ごした。そもそも武生には女と同棲した経験がない。他人と同じ空間にいるというだけでなにかと神経を遣ってしまい、気分が落ち着かなくなる。ひとり暮らしのときと同じように気楽にふるまっているつもりなのに、気がつくと背中や肩が凝っているのがわかる。それに同棲とはいっても、今の武生は鈴麗におんぶにだっこの状態だ。鈴麗のほうは何も気にしていない様子で、家賃どころか生活費を出せとも言わないけれど、だからといって年下の彼女にいつまでも甘えているわけにはいかないではないか。

じっとしていられず街に出てみると、どこもかしこも火が消えたように静まり返っている。車の音さえ聞こえない。これほど空っぽで馬鹿みたいに広々とした東京を見るのは、生まれて初めてだ。

ぽつぽつと行き交う孤独な人影はみなマスクで表情を隠し、警戒をこめた視線をちらりと投げかけて通り過ぎてゆく。人だかりがしているのはハローワークだけだが、やはり不気味なほど静かだ。生気のない目をマスク越しに宙に漂わせた若者たちが、黙って長い列を作っている。武生は最後尾に並ぶ気力も失せて、ビルの墓場のような街をさまようほかなかった。

これまでしょっちゅう誘いのメールをくれた遊び仲間からも、ふっつり連絡が来なくなった。飲食店の営業が制限され、夜の街が目の敵《かたき》にされているせいで、みな家にこもっているのだろうと頭ではわかっているものの、自分一人がのけ者にされているような気がして情けなくなる。

一方、鈴麗は行動制限などどこ吹く風といった様子で外を飛びまわっていた。数人の仲間と組んで中国の物産の輸入販売をやっているという話だ。毎日のように出かけて行くのだが、時間は不規則で真夜中に帰ってくることもある。そんな張りつめた忙しさが武生には眩《まぶ》しくもあり、また羨ましくもある。それに引き換え、自分は何をやっているのだろう。嫉妬というか劣等感というか、自分でも嫌になるような鬱屈が、抑えようとしても顔に出てしまう。つい大げさな口調で「夜遅くまで、大変だねえ」などと嫌味を口にしてしまうこともある。しかし鈴麗はそれが嫌味だとは気づいてさえいないようだ。「うん、そうなんだよ」と真剣な顔つきで鼻に小皺を寄せる。

「ヤバいんだよ、取引先に足元を見られてさあ……」

そのことばを聞いたとき武生は、「取引先」という単語や「足元を見られる」という表現が、鈴麗の使っていた日本語の教科書に載っていたことを思いだした。きっと真面目に勉強して、いろいろなことばを覚え込んだのだろう。「ヤバい」という俗語と教科書の例文とのギャップが妙に心に刺さり、頼もしいような可哀想なような気持になった。

鈴麗は家でもよく電話をする。仕事関係が多いようで、たいていは中国語だ。ふだんから声が大きいのだが、中国語でしゃべるときは特に早口でトーンが高くなる。たぶん声は外まで筒抜けだろう。しかも異様に話が長い。スマホを耳に当てて歩きまわりながら、怒鳴るような声で延々としゃべっている様子は、まるで相手を容赦なく問い詰めているみたいだ。その声が武生の耳につきまとって離れなくなる。神経が針金のように逆立ってきて、抑えてきた不満が頭の中で渦巻きはじめる。そりゃもちろん自分の家にいるんだから、好きなようにすればいいさ。俺なんか気にすることはない。でも部屋の中であんなに大声を出すことはないだろう。いや、電話にかぎったことじゃない。鈴麗は何をするにも大きな音を立てる。足音を響かせてどたどた歩き、ガチャガチャと鍵を回し、叩きつけるようにドアを閉める。わざとやっているのではないかと思えるほどだ。すぐ物を落とすし、椅子をひっくり返す。顔を洗いながら水をまき散らす。散らかしたものは片付けない。トイレのドアをあけたまま小便をする。がさつと言ってもいい。今も電話をしながら、スリッパで壁を蹴っている。すべてが雑で、いい加減だ。気まぐれで、飽きっぽい。勝手なことばかり言って、言ったはしから忘れている。料理の味にすぐ文句をつける。わがままだ。そのくせ冷凍庫には安物のアイスクリームを山のように詰め込んで朝から晩まで食べまくっている。あれは何だ。矛盾してるじゃないか。冗談じゃない。武生は耳をふさぎながら思いつくかぎりの文句を心の中で並べたて、ことばにすることでますます神経を高ぶらせたあげく、いきなり立ち上がると、聞こえよがしにバタンとドアを閉めて外に出る。

うるさい中国語が聞こえなくなってせいせいした。そう思いながら後ろ足でドアを蹴っ飛ばすような勢いで歩きだしたものの、街の異様な静けさに包まれていると、沸騰していた頭もだんだんさめてくる。さっきまで自分は、何であんなに腹を立てていたのか。我に返ったような気持で、これまでのことを振り返ってみる。たぶん鈴麗は最初の頃から何も変わっていない。同棲する前も後も同じように気まぐれで、がさつで、大まかだ。あまり内心を打ち明けようとはしないけれど、行動の面では無防備なほどあけっぴろげだ。だとすれば変わったのは俺のほうじゃないのか。いっしょに暮らすようになる前は、鈴麗のあの態度を大陸的な大らかさと評価して愉快に感じていた。ちまちましたところのないのが鈴麗のいいところだと思っていた。それが今では同じようなふるまいにいちいち苛立《いらだ》っている。

そうした自覚は武生にとって、ちょっとした驚きだった。他人と暮らすのは難しいという平凡な真実をあらためて実感しただけでなく、自分の感覚や判断のブレ具合も思い知らされたような気がしたからだ。俺もけっこうストレスが溜まってるみたいだな、と武生はマスクの中で苦笑する。少し気が楽になったので、今度は鈴麗の気持を推し量ってみる。いつも態度が変わらないってことは、つまり俺の前では自然にふるまえるってことだ。うわべを取りつくろったりせずに、素直に俺を信頼しているからだろう。我がままで気まぐれを押し通そうとするのも俺への甘えだ。なぜそうなるかっていえば、そりゃ俺に惚れてるからに決まってる。もともと呑気な性格の武生は、自分の都合のいい方向にどんどん想像を押し進め、ついでに電話の甲高い声とベッドの中の甘い声とを頭の中でくらべてみたりする。要するにあれは単純なやつなんだ、多少のがさつさは大目に見てやらなきゃな。俺のほうが世話になってるわけだし。まあ、いいか。適当な理屈を並べて一応の結論に達した武生は、人けのない街をしばらくうろうろしたあげく、ほかに行くところもないので鈴麗のいる家に帰ってゆく。

そんな調子で日々が過ぎてゆくうちに、家事はいつしか大部分が武生の役目になっていた。べつに強制されたわけではない。居候という負い目もあって、自分から買って出たのだ。いくぶん自虐的な気持で引き受けただけに、最初は少し無理をしていた。しかし慣れればあまり苦痛でもなくなる。鈴麗は料理以外にはうるさくないので、掃除や洗濯は自分流のいい加減さで適当に済ませる。一定の役割を果たしていれば、家の中に自分の居場所ができたような気にもなってくる。そもそも武生には、ほかにすることもない。

ある日、寝室に掃除機をかけていると、鈴麗の机の上に置いてあった小型の木箱をコードに引っ掛けて落としてしまった。フローリングの床に弾んで、カーンと乾いた音を立てる。とたんにソファーに座っていた鈴麗が血相を変えて飛び込んできた。蓋をあけて中身を慎重に点検しているところを見ると、よほど大事なものらしい。ビニール袋に入った茶色い塊《かたまり》だ。土から掘り出したごく小さな芋のように見える。しかし芋にしては形が変だ。角を生やしたイモムシの干物？　ギョッとしながらも、そうか、冬虫夏草だ、と気がついた。高価な漢方薬だ。こういうものを輸入して売っているのだろうか。鈴麗は木箱の蓋を閉じると、引き出しの奥にしまいこんでから強い声で言った。

「これ、さわっちゃダメだよ、ぜったい！」

いつにない剣幕にたじろぎながら、「何、これ？」と尋ねると、「見本」と素っ気なく答える。

「見本って、まさか密輸品じゃないだろうな？」

冗談のつもりだったのだが、鈴麗はきっと目を怒らせた。

「違うよ」

突き刺すような声でひとこと言ったきり、ぷいとそっぽを向いてしまった。それ以上の質問は拒否するという態度だ。「ヤバいんだよ、足元を見られてさあ」と言っていたときの鈴麗の、ちょっと追い詰められたような表情が思い浮かんだ。やはり危ない橋を渡っているのだろうか。

何かあったら面倒なことになりそうだな、と武生は思う。同時に、その心配の仕方が今までの自分とは少し違っているような気がして、これは何だろうと首をかしげる。もちろん彼女の身の上は心配だ。本人は否定しているけれど、違法すれすれのところで綱渡りをしているにちがいない。綱から落ちればアウトだろうし、俺だってもしかしたら巻き込まれるかもしれない。しかし自分の心配はどうもそれだけではない。そうした直接的な不安に加えて、鈴麗に何かあったら今の生活が崩壊してしまうかもしれないというやや抽象的な不安が自分の中に生まれているようなのだ。たぶんこの気持は、外部の脅威から家庭を守ろうとする主婦の義務感に近いのではないだろうか。

そうか、俺はいま主夫なんだ、と武生は今さらのように思い当たった。この家に来た当初は厄介者の居候のように感じていた。暮らしに慣れてくると情婦に貢がせるヒモのような気分にもなっていた。でも、そうじゃない。俺は主夫なんだ。生活の場を整える役割を進んで引き受け、その仕事をすることで自分の立ち位置を確保している。

それにしても不思議だ、と武生は思う。同棲するようになってから、大して長い時間が経ったわけではない。それなのに一人暮らしの頃のルーティーンはいつのまにかほとんど消えてしまった。日本語学校で働いていたことも、まるでずっと昔の記憶のようだ。ステイホームに慣らされたせいだろうか。いや、俺にはきっとカメレオンみたいな順応性があるにちがいない。

いずれにせよ馴染《なじ》んでしまえば主夫の生活も悪くはなかった。鈴麗が脱ぎ散らかした服を拾い集めて洗濯機に入れスタートボタンを押すときや、キッチンまわりがきれいに片付いたことを確認するときなど、妙に心が落ち着くのだ。明るい声でオッケーと自分に言ってやりたくなる。

　ある晩、夜中に帰ってきた鈴麗に、

「俺、仕事より家にいるのが向いてるのかもしれない」と言ってみた。

「ふうん。じゃあ、ちょうどいいね」と鈴麗は言い捨てて、スマホを手に取りトイレへ直行する。

　あけ放たれたドアの向こうから、シャバシャバと勢いよく迸《ほとばし》る小便の音が聞こえてくる。早口の中国語の叫びがそれを上まわる音量で響きはじめる。それが今ではあまり気にならない。それどころかむしろ、これなら大丈夫という安心感のようなものが湧いてくる。


　あの麻婆豆腐事件が起こったのは、そんな頃のことだった。

「検査したほうがいいな。病院に行けよ」

「大丈夫だよ、熱はないから。喉だって痛くないし」

「これから重症化するかもしれないだろ」

「病院に行くのは嫌だもん」

　鈴麗はかたくなに拒否した。どうやら医者嫌いというだけではなさそうだ。鈴麗には保険証がない。もちろん私的な保険にも加入していない。それどころか日本語学校をやめたあとは、どうも不法滞在のかたちになっているような気配がある。おそらくそんな事情もあって、病院や発熱外来に行くのを嫌がっているのだろう。どうしたものかと迷ったが、さいわい数日後に、仕事仲間のひとりが知り合いの医者を紹介してくれたようだ。法律上微妙な立場の患者でも、うるさいことを言わずに診てくれるのだという。

ようやく重い腰を上げた鈴麗は、意気揚々と帰ってきた。

「良かったあ。『あれ』じゃないって」

気にしていない様子だったが、やはり内心ではびくびくしていたのだろう。

「ただのハナタケだから心配ないって言われた」

「ハナタケ？」

「うん。『鼻』に『茸』って書いてハナタケ。『あれ』と似たような症状が出るんだって。でもね、中国では『茸』の字はキノコじゃないよ、柔らかいものがふさふさ生えてることなんだよ」

「じゃあ鈴麗の鼻の奥に鼻毛がふさふさ生えてるってことか？」

「そんなんじゃないよ、ばか！」

よくわからないので、ネットで検索してみた。「副鼻腔の粘膜が膨れてキノコのような状態になったもの」と書いてある。要するに鼻の奥にできた良性のポリープのことらしい。特に危険はなさそうだ。原因は副鼻腔炎やアレルギー性鼻炎による慢性的な粘膜の炎症だが、ごくまれに真菌性のものもあるという。

ともかく、「あれ」でなくて良かった。

その夜はお祝いにまた麻婆豆腐を作った。鈴麗の鼻や舌が効かないのをいいことに、武生は勝手にレシピを変え自分好みの薄味にした。花椒が入っていないのは見ただけでわかるはずだが、鈴麗は文句も言わずに黙って箸を動かしている。久しぶりに食べる辛さ控えめの麻婆豆腐は実にうまかった。

ハナタケは慢性の病気だということで、鈴麗の症状にその後大きな変化はなかった。あいかわらず鼻をくすんくすんいわせているし、味覚や嗅覚も元に戻った様子はない。しかし鈴麗自身はあまりそのことを苦にしていないようだった。

「うん、大丈夫。身体の調子はかえって前よりいいみたい」

しかし武生の目から見ると、鈴麗の様子は明らかにおかしかった。あれだけ活発に動きまわっていたのに、そのスピードと馬力が落ちている。まるで〇・七倍速くらいのスローモーション再生動画を見ているみたいだ。口数もずいぶん少なくなった。どちらかといえば聞き役だった武生のほうが、沈黙を埋めるために話題を探さなければならないほどだ。だいいち声に張りがない。仕事の電話にしても、これまでは早口で詰問するような口調だったのに、今では穏やかな説得か、むしろ懇願のように聞こえてしまう。これではスロー再生のうえに音量まで一段下げているようなものだ。どう見てもふだんの鈴麗ではないと思うのだが、本人はそれに気づいていないらしい。

「ううん、いい気分。問題ないよ」

「でも鈴麗らしくないけどなあ」

「ふふふ、落ち着いてきたってことよ」

かなり不気味な反応だ。もしかしたら、と武生は思う。やっぱり「あれ」だったんじゃないだろうか。発症のときは軽く済んでも、あとあと後遺症が残るケースがあるというではないか。後遺症にはさまざまなパターンがあるらしい。きっと自覚されないタイプの風変わりな後遺症なのだろう。そもそもあれだけ味にうるさかった鈴麗が、味覚や嗅覚の異常を気にしなくなったというのが、どうしても腑に落ちない。感覚そのものよりも、本来の執着心や力強さが薄れているのが気になる。

おそらく「あれ」がきっかけで、精神の結び目のようなものがゆるんで、一種の放心状態になっているのではないだろうか。

心配にはちがいなかったけれど、武生にはどこか安堵するような思いもあった。鈴麗の旺盛な生活力に振りまわされ、息を切らせながら後を追っていたのが、ここにきてようやく同じテンポで暮らせるように感じられたからだ。無自覚な病人を見守り、保護してやらなければという気持も湧いてきた。それが主夫としての責任というものだ。しょうがないな、しばらく面倒をみてやるか、と武生は内心でつぶやいてみる。

そのうち鈴麗は耳が変だと言いだした。

「音が遠くから聞こえてくるの。ずっと遠くから」

「遠くって？」

「ううん、遠くだけど、遠くじゃなかった。耳の奥に、なんだか広い世界があるんだよ。その向う側から、音がゆっくり響いてくるみたいなの」

そのせいなのだろうか。たしかに会話の最中にトンチンカンな受け答えをすることが多くなった。変に間があくこともある。きっとよく聞こえていないのだろう。しかし、そればかりでもないようだ。最近鈴麗のことばはますますテンポが遅くなっている。たまに舌の運動が停滞して、呂律《ろれつ》がまわらなくなることさえある。耳だけの問題とは思えない。どこか頭のネジがゆるんでいるように思えてならない。

「あのさあ、もう一度医者に診てもらったほうがいいんじゃないかな」

「そう思うー？　でもねえー」と、鈴麗は間延びした口調で答える。

「気持いいんだよ。まるで糸電話を耳に当てて秘密の話をしているみたい。武ちゃんのことばだって、どこか見えないところから知らない人がささやきかけてくるみたいに聞こえるんだよ。それにねえー、知らない人なのに、とっても懐かしい声なの」

その感覚はなぜか武生にもわかる気がした。とはいえ、このまま放置しておくわけにもいかない。医者に行くことをもう一度勧めると、鈴麗は「そうだね」と、拍子抜けするほどあっさり承知した。

その夜、武生はベッドの中で鈴麗の後頭部を見つめていた。彼女は無防備に背中を見せて横向きに眠っている。闇に溶けた塊のようなその頭から長い髪が流れ落ちて、枕の上で渦を巻いている。てっぺんから突き出た左の耳は、まるで黒い川の流れに逆らって頭を伸ばした珍しい肉厚の植物のようだ。

ふと小学校の朝礼のときのことを思いだした。前に並んでいる子どもたちの耳をじっと見つめていると、人間とは独立した未知の生き物のように見えはじめたのだ。下草のように短い髪のあいだから生え出た白いつるんとした耳は、今にも勝手に動きだして、大きく伸びをしたり、身をよじってこちらに顔を向けたりしそうに思えた。人間の頭の両側に付着した小さな寄生生物。それが今、宿主の身体から離れて、独自の生命を生きはじめようとしている……それは何とも言えない奇妙な感覚だった。

武生の連想はさらに高校生のときの短期留学の記憶へと飛んだ。イギリスのデヴォン州の小都市でホームステイをしたのだが、ある休日にキノコ採りに連れて行ってもらった。湿気の多い曇った秋の日で、霧が出ていた。車の窓から眺める風景はヒースの荒れ野といい、陰鬱に広がる沼沢地といい、当時読んだばかりの『バスカヴィル家の犬』の舞台そのものだった。たちこめた濃霧の中から、今にも燐光を放つ巨大な犬の影が見えるのではないかという気がしたほどだ。目的地の小さな森は打って変わって穏やかな行楽地で、朝からの霧もすっかり晴れ、武生はホストファミリーの夫婦に教わりながら、いろいろなキノコを採って楽しむことができた。珍しい形のものも多かったが、なかでも積み重なった落ち葉の中から人間の耳のようなものが生えているのを見つけたときには、驚いて声をあげてしまった。ご主人のミスター・エヴァンスが、これは「死者の耳」という名前の特別のキノコだと教えてくれた。それから声をひそめるようにして、「これは採ってはいけない。死者は眠らせておくものだ」と、つぶやいた。あれはおそらく冬虫夏草の一種だったのだろう。地中ではどんな生き物に寄生して、その養分を吸い取っていたのだろうか。「死者の耳」と言うからには、もしかしたら死体の頭蓋骨から生えていたのかもしれない……

武生は起き上がって鈴麗の頭に目を近づけた。耳たぶは肉でできた貝殻のようにつるんとして丸い。柔らかいカーブを描いて膨らんだ先端には、目に見えないほどのこまかい産毛《うぶげ》が密生している。今度は顔をねじって耳の内側を覗きこんだ。浅い洞窟の中に、くっきりした凹凸が入り混じった肉の襞《ひだ》が複雑な模様を描きだしている。その襞の陥没した部分に、ポツポツと汗のような小さな水滴が浮かんでいるのが見えた。これは何だろう。耳の内側だけ汗をかくというのは解《げ》せない。

唇を寄せてそっと息を吹きかけてみたが、鈴麗は目を覚まさない。柔らかい肉に歯を立てて噛みつきたくなる欲望を抑え、舌先を長く伸ばすと、耳の内側をゆっくりと舐めた。汗の匂いはしなかった。よく出汁《だし》のきいた濃厚なポルチーニのスープのような味がした。

「良かった。やっぱり『あれ』じゃなかった」

診察から帰ってきた鈴麗の声は弾んでいた。

「ミミタケなんだって。すごく珍しい、って感心してた」

「何、それ？」

「あのね、耳がキノコになるらしいよ。最初のあれ、真菌性のハナタケだったんだって。気がつかなくて申し訳なかったって頭を掻《か》いてたけど、それが耳に来てしまったんだって。それでね、ハナタケがミミタケになったら、もう間に合わないんだって」

「何が？」

「だからさあ、ミミタケになったときは、もう脳の中に菌糸が入り込んでるの。だから治らないんだよ」

鈴麗は近ごろになく元気にしゃべる。はしゃいでいると言ってもいいかもしれない。まるで治らない病気にかかったのを喜んでいるみたいだ。

「菌糸はゆっくりゆっくり伸びていくんだって。少しずつ身体と混ざり合うんだって。だから、急にどうっていうことはないらしいよ。あまり心配しないようにって。病院のベッドはどこも満床だから、気長に自宅療養してくださいって言われたよ」

そう言いながら、鈴麗はけらけら笑いだした。

「おかしいよねえ、ミミタケなんて」

「笑ってる場合じゃないだろ」

「だって耳がキノコになるんだよ。おかしくない？」

「おかしくないよ。治らなかったら困るじゃないか」

真面目な顔でそう言ってはみたものの、鈴麗の笑い声を聞いていると、それが伝染してしまう。こちらも何だかおかしくなって、抑えようとしても笑いがこみ上げてくる。

二人で意味もなく笑い転げたあと、一息ついてネットでミミタケを検索してみた。かなり特殊な風土病らしい。発見されたのは中国青海省の山村。日本でもK半島の奥地で明治時代の初めころまで発生した記録があるという。その地名に心当たりがあった。付き合いはじめたときの最初の旅行先がK半島だったのだ。雨が多いことで有名なO山の麓《ふもと》をめぐり、さびれた村にポツンと建っていた道の駅に立ち寄った。キノコが土地の名物ということで、白いのや茶色いのや、丸いのや長いのや、採れたてのさまざまなキノコが籠《かご》に山盛りになっていた。しかも驚くほど安い。帰ってから二、三日は、いろいろな形や色の名も知らぬキノコを、和えものにしたり、鍋にしたり、サラダに入れたりして二人で腹いっぱい食べた。

なるほど、そういうことだったのか。これまでのことがひとつに結びついたような気がした。

「あ、それからね、家庭内感染に気をつけてくださいって言われたよ」

言われるまでもなかった。そんなことはもうわかっている。だいぶ前から鼻の奥がむずむずするし、味覚や嗅覚も鈍ってきている。今ならどんなに辛い麻婆豆腐でも平気で食べられそうだ。耳のほうも糸電話になりかけている。細い糸を通して遠くの世界の声がなんとなく聞こえはじめたところだ。

なにしろ同じキノコを食べたのだ。ずっと同じ部屋で暮らして、同じ空気を吸ってきたのだ。濃厚接触だって今も週三回は欠かさない。

黙って近づいてきた鈴麗が、後ろから武生の首に両手をまわした。ねっとりした唇で耳たぶに吸いつき、貝の足のような舌先を突きだして耳の内側をゆっくりと舐める。あふ。耳と舌とが溶け合うような感覚に、たまらず呻《うめ》き声が出た。耳の奥から蜜がしみ出てくるのがわかった。

それ以来、鈴麗はほとんど外出しなくなった。これまでとは別人のように、一日中家でごろごろしている。朝目覚めても、たいていはそのままベッドに横たわって天井を見上げている。上半身だけ起こして壁に背中をもたせかけ、しばらくじっと宙を見つめていることもある。ぼんやりしているというよりは、自分の内部から聞こえてくる声に耳を傾けているようだ。

商売絡みの電話もだんだん間遠になってきた。鈴麗は口数が少なくなり、電話口でも気の抜けたような返事をくり返すばかりだ。今ではスマホが鳴りだしても、ほとんど無視している。

鈴麗の感じていることが、武生にはよくわかるような気がした。自分も少し遅れて鈴麗のあとを追いかけているからだ。初めは奇妙に思えたことも、だんだん理解できるようになってくる。

時間の流れがゆっくりしてきた。せかせか動いているのは、時計の針だけだ。波に揺られて漂うように暮らしていると、いつの間にか昼になり、夜になり、また朝になる。けじめというものがなくなってきた。時間の感覚そのものが輪郭を失い、溶けだしているようだ。

焦りや苛立ちを感じることも、今ではほとんどない。投げやりというわけではなく、人としての欲求が希薄になっているようなのだ。一度友人から誘いのメールが届いたが、理由も言わずに断ってしまった。このまま何もせず、のんびりと一生を終えてもいいような気がしてくる。

食欲もあまりなくなった。その代わりに喉が渇いて、しょっちゅう水を飲む。コップ一杯の水をごくごく飲み干すと、それが体内を流れてゆくのを感じる。水は谷間のせせらぎのように喉から腹へと流れ落ち、そこから四方に広がって肉の隙間を進んでゆく。やがて手足の隅々にまで染み渡ると、そこから別のルートをたどってまた腹のほうへと戻ってくる。循環する流れはたえずくり返されて、とどまることがない。潤《うるお》いを得た無数の細胞たちがいたるところで活動しているのがわかる。彼らが自分の代わりにせっせと仕事をしてくれているのだ。小さなものたちのたえまない活動。永遠に循環する流れ。自分はそうした動きや流れが作りだすひとつの形にすぎない。あるいはそれらの集合体から生み出された影のようなものにすぎない。それら小さなものたちを動かし支えている大きなものに身をゆだね、自分は黙って水を飲み、呼吸をしているだけでいい。

二人でベッドに入っても、身体を重ねることはなくなった。並んで横になり、ゆっくりと耳を舐め合う。それだけで静かな快感が訪れ、やがて夢の世界に入ってゆく。

一方で身体そのものには、これといった変化が見られなかった。しかし鈴麗の耳を間近から見ると、肉が薄くなって少しよじれているようだ。縦の筋が何本か入って、内側の凹凸も複雑になっている。全体の形はなんとなくキクラゲに似てきた。

そういえばキクラゲは「木耳」と書くが、中国語でも同じらしい。しかし鈴麗の耳はキクラゲのように黒くはない。白くつやつやして、真珠のように光っている。

「白いキクラゲだってあるんだよ」と鈴麗が教えてくれた。

「中国語では『銀耳』って書くんだよ」

なるほど、それならわかる。

「鈴麗の耳は銀の耳」と童話の台詞《せりふ》をまねて、歌うような調子でつぶやいた。

「武ちゃんの耳も銀の耳」と鈴麗が笑って答えた。

＊

例の世界的な感染症は何度も流行の波をくり返したあと、いつの間にか収まっていた。なぜ収束したのかはわからない。専門家も口をつぐんでいる。人間の行動とはあまり関係がなかったようだ。きっとウィルスの側の都合だったのだろう。

今では経済をまわすためと称してステイホーム防止措置が取られ、すでに緊急Go To宣言が発出されている。Go Toは一回や二回では経済活性化効果がすぐに薄れてしまうので、義務ではないが六か月以内に三回目、可能ならば四回目を済ませることが強く推奨されている。いつまでもステイホームをつづけている者は非国民扱いされてしまう。

時が満ちたような感覚があったので、武生と鈴麗も旅に出ることにした。移動は億劫《おっくう》だったが、こんなところにへばりついていても仕方がない。行く先は決まっていた。あそこしかない。

久しぶりに外へ出てみると、人流はすっかり元に戻っていた。どこもかしこも人だらけだ。こんなにたくさんの人々が、いったいどこに隠れていたのだろう。

武生と鈴麗が並んで歩いてゆくと、視線が集まるのを感じた。通り過ぎる人がみな、ちらりとこちらを見ては目をそむける。遠くのほうから、眉を顰《ひそ》めて凝視している者もいる。気持悪そうな顔をした男がいる。気の毒そうな表情を浮かべた女がいる。自分たちの何かが人々の神経を刺激し、感情を高ぶらせているらしい。二人で顔を見合わせて、首をかしげた。おたがいの姿を確認し合ったが、別に変わったところもなさそうだ。「変だなあ」と武生が言うと、「あたしたち、もう違ってるんだよ」と鈴麗が答えた。

「何が違うんだろう」

「全部。ほら、見て」と鈴麗が近くの人たちを指差す。差された者は、ぎょっとした様子で逃げてゆく。たしかにまわりの人たちはみな、輪郭がぼんやりとして影が薄くなっているようだ。


丸一日かけてようやくO山の麓の村にたどり着いた。道路はすっかり荒れ果てており、車は少し手前で乗り捨てるほかなかった。鈴麗との初めての旅行で山盛りのキノコを買い求めたあの道の駅は、見分けもつかないほどの廃墟と化していた。屋根も壁も崩れ落ちて黒ずんだ瓦礫《がれき》の山をなしている。台風で倒壊でもしたのだろうか。それともこの廃材の黒さを見ると、火事で焼け落ちたのかもしれない。

「どうしたんだろうね」と武生が言うと、

「時が経ったんだよ」と鈴麗が答える。

すぐそばに小さな祠《ほこら》が建っていた。かなり古いもののようだ。何を祀《まつ》ってあるのかわからないが、鈴麗はその前に立って殊勝に頭《こうべ》を垂れ、手を合わせている。

あたりをさまよっていると、廃墟だとばかり思っていた道の駅の瓦礫の中からひとりの老女が出てきた。白髪で少し腰が曲がっている。武生たちの姿を見て驚いたようだ。一瞬立ち止まったあと、声をかけてきた。

「あれ、おキノコさん。あれ、まあ、お二人も」

その声は上ずったようにとぎれとぎれで、まるで懐かしい人と偶然の出会いを果たして、驚きと喜びで戸惑っているかのようだ。

「まあ、お久しゅうございます。どこを迷っておられましたか」

二人に近寄ると、「さあさ、家に寄っていきなされ」と、手を取らんばかりにして廃墟の中に案内しようとする。武生と鈴麗は顔を見合わせ、黙ってあとについて行った。

朽ち果てた外観からは想像もできなかったが、瓦礫の山をくぐり抜けると人が住めるほどの空間が開けていた。中はきれいに整っている。日本の田舎《いなか》ならどこにでもありそうな農家の造りで、土間から上がると、広間の中央に囲炉裏が切ってある。屋根は藁《わら》ぶきのようだ。囲炉裏の前に腰をおろすと、温かいお茶やキノコの漬物でもてなしてくれた。老女は座布団に斜めに投げ出した鈴麗の足を見て、「いよいよですなあ」と目を細める。

「もう立派なおキノコさんで」

見ると足の指がどれも丸く膨れ、生え出したばかりの幼いマツタケのような褐色の玉になっている。

「おキノコさんって何ですか？」

「はい、そのことですがな。ひとつ私の話を聞いてくださらんか」

もちろん二人に異存はない。

「むかしむかしのことですが。言い伝えによれば、このあたりはキノコの楽園で、いろいろなキノコが分け隔てなく暮らしておりましたそうで」と、老女は語りはじめた。

「私たちのご先祖はもともと川下の村で田んぼを作っておりましたが。ある飢饉の年に食べるものがのうなって、追われるようにしてここまで上ってきましてな。キノコの土地をすこし分けてもろうて、新しい村を作って住みついたということですが。初めのうちはキノコも人も、それはもう仲良う暮らしておったと申します」

　どうやらその頃、人とキノコの区別はあまりはっきりしていなかったらしい。仲良く暮らしていたというのだから、あるいは交流しているうちに混ざり合ってしまったのかもしれない。いずれにしても人とキノコは親戚のようなもので、人がキノコになることもあれば、キノコが人になることもあったという。人がキノコになるときは、だんだんと姿かたちが変わってゆく。耳がキクラゲのようになる者もあれば、指がシメジになる者もあり、そのうちに頭のまわりが出っ張ってくる。孫悟空の輪のような形にぐるりと盛り上がって、そこからキノコの傘が開いてゆくというのだ。

「それが『キノコ半分、人半分』というもので」と老女は語りながら、鈴麗の頭をちらりと見た。武生も釣られて視線を動かす。心なしかポニーテールの根元が少し膨らんでいるような気がする。

「頭の輪がぼんやりとできかけた頃が尊い命の分かれ道。人かキノコか、誰しもが来し方行く末に思いを馳《は》せ、命の道の向かう先に迷うたもんじゃと申します。煩悩ですが」

　当然のことだろう。人とキノコが混ざり合った身体になった者は、自分は人間なのだろうか、それともキノコなのだろうかという、アイデンティティーの危機に直面せざるを得ない。しかし老女によれば、多くの者はその段階で人間であることへのこだわりが薄れてゆき、その隙間にキノコとしての自覚のようなものが芽生えてきたのだという。新たな自己の誕生といった大袈裟なものではなく、「キノコ半分、人半分」というおのれのあり方を肯定し、やがて一本のキノコになることを楽しみにするような心境に至ったものらしい。そうなれば迷いも苦しみも消えてゆく。すべてを捨てて家族や友人に別れを告げ、編み笠に杖という出《い》で立《た》ちで、キノコの領分である森の奥へと旅立ってゆくのだ。

「それがおキノコさんで」と言って、老女はかすかな笑みを浮かべた。

一方で、森の中から見知らぬ男が不意に現れることもあった。男は村はずれにたたずんで、戸惑いの表情を浮かべながら、「わしゃキノコに生まれたが、どういうわけか人間になってしもうて」と告げる。村人たちは「そりゃまた難儀なことで」と同情し、男を受け入れて土地を与える。「茸《たけ》村《むら》」「茸守《たけもり》」「茸生《たけお》」など苗字に「茸」の字のつく者はみな、そうした人々の子孫なのだという。

「こうしたことはみんな遠い遠い昔のことですが」と、老女はことばをつづけた。

「いつの頃からか、人とキノコはだんだんと疎遠になりましてな。人がキノコになることも、キノコが人になることもめっきり減ったと申します。ところが私のひい婆さんがまだ小さい娘だった頃といいますが、どういうわけかキノコになる人がまたポツポツと出るようになりましてな……」

しかし時は変じて、すでに明治の世。村人たちからもキノコとの同族意識は消えて久しく、それが文明開化の大波に洗われたとあっては、古い伝説など持ち出そうものなら愚かな迷信と一笑に付される始末。身体がキノコ化しはじめた者は、感染症の一種キノコ病（仮）と診断され、病人扱いされることになった。そんな立派な病名までつけられては、本人も悪い病気にかかったのだと思い込むほかはない。やがて「キノコ半分、人半分」の状態に達しても、そこにキノコの自覚など生まれようはずもなく、ひたすら人間であることに執着して、健康の回復を一心に願いつづける。しかし病名がついたからといって、原因が解明されたわけでもなければ、治療法が見つかったわけでもない。最後の頼みの綱とばかりに都会の病院を訪れても、そんなわけのわからない病人は厄介者扱いされるのが関の山で、病床逼迫《ひっぱく》を理由に受け入れを体《てい》よく拒否される。村に帰った患者とその家族はなすすべもなく、なかばキノコとなった身体を撫でまわしながら、ただおろおろと嘆き悲しむばかり。処置に困った村は特別療養所なるものを設置し、症状が出た者をまとめて収容することに決定した。ただし療養所といっても、こんもりした森の木陰にむしろを敷き詰めただけの粗末なもので、治療のための設備など何もなかったのだが、ともかく陽の射さない湿った地面の上でゆっくり過ごすことがこの病気には最適の対処法であるとされ、患者たちもまたそれを受け入れて、村の方針に嬉々として従ったのだった。彼らは快適な療養所で過ごすうちに、日を追うごとに身体と精神のキノコ化が進行し、ある日一本の巨大なキノコへと変貌を遂げる。感染がとりわけ急拡大したときなどは、療養所は一面のキノコ畑と化したという。

しかしそれですべてが終わったわけではない。この巨大なキノコの群れをどうしたものか、と残された人々は思いまどう。彼らは最後まで人間として生き、人間として死んだわけだから、キノコと化したとはいえども人間として扱わざるを得ない。そこでキノコを故人の遺体とみなし、親類縁者が集まって葬式をとりおこなうことになる。遺体を根元から丁寧に掘り起こし、土を拭って棺《ひつぎ》に納めるまではいいのだが、問題はそのあとだ。伝染病で亡くなった者の土葬はその頃すでに禁じられていたため、遺体は火葬にするしかない。しかし町の火葬場に運び込めば、棺の中のキノコの身体は跡形もなく燃え尽きて、あとには骨一本残らない。それではあんまりではないだろうか。そこである知恵者が発案して、村はずれにキノコ型遺体専門の焼き場が作られた。適温できれいに焼き上げてキノコの形を残すようにしたのである。そのときからキノコの遺体が出ると、村中の人々が微妙な困惑の表情を浮かべるようになった。新築された焼き場の方角から、それはそれは香ばしい匂いが漂ってきたからである。

「なにしろ極上の新鮮なマツタケを千本も積み重ねて炭火で焼いたような、何とも言えん良い香りだったといいますからのう」と、老女はうっとりした顔つきで目を細めた。

そんな妙なる香りが村全体を包み込んだというのだからたまらない。焼き場では参列者が飢えた子どものような表情を浮かべながら首をうなだれ、外では人々が仕事の手を止めて、焼き場から立ちのぼる煙に呆けたような視線を注ぐ。そしてあるとき、お経をあげた村の和尚さんが、鼻をひくつかせながら「仏様が迷っておられるようですな。これは御供養をしなければなりますまい」とつぶやいたのをきっかけに、通夜の席にキノコ料理を出す家が次々に現れるようになった。まず遺族が近しいものから順に、よく焼けた傘の部分に箸をつけ、それから「あの人も喜んでおりますろう。どうぞ一口」と会葬者に勧める。集まった人々は最初のうちこそためらって顔を見合わせるものの、やがて亡き人の思い出話に花を咲かせながら採れたてのキノコ料理に舌鼓を打つことになる。もちろんこの新しい風習は全員にすんなり受け入れられたわけではない。しかし表立って事を構えようとする者はいなかった。村の駐在は遺体損壊の罪に当たると言って眉を顰めたが、知り合いの通夜に列席して以来ふっつりと文句を言わなくなった。村長は最初から最後まで何も気づかないふりをしていた。新しい焼き場を考案した知恵者は、いつのまにか村から姿を消した。良心の呵責《かしゃく》に耐えかねて逐電したのだといううひそかな噂が流れたが、何が彼の良心を苦しめたのかは誰も言おうとしなかった。いずれにせよこの風習は、キノコ病（仮）の流行が終わるまでつづいた。

「それが御供養になったのか、ならんかったのか、良いことだったか悪いことだったか、私にはようわかりませんが。中には葬式が出るのをひそかに楽しみにして、療養所のまわりをうろつく不心得者もおったと申します。今生きておる村の衆は、みぃんな「茸《たけ》食うた者《もん》」の子孫ですが。とにもかくにも人間の業というもんでございましょう。あさましいことですが。はい、これも今となっては遠い昔のことでございます」

老女はそこでことばを切ってしばらく沈黙していたが、やがて表情をやわらげてまた口を開いた。

「小さい頃、ひい婆さんからそんな話をたんと聞かされましてな。おキノコさんはいつかまたかならず現れる、お見えになったらようおもてなしをして、この話をじっくりお聞かせ申すようにと、そのたびに言われましたが。この歳になって、ようようお会いできたとは。ありがたいことでございます」

そこで一度頭を下げると、するっと立ち上がった。

「話が長うなりました。お引き留めはいたしません。そら、これを持って行きなされ」

どこから取り出してきたものか、老女はお遍路さんが身に着けるような笠と杖を二組手にしている。

「これも使ってくだされ」と、大きな籐《とう》の背負い籠も手渡そうとする。

話を聞いているあいだにも、鈴麗の身体はキノコ化がずいぶん進んだようだった。きっと風土が合っているのだろう。今や足の指は無数に枝分かれしてブナシメジの群生と化していた。これでは歩けまい。なるほど籠はそのためか。礼を言ってから、鈴麗を籠に入れて背中にかつぐ。骨や肉が繊維質に変わってきたためか、思いがけないほど軽い。

「どうぞお達者で」という老女の声に送られて、森の中へと入って行った。道はやがてなだらかな斜面に変わる。

　夕暮れの山道を裸足《はだし》で踏みしめて登ってゆくと、ひんやりと湿った土や枯葉が足の裏に心地よい。療養する人たちが森の木陰の湿った土地を好んだというのもよくわかる。そういえばあの小さな祠は、もしかしたら村の焼き場の跡地に建てられたものではあるまいか。では老女の暮らすあの道の駅は何だったのだろう。

　山の斜面の開けた場所に、おあつらえ向きの古い切り株が二つ並んでいるのが見つかった。よっこらしょと腰を下ろし、半分キノコと化した鈴麗を籠から取り出して、もうひとつの切り株の上に置いてやる。高い雛段にのせた大きなこけしのようだ。

　編み笠を取って、空を見上げた。

　いやに黄色い月が出ている。ほぼ満月のようだ。

「ねえ、覚えてる？」沈黙をつづけていた鈴麗が、突然口を開いた。

「あたしたち、月夜の晩に、みんなで輪になって踊ったねえ。赤いのや黄色いのや白いのが、いっぱいいたねえ。生まれたばかりのは、顔を出したり隠したりしてた。ほら、コオロギが鳴いてるよ。涼しい風が吹いてきた。遠くで赤い火が燃えてる。あの晩と同じだね。あたしたち、今夜は朝まで踊るんだよ……」

　鈴麗の目は瞳を失ったようで、透明な緑色に輝いている。もうこの世界が見えていないようだ。

　そうだったかなあ。

　そうだったかもしれない。

　いや、そうだったね……

妄想に話を合わせているうちに、だんだん本当にあったことのような気がしてきた。

強張《こわば》りはじめた胴体を抱き寄せて、銀色に輝く白キクラゲの耳に舌を這《は》わせると、鈴麗はあうあうと悶《もだ》えた。耳の先からぽりぽり齧《かじ》った。なまで食べても香ばしくて実にうまい。ボルドーの赤でも一本あれば良かったな、と不埒《ふらち》な考えが頭をかすめる。片耳を齧り終えると、こけしの身体をぐるりとまわして、もう一方の耳も食べた。それから首筋のあたりも噛んでみた。歯ごたえのある繊維質の肉から甘い汁がしたたり落ちる。鈴麗はくううーっと呻いて、首をよじる。その身体がぶるっと震え、頭がのけ反った。編み笠が頭から滑り落ちた。もう一噛み。とたんに鈴麗は消え入るような声で「あ、いく」と叫んだ。全身から埃《ほこり》のようなものが空中に放出されている。どうやら本当にいってしまったらしい。気がついたときには、鈴麗はすでに一本の巨大なキノコになっていた。見事なものだ。完璧に事をなしとげた鮮やかさに舌を巻き、立ち上がろうとして身体が動かないことに気がついた。どうやら俺も根を生やしてしまったようだ。

「鈴麗」

小さな声で呼びかけてみたが、むろん返事はない。

キノコに生まれ変わった鈴麗と、キノコになりかけの自分の身体を見くらべてみた。鈴麗は食欲をそそる立派なマツタケの姿だが、自分のほうは赤っぽさが増して、灰色の斑点が浮き出ている。どうも美しくない。もしかしたら毒キノコになるのかもしれない。いずれにしてもあと一歩だと思った。

金色の星がひとつ夜空を流れた。

落ち葉が降り積もった地面は月光に照らされ、大きなキノコの影が黒く伸びている。

遠い昔の記憶が浮かんできた。こんな穏やかな夜だった。子どもたちが花火をして遊んでいる。やさしい目をした白髪の老女が、それを見守っている。子どもたちは鮮やかな火花が飛び散るたびに歓声を上げ、子犬の群れのようにはしゃぎまわっている。その中に、髪をポニーテールに編んだ小さな女の子がいた。最後の花火が消えたとき、その子がすっと立ち上がった。カンフーのような構えを取ったかと思うと、「えいっ」と叫んで片脚を夜空に向かって高く蹴り上げる。それから緊張を解いて、こちらに視線を向けた。闇を吸い込むような黒い目が武生をじっと見つめている。

おいでよ、と鈴麗が言った。

今いくよ、と武生が答えた。

Kの災難

約束の時間はとっくに過ぎていたのに、私はまだ山道を走るバスの中にいた。どうしてこんなに遅くなってしまったのか、自分でもよくわからなかった。Kは待っていてくれるだろうか。いや、せっかちなKのことだから、先に出発してしまったにちがいない。

バスの中は、大きなリュックを床に置き登山靴をはいた乗客でいっぱいだった。みな山のベテランらしく、立てた荷物に身体をあずけて、落ち着いた様子でラジオの天気予報に耳を傾けている。吊り革を握ったまま足元に目を落とすと、自分だけがなぜかサンダルをはいていた。サンダルの先ににょっきりとはみ出た素足の親指がいやに大きく丸っこく、別の生き物が寄生しているように見えた。そう思うとほかの指までが、海に棲《す》むホヤかイソギンチャクのように思えてきた。足の甲をそっと反らせてみると、海の生き物たちがいっせいに頭を持ち上げ、こちらに挨拶を送ってくる。何か悪いことが起こりそうな予感がしたので、もう足は見ないことにした。

道は大きく蛇行しているらしく、カーブのたびにバスは外側に膨らんだ。乗客たちがいっせいに斜めになり、私の身体も外側に引っ張られた。まっすぐな姿勢にもどったかと思うと、すぐまた反対側に傾《かし》ぎはじめる。ゆっくりした大きなうねりは、バスというより遠洋航路の客船の中にいるようで、前に進んでいるかどうかさえはっきりしなかった。こんな調子ではよほど時間がかかるはずだと、遅刻の理由がいくぶん納得できたような気がした。

斜めになった身体が元にもどるたびに、ラジオの音がとぎれとぎれに聞こえてきた。「今日は南の風、曇りときどき……降るでしょう。山頂付近では……注意してください」というアナウンサーの声が何度も耳に入ってきた。しかし合いの手のようにザーザーと雑音が入るので、どこで何が降るのか、何に注意すればよいのか、肝心なところがよく聞き取れなかった。登山者たちは何もかも呑み込んだ顔で、軽くうなずき合っている。ひとりが五万分の一の地図を広げてルートを確認しながら、「山あり谷あり」と、妙にはっきりした声で言った。「鹿も四つ足、馬も四つ足」と誰かが応じて、みなで笑った。ラジオも持たずに、近所の散歩にでも出かけるような軽装で来てしまった自分が恥ずかしくなった。

その停留所でおりたのは私ひとりだった。登山者を満載したバスはすぐに消えた。ああいうベテランたちは、もっとずっと奥まで行くのだろうと思った。「山あり谷あり」というくらいだから、きっと日本アルプスを縦走するのにちがいない。

停留所にはKからの置き手紙が残されていた。小さく折りたたんだ紙を開くと、幾何学的な線と数字がびっしり書きこまれたダイヤグラムのような図表があり、簡単な地図が添えられていた。その指示にしたがって、私は登山道に入っていった。

山道は霧に包まれていた。霧には濃淡があって、ほとんど透明の無数の微粒子がいっせいに流れてゆくかと思うと、白い大きな綿のかたまりのようなものが顔の横を通り過ぎてゆくこともあった。周囲は霧に隠されていたが、道はどうやら尾根のように高くなっていて、左右は切り立った崖であるように思われた。あのダイヤグラムはおそらくこの山道の形や傾斜角を数学的に解析したものなのだろう。入り組んだ図形や数字をまわりの地形と照らし合わせてみると、たしかにぴったりと当てはまるような気がした。目的地まではまだまだ先が長いこともわかった。私は一歩一歩踏みしめながら、山道を進んでいった。

やがて、あたりがぼんやりと明るくなり、気温が上昇しはじめた。首筋がじっとりと汗ばんできた。足元にはごつごつした岩がどんどん増え、その岩の裂け目から湯気のようなものが立ちのぼっている。熱気はそこから来ているのだ。ふと見ると、「噴火にご注意」と書かれた立札があった。天気予報で言っていたのは、このことだったのだろうか、これは注意しなければいけないと思った。

道は急にけわしくなり、風化した岩も増えてガレ場のようになってきた。足元が不安定で身体が傾いだ。斜めになろうとする上半身を前のめりに押さえ込みながら、両手で岩をつかんで、崩れた斜面を這うように登らなければならなかった。

ようやく霧が晴れてきたとき、かなり上の方から、ほーい、というかすかな声が聞こえてきた。聞き覚えのある声だった。野犬の遠吠えのように単調な声で何度も、ほーい、ほーい、とくり返している。久しぶりに故郷の駅に降りたったときのような、なつかしい気持がこみ上げてきた。

ガレ場を登りきると、階段状の斜面になったところにKの顔があった。顔だけだった。大きな岩の表面に、顔だけが貼りついていた。まるでフライパンにのせて焼き上げたばかりの目玉焼きのようだった。火山弾に直撃されたことは明らかだった。

岩に貼りついたKの顔は赤く膨れて熱を持ち、薄いゴムの面のようにぶよぶよしていた。その全体が膨れたり縮んだり、一定のリズムで脈動している。今にもその薄皮が破れて、顔の中身が半熟の黄身のように溢《あふ》れ出てきそうだった。

Kは私を見ると、偏平な顔の上に浮かんだ丸い目をぐるりと動かして、やあ、と言った。真っ赤に火照《ほて》った皮膚の下で、顔の組織がゆっくりと流動し、顰《しか》め面のような笑いが表面に広がった。かわいそうに、こんな姿になってしまって、と私は遅刻したことに自責の念を覚えながら心の中でつぶやいた。熟柿《じゅくし》を茹でたような顔が、どっくん、どっくん、と脈を打ち、そのたびにかすかな湯気が立ちのぼってくる。さぞ熱いに違いない、と思った。それにしても、どうやって、こううまく岩の表面に貼りつくことができたのだろう。

Kは、ああ情けない、と言って、大きく溜め息をついた。溜め息とともに空気が熱く揺れた。ひどいことになってしまった、とKは歪《ゆが》んだ顔で言った。今まで勉強してきたことが全部無駄になってしまった、大学に行ったことも何の役にも立たなかった……ぼそぼそとつぶやく声は、恨んでいるようにも聞こえたし、どこか強がっているようにも聞こえた。

つぶやきながらKは、平べったい表情で私の顔を見ていた。私はKのために済まないことになったと思ったが、それにしてもこの平べったさは異常だった。それが異常であることに、K自身が気づいているのかどうかが、とても気になった。

せめて慰めてやらなければと手を伸ばしかけたが、触れると皮膚が破れてしまいそうなので、宙に手を浮かせたまま身体を少しかがめた。自由に動かせる手足が、かえって窮屈だった。五体満足であることに引け目を感じながら腰をかがめ、ぶよぶよした熱い顔に自分の顔を近づけて、うん、うん、とうなずいた。

Kはすっかりへたばった声で話をつづけていた。こうなったら、あとは故郷に帰って親父のあとを継ぐしかない。田舎の養鶏場で毎日毎日、鶏の世話をして暮らすのだ。くさい匂いがしみついた鶏小屋の中で、餌をまいたり、糞の掃除をしたりするだけだ。

うん、うん、と話を聞きながら、これは困ったことになったと思った。Kは故郷に帰るつもりなのだ。もちろん帰らせてやりたい。しかし、岩から顔を剝《は》がすわけにはいかない。そんなことをしたら中身が流れ出て、皮だけがだらりと垂れ下がることになってしまうだろう。顔をそのまま保存するには、岩ごと持って帰るしかない。しかしこんな姿で家族と対面させられるだろうか。両親や幼い妹さんはひどく悲しむにちがいない。その嘆きぶりを見ればK自身、自分がどんな姿になってしまったか、鏡に映すようにわかってしまうだろう。

本当に困ったことだった。私は腰をかがめて熱い吐息のなかでじっとしたまま、うん、うん、と相槌《あいづち》を打っていた。Kは、鶏の脚というのは折れやすいもので、いったん折れると、それを修理するのが大変なのだということを言っていた。生き物なのだから、接着剤でくっつけるようなわけにはいかない。人間のように手術をして、糸で縫い合わせなければならないのだ。私は、うん、うん、とうなずきながら、Kが自分の平べったい姿に気がついているのかどうか、そればかりが気になって仕方がなかった。

虎の目

どことも知れぬ古い旅館の奥座敷だった。床の間には色褪《いろあ》せた掛け軸の下に、一輪のツバキが挿してあった。

そう広くはない座敷の何もない畳の上で、私は服を着たまま、その人と事をおこなっていた。その人はあでやかな着物の上に幅広の帯をきっちりと締め、座敷の真ん中にまっすぐ横たわっていた。その上に私は平行に乗って、もうよほど前から腰を動かしているのだった。

身体と身体がぴったりと重なり、下半身も密着しているのだが、その密着したあたりはかなり曖昧《あいまい》になっていて、雲を突いているような空虚な感覚しかなかった。

その人は平気な顔で私を見上げながら、まるでどこかのテラスに腰をおろして旧友とお茶でも飲んでいるような口調で、夫のことや家のことなど身辺の雑事を話していた。きちんとした家庭であることを強調しながらも、波乱なくつづいている夫婦生活の倦怠を訴えているようだった。白い足袋《たび》をはいた両足が宙に浮いて、ときどき私の腿《もも》を擦《こす》った。

その人が夫と呼んでいるのは、私が大学時代に世話になった恩師のことだった。だからその人は恩師の奥様であるわけだった。そのような人の上に乗っているというのは、たいへん具合の悪いことであるように思われた。後ろめたくもあり、気詰まりでもあった。同時にまた、立派に事をやりとげなければ申し訳がたたないという、変に気負った義務感もあった。

しかし、その人はかならずしも、恩師の奥様であるとは言い切れなかった。あるいは恩師の奥様でありながら、その外見の下に別の女が隠れているように思えた。もっと若い、よく知っている女だ。間近から挑みかかるようなきらきらした目に見覚えがあった。白くほっそりした手も、やはりその若い女のものだった。着物に固く包まれてまっすぐ横たわった身体から、別の女の目が覗き、別の女の手が生えているようだった。その目は人を嘲《あざけ》るような高ぶった色を浮かべていたが、白い手は未知の快楽へのなまめかしい誘いをかけてきていた。私は強い情動に打たれ、胸から熱いものが溢れ出てくるような気がした。高慢な視線のまえに膝を屈し、白い手の誘惑に身を任せたいと思うのだが、肝心の女の名前がどうしても出てこなかった。

するとその人は急に真剣な顔になり、「いけません。それはサカモギというものです」と、たしなめるような口調で言った。私ははっと迷いから覚めた気持になった。サカモギというのが何のことかはわからなかったが、逆さにしてもぎ取るような無理無体な響きがあった。逆恨みとか没義道《もぎどう》とかいったことばも頭に浮かんできた。サカモギといわれるものの中には人倫に外れた悪徳がひそんでいて、それが今のことばで一挙にあばき出されたような気がした。やはりこの人は先生の奥様なのだと思った。

それにしても、なぜここでこうしているのかが、よくわからなかった。誰かと別の約束をしていたような気がした。記憶の中にすっぽりと抜け落ちた部分があって、大事なことを忘れているように思われた。あるいはまた、その人のほうが勘違いをしていて、私はその勘違いに巻き込まれてしまっているようにも思われた。いずれにしても、どこかに重大な誤解があるはずだった。

まとまりがつかない私の思いを見透かしたように、その人は私の顔を正面から見据えて笑みを浮かべた。笑みを浮かべたまま動かない唇から、私の内心に直接「わかっているくせに」という声が響いてきた。

その声を聞いたとたん、女の正体がわかった気がした。やはり、そうだったのか。それは、学生の頃にはじめて付き合った女だった。世間のことを何も知らなかった私に、燃えるような恋の喜びと、絡み合って昇りつめてゆく身体のとろけるような感覚を教えてくれた女だった。しかしそれはまた、裏切られる苦しみをはじめて思い知らされた女でもあった。その女は、ある日なんの前触れもなしに、私の前から姿を消した。私も顔を知っている年上の医学生と手に手を取って、異国に旅立ったということだった。姿を消す直前に会ったときの幸せそうな笑顔が、それ以来私の頭に焼きついて離れなくなった。あの笑顔は私のためのものではなかった、別の男のためのものだった。そう思うたびに頭が沸騰し、全身が焼けるような思いがした。今度女が帰ってきたら、その恨みをどうぶつけてやろうかと、そればかり考えていた。しかし、女は帰ってこなかった。帰ってくるはずもなかった。

そうか。これは、あの女なのだ。はっきりとそう意識しながらも、私は妙に平静な気持だった。こうして身体を重ねているのがとても自然なことに思えた。やはりあんな医学生よりも、私の方が良くて戻ってきたのだろう、と単純にプライドがくすぐられた。同時に頭の中では、こんなに簡単に元の鞘《さや》に収まってしまっていいものだろうか、とも考えていた。あんなやり方で私を裏切っておきながら、この女は平気な顔で戻ってきて、何事もなかったかのように私の下で笑みを浮かべている。これは許せない、と思った。とはいえ、私を裏切ったことが許せないのか、平気な顔でいるのが許せないのか、こうして寝ていること自体が許すべからざることなのか、そのあたりが自分でも判然としなかった。許せないと思いながらも、戻ってきてくれたという安堵感が全身に広がるのは止めようがなかった。下半身からじわじわとせり上ってくる快感も、私の身体がすでになつかしさに負けていることを告げていた。心臓は古傷のように疼《うず》いたが、そこから流れ出す血は暖かく、私を包み込むように脈打っていた。

しかし、こうしてあの女と身体を重ねてはいても、私の下に寝ているその人は、まぎれもなく恩師の奥様にちがいなかった。だから私は黙って事をつづけるほかはなかった。平静な顔をよそおいながら、下半身にだけはあの女への恨みの混じった思いをこめて、これでもか、という思いで腰を使った。たくましい腰使いを、あの女に見せつけてやりたかった。同時に、そんな虚勢をあの女に見透かされ、嘲笑されているような気もした。

ふと横を見ると、庭側の障子が大きくあけ放たれていた。細い回廊の外は日本式の庭園で、夜の静けさに浸されていた。小さな池があり、松が生え、その横に石灯籠《いしどうろう》があって、池の向こう側は深い竹藪《たけやぶ》になっていた。そのすべてが月の光に照らされて、闇のなかに白く浮かんでいる。

竹藪のなかで何かがきらりと光った。虎の目であるように思われた。虎はのっそりとたたずんで、じっとこちらを見つめていた。その虎の目に自分たちの重なり合った姿が映っている。

見られるのは具合が悪かった。恩師の奥様と事をおこないながら、実はあの女とやっているということを悟られるのは、どうにも不都合だった。義理を果たすような顔をしながら、裏切った女を組み敷いて、罰すると同時に、失われた快楽を味わい直すという悪徳に溺れている自分の欲望がわれながら醜く思えて、そんな姿を鏡に映しだしているあの目が邪魔だった。障子を閉めたい、と思うのだが、手が届かない。事を中断して立ち上がれば、あの女にまた笑われそうな気がする。だいいち途中でやめれば、横たわっている奥様に申し訳が立たない。私は立つことを諦めて、いっそう腰に力を入れたが、夜の庭に降り注ぐ月の光と、竹藪のなかで光る目とが気になって仕方がなかった。

その人は私の下で、屈託なくおしゃべりをつづけていた。今日、盛装してきたのはほかでもない、旅館は貸切になっており、間もなく夫やその仲間が合流して、この広間で宴会をするのだと言う。さっきまで隠れ家のようにひっそりしていた座敷は、いつの間にか何十畳もある宴会用の大広間に変わっていた。そうだとすれば、みんなが入って来る前に終わらなければ、と思うのだが、いつまでも事は終わらなかった。

私は少し焦っていた。それに、夫というのが、恩師のことなのか、あの医学生のことなのか、どうもはっきりしなかった。その仲間というのも誰のことなのか、怪しく思われた。知り合いの顔が次々に浮かび、恩師と医学生を上座に据えて、みなで勝ち誇ったように酒を酌み交わすありさまが想像されて、こうしてはいられない、と思った。

しかし、その人は別に急ぐ風もなく、私の下に組み敷かれたまま、無意味なおしゃべりをつづけている。

遠くの方で、女将《おかみ》、女将、と呼ぶ声がした。表玄関のあたりがざわついて、バタバタと廊下を小走りに急ぐ女中の足音が聞こえてくる。はーい、ただ今、という甲高い女の声、徳利のがちゃがちやいう音。そんな声や物音にまぎれるようにして、何者かがゆっくりと近づいてくる気配がある。廊下の板が、みしり、ときしんだ。

誰が来るのか。

私のほうは、どうしても決着がつかない。

ええい、ままよ、とばかりに突っ張っていた腕に力を入れ、身を引き離して起き上がろうとすると、その人は白いしなやかな手を私の首に絡ませて、ぐっとしがみついてきた。梅の香りがする暖かい息が顔にかかった。その人は、きらきらした目を光らせて、間近から私の顔を見据えた。そして、口元に嘲るような笑みを浮かべながら、「あなたもやっと大人になったわね」と言った。

三途の湯

　どうせそんなことだろうと思ってはいたのだけれど、ひとり暮らしにたえかねた前原の伯母が何気ない顔つきでやって来て、いつの間にやら我が家の二階で寝起きするようになって以来、ことあるごとに身体の不調を訴えて、テレビや新聞の健康特集を食い入るように見つめては、両手で胸を押さえて深い溜め息をつき、この奥にある豆粒のようなしこりはやっぱり癌にちがいない、ほら、昨日よりまた大きくなった、と毎日のように言いつづけ、そのくせいくら病院へ行くように勧めても、医者に見せるのは嫌だと駄々をこね、ああ、娘盛りのあの頃から、貧しさゆえに呪われて、恋のひとつもできぬまま、働きつづけて五十年、花の色香も消え果てて、家の者とも死に別れ、頼る子もなく孫もなく、腰には五枚のサロンパス、せめてこの世の思い出に、名高い草津の温泉に、一度は行ってみたいもの、賽《さい》の河原に地獄のお釜、ふつふつ滾《たぎ》る硫黄《いおう》のお湯に、ゆっくり浸かって骨休め、行かずに死んでは浮かばれぬ、ああ、この人生浮かばれぬ、などと妙な節回しで切々と訴えるものだから、それを毎日のように聞かされて困り果てていた母も、しまいには根負けしたのか自棄《やけ》を起こしたのか、妹の重子が横目でにらんでいるのにも気づかぬ様子で、わたしだって老い先長いわけじゃなし、それならどうせのことだから、賑やかにみんなで行きましょうかねえ、などと口走ってしまったのが運のつき、どこからともなく親類縁者がうじゃうじゃと湧き出して、前原の伯母の死んだ夫の従姉《いとこ》の養子だの、十五年来音沙汰のなかった祖父の最後の教え子の娘だの、さらには父の葬儀の折に仲たがいして、それ以来すっかり疎遠になっていた従兄の一家までもが、銀色に光るスーツケースやら手ぬぐいを結びつけた大きな旅行カバンやらのまわりに、何食わぬ顔で勢ぞろいしており、ご無沙汰しておりまして、と頭を下げる見覚えのない若夫婦の腕に、ひとりずつ抱きかかえられた双子の乳飲み子まで含めれば総勢三十八名、これだけ増えれば大型バスを一台借り切れるから楽に旅行できるし、団体割引があるからとってもお得なのよ、と前原の伯母は、花の色香の娘時代に戻ったような明るい口調で言ったものだが、それならばなぜこの古い木造の停車場で、こうして切符を求めて並んでいなければならないのか、伯母をつかまえてじっくり問うてみたいものだけれど、その伯母の姿はどこに紛れてしまったものやら行方が知れず、なにしろ停車場の大ホールは芋の子を洗うような混雑ぶりで、あっちからもこっちからも人が押し寄せ、その喧騒が巨大な丸天井に反響してわんわんと唸《うな》りをあげるばかり、はるか彼方に見える切符売り場にはとても近づけそうになく、こんな調子ではいつまで待たなければならないものやらと、なかば諦めの気持であたりを見まわすと、さしもの総勢三十八名の大所帯も大海に撒《ま》かれた芥子粒《けしつぶ》のように、あちらに一つこちらに一つと、一族のものと思《おぼ》しき頭のてっぺんが見えるばかりで、雑踏の中で隠れん坊でもしているようなそんな心細い状況のなか、妹の重子のひとり娘で小学校に上がったばかりの姪っ子だけが、いつのまにか隣に来て私の手をぎゅっと握っており、顔を上げて目が合うとたちまち弾けるような笑みを浮かべて、ねえねえ、おじさん、クイズしよう、クイズしよう、クイズ、クイズと言いながら、手を握り締めたままぴょんぴょんと飛び跳ねるのはいいのだが、飛び跳ねるたびにどうやら誰かの足を踏んづけているらしく、横に立っている人たちが何人も、こちらを振り向いてはぎょろりとした目でにらみつけてくるので、どうも失礼、すいませんねえ、とあっちにもこっちにもバッタのようにお辞儀をしながら、クイズ、クイズと言いつづける姪っ子の頭を片手で押さえつけていたのだが、そのあいだにも人波はますます増えるばかりで、もうこうなっては切符を買うどころの騒ぎではなく、必死に足と首とを伸ばして皆のいるところを確かめようとしていると、なにやら見覚えのある顔があちこちから現れ、とりわけ卒業と同時に引越しをしたために、ほとんど音信不通になってしまった小学校時代の遊び仲間の顔が、ちらちらと見えるような気がするのは、夢か現《うつつ》か幻か、左のほうで相撲取りのような大男の背後から、一瞬顔をのぞかせて眩しそうに目をしばたたいたのは、いつも弱い者いじめをして先生に叱られていた平太ではなかったか、おや、いま振り返ってうっすらと笑顔を見せた若い女は、学級委員をしていた絵のうまい久美ちゃんではなかったかしらん、そういえば何十年ぶりかの小学校の同窓会を、温泉でやろうという通知を受け取ったような気がするし、それればかりか担任の内藤先生から、じきじきに切符の購入係を仰せつかったような覚えもあるのだが、もしそうだとすれば親族総勢三十八名に加えて、あと何枚切符を買えばいいものやら、いや、三十八名というのは同級生の人数のほうだったのではあるまいかと、頭のなかで数字が入り混じり、小学校のクラス名簿を思い浮かべながら一生懸命計算をしているうちに、休み時間を告げるチャイムのような音が構内に響いて、やがて大きな声でアナウンスが流れはじめたのだが、大ホールの丸天井にぐじゃぐじゃと反響するばかりで、いくら耳を澄ませても何を言っているのやらさっぱりわからず、どうやら自分たちとは関係がなさそうだとは思いながらも、目をつぶってひたすらその声に意識を集中してみると、雑音のなかから切れ切れに、「サンマが大漁」とか「イカ飯で三杯」とかいった、お国訛《なま》りの混じった台詞が聞こえてくるようで、おおかたこれはどこかの港へ行く列車、たとえば三陸方面へと向かう漁民たちへの乗車案内にちがいないと見当をつけ、一安心して目をあけると、さしもの駅の大混雑も気のせいか少しおさまった模様で、遠くのほうでは人々の行列が動き出しているのが見え、やれやれ、これも今のアナウンスのご利益《りやく》かと、凝った肩をきゅっとすくめて、まわりの邪魔にならぬよう小さくまわしながら、そういえば姪っ子はどこへ行ってしまったのだろう、はて、さっきまで手をつないでいたはずなのに、とあたりをきょろきょろ見まわすうちに、ホールのなかには黒潮のように大きな人の流れができていて、ぞろぞろぞろぞろ歩調をそろえて行進し、うねりながら改札口へと向かう気配、この人たちはいったいどこへ行くのだろうかと、行列の先頭を確認すべく改札口のほうへ目をやれば、流れ進む人波に押し出されるように、今しも母がひとりでホームに入ろうとするところで、なぜか改札係も駅員もいない中、まるで屠殺場の入り口のようながっしりした木の柵のあいだを、弱った足でうつむき加減に歩いてゆくではないか、違う、違う、お母さん、そのまま入っていったら三陸海岸の漁港に連れて行かれてしまう、と叫ぼうと思うのだが、これだけ距離があっては声が届くはずもなく、母は目を伏せたまま人ごみの中に消えてゆき、さて困った、重子はちゃんと付き添ってくれているのだろうか、せめて前原の伯母がいっしょなら、寒い港町に連れて行かれても、いくらか寂しさがまぎれるだろうがと、ひとりで無力な心配をしているうちに、あれほど大勢いた人々も潮が引くようにいなくなり、閑散とした駅の構内は壁も天井も消え失せて、書割の廃墟かと見まがうばかりの無残な姿に変わり果て、わがもの顔に吹き抜ける秋風に、乾いた音をたてて枯葉がひらひら舞うばかり、早くも夕闇のただよう空を見上げると、どうやら勘違いをしていたのはこちらのほうで、切符を買う場所を間違えたばかりに、自分だけが列車に乗り遅れてしまったらしく、なんとか遅れを取り戻さなければとやきもきしているうちに、気がつけば昭和レトロな路面電車の吊り革にぶら下がって、汚れたガラス窓から外の風景を眺めており、山にはさまれた温泉町の狭い坂道をガタゴト上ってゆくところをみると、ははん、これがあの有名な草津名物「湯の花電車」にちがいない、と合点したにはしたのだが、それにしても谷間のようなこの通りは、電車が走るにはあまりにも狭く、両側の建物の壁すれすれをかすめて、危ないことこのうえない、右に左にカーブを切るときは、もう家のひさしにぶつからないのが不思議なほどで、旧式の路面電車が巻き起こす風にあおられて、みやげ物屋の店頭から大きなこけしがいくつも転がり落ちる、悪趣味に彩色した絵はがきが花吹雪のように舞い上がる、道行く人の浴衣の裾がまくれあがる、ちらりと見えた女の白い太腿に思わず目が吸いつけられたとたんに、今度は大衆食堂の前に並んで停めてあった自転車が将棋倒しになるといった騒ぎで、今しも道端で黒い山高帽を吹き飛ばされて、あわてて禿頭《はげあたま》を押さえた口髭《くちひげ》の紳士の姿をよく見れば、雨の日も風の日も下校前にはいつも教壇から、交通事故にはくれぐれも気をつけるようにとおっしゃっていた内藤先生その人ではないか、ああ、内藤先生、お元気でしたか、と懐旧の情にひたる端から、自分の役目であったはずの切符の購入、それをやり損ねた失態にただただ恥じ入るばかり、次の同窓会の折にはかならず、かならずと心の中で念じているうちに、電車は大きくカーブを切って、巨大な額をかかげた総檜《そうひのき》の黒々とした大門をくぐり、緑の濃い木立のあいだを縫うように、いかにも由緒ありげな温泉旅館の敷地に入っていったかと思うと、もはやレールはどこにも見えず、涼しげに水をうった敷石がつづくだけなのだが、いらっしゃいませ、と深々と頭を下げて挨拶する女中たちを尻目に、電車はごうごうと道なき道を突き進み、何本もの幟《のぼり》がはためく正面玄関を突破すると、そこは谷川に沿ってしつらえられた広い縁側のような大廊下、右手には無数の座敷が並んでおり、立派な温泉旅館というよりは、どちらかといえば田舎の湯治場のような雰囲気で、閉じた障子に人々の姿が影絵のように映っている座敷もあれば、何もかも開けっ放しのまま裸電球が揺れる中でどんちゃん騒ぎをしている座敷もあり、つぎつぎに通り過ぎてゆく座敷を眺めているうちに、気がつけばその中のひとつ、白っぽい光にほんのりと包まれた座敷の中に、あ、ちゃんと皆いるではないか、もう温泉につかってゆっくり身体をほぐした後なのか、すっかりくつろいだ様子で、ほら、膳を囲んで賑やかに御馳走を食べている、一同を取り仕切るように甲高い声をあげているのは前原の伯母で、やれありがたや、ありがたや、冥途のみやげの草津の湯、露天のお風呂に身を浸し、山菜とキノコの天ぷらに、温泉タマゴまでいただいて、もう思い残すことは何もない、と首を振り振り言っているうちに、やがてすっくと立ち上がると両手を上げ、そろえた指先をぴんと反らせて踊りだす、それを見た妹の重子が、まあ、伯母さん、まあ、伯母さん、とたしなめるように声をかけると、横では姪っ子が、クイズしよう、クイズしよう、とはしゃぎながらぴょんぴょん跳びまわり、その拍子に徳利がひとつひっくり返って、こぼれた酒から湯気が上がるが、母は二枚重ねた座布団の上にちょこんと正座をして、その様子をにこやかな笑顔で見守っており、それればかりか七年前に死んだ父までもが、床の間の前にあぐらをかいて、はだけた浴衣の胸にうちわでパタパタと風を送っている、良かった、良かった、これぞ一家団欒《だんらん》、一族繁栄、商売繁盛、終わりよければすべてよし、これですっかり肩の荷がおりた、と心のなかで安堵の溜め息をついているうちに、皆の姿は目の前を通り過ぎてゆき、大廊下はだんだんと狭くなって、いつしか座敷の列も消え、代わりに青白い光の点がいくつもいくつも現れたかと思うと、宙に浮かぶその光の連なりが、夜の空港の滑走路を示す標識のように点滅しはじめて、硫黄の匂いがぷんと漂う中、いったいどこに誘導されてゆくものやら、電車はなおも吊り革を揺らしながら走りつづけ、点滅する標識は少しずつ間隔を狭めてゆくようだし、格子の天井がどんどん低くなってくるのも気がかりで、遠近法の消失点のようなその果ての暗がりに視線を凝らすと、左手に大きな下り階段がぽっかりと口をあけているのが見え、ははん、あそこが「湯の花電車」の終点か、その先にはきっと源泉があるのだろう、地の底から滾々《こんこん》と湯が湧き出ているにちがいない、そういえば乗客はもうみんな降りてしまったようだ、おやおや、運転手までいなくなっているぞ、と思う間もなく無人の電車は左に向きを変え、断崖を駆け下りようとする牡鹿《おじか》のように、車輪を突っ張ってぶるっと大きく身を震わせたかと思うと、古い遊園地のジェットコースターのような轟音《ごうおん》を響かせながら、頑丈な欄干をそなえた下り階段の闇の中へと突っ込んでいった。

蕎麦殻の枕

久しぶりに訪れた母の実家は、なつかしい祖母の匂いがした。

靴下のまま上がりこんで、昔の記憶を確かめながら居間や茶の間を歩きまわった。住む者のなくなった家は抜け殻のようにがらんとして、粘りつくような湿気がこもっている。しかし赤茶けた土壁も、竹林の中の虎を描いた襖《ふすま》も昔のままだ。柱には背比べをした鉛筆の跡がいくつも残っている。

廊下の板を踏むと足元が少し沈んで、きしきしと大きな音を立てた。古い根太《ねだ》が傷んできたのだろう。そう思ってから、いや、近ごろ体重が増えてきたせいかもしれないと考え直して、ひとりで苦笑した。天井がこんなに低かったのも意外といえば意外だ。あの頃は子ども心に大きな家だと思っていたのだが。

障子をあけ、縁側に腰をおろして庭を眺めた。空が広い。それに東京の空とはまったく違う青さだ。奥の木立からは、昔と同じようにうるさいほどセミの声が響いてくる。

やっぱり来て良かった、と思った。祖母の三回忌を済ませたあと、この家も処分することになったと聞かされたときは、いくぶん残念に思ったものの、それ以上の感慨は湧かなかった。「取り壊される前にもう一度見てきたら」と母に勧められたときも、ようやく軌道に乗りかけた仕事のことが頭を占めていて、面倒くさい思いが先に立った。しかしこうして座っていると、子どもの頃の思い出が昨日のことのようによみがえってくる。太い枝が何本も伸びているあの木には、よくセミを捕りによじ登った。右手にある井戸からは毎朝祖母が水を汲み上げていた。井戸水で冷やしたスイカはほんとうにおいしかった。この縁側に並んで座って、祖母といっしょに毎日のように食べたものだ。それにあのイチジクの木。熟れたイチジクがあんなに甘くて蜜のような味がするとは知らなかった。

あの頃は夏休みになると祖母に預けられ、毎年この家で過ごしたものだ。

仕事をしている母は忙しかった。一人息子を育てるために朝から晩まで働き詰めだった。だから母に連れられていっしょにここに来たのは最初の一度だけ。それもずいぶん小さい頃のことなので、はっきりとは覚えていない。

母は仕事のために息子をあまり構ってやれないことを心苦しく思っていたにちがいない。まわりの子どもたちが休日に家族で旅行に出かけるなどという話を聞くと、少し目を泳がせてそれとなく話題をそらすことがよくあった。母の気持は子どもなりに理解していたので、私も「お出かけ」の話はしないように気をつけていた。そもそも何かをせがんで母を困らせるようなことはあまりなかったと思う。自分の欲望を抑えていたというよりは、たぶん「聞き分けの良い子」を演じることに満足を感じていたのだろう。

家族旅行ができない埋め合わせとして、あるときから母は私を実家に送りだすようになった。夏休みが近づいてくると、いつも「お祖母《ばあ》ちゃんの家」のことを話題にし、その素晴らしさを力説する。近くの川で魚を獲っては生け簀《いす》で泳がせていたものだとか、裏山にある墓地で肝試しをしたとか、いろいろな思い出話に花を咲かせ、そして最後の締めくくりとして、晋一も夏休みになったら「お祖母ちゃんの家」に行けるんだよ、おいしいトウモロコシもお蕎麦《そば》もいっぱい食べられるよ、と自分の故郷を夢の国のように語り聞かせるのだった。

「お祖母ちゃんの家」に行くのは、私にとってももちろん大きな楽しみだった。母と離れるのは少し辛かったけれど、都会の片隅の狭いアパートと学校を往復するだけの子どもにとって、それは年に一度の異世界への旅のようなものだった。前の年までの経験は想像力によって上書きされ、これから始まる田舎の生活が自分の記憶以上にすばらしいものに思えてくる。

私は毎年サンドイッチやお菓子を詰めたリュックサックを背負って、ひとりで汽車に乗った。母が予約してくれた指定席に腰をおろすと、武者震いのようなものが身体を走った。プラットフォームで見送る母の顔は心配そうだったけれど、そんな顔を見るとむしろ自分が大人になったようで誇らしく、窓越しに手を振る母を逆に慰めるように、胸を張って手を振り返したものだ。

駅に降り立つと、祖母が満面の笑みを浮かべて迎えてくれた。笑えば皺だらけになってしまう顔を小さく左右に振りながら私に駆け寄り、リュックサックを奪い取るように肩から下ろしてくれたあと、「大きくなったねえ」と言っていつも頭を撫でてくれた。小さいときはそれがとても嬉しくて、一人旅の緊張がすうっと溶けてゆくような気持がした。しかし背の低い祖母と同じ背丈になる頃には、人前で子ども扱いされるのが恥ずかしく、祖母の手が近づくと頭を反らせて避《よ》けるようになってしまった。きっと反抗期になっていたのだろう。祖母の寂しげな表情を思い出すと、悪いことをしたなあと今では思う。

「お祖母ちゃんの家」での暮らしは実際のところ、楽しさ半分寂しさ半分といったところだったが、それでもやはり特別なものだったことに変わりはない。何の束縛もない時間が目の前に広がってい て、夏休みの終わりは永遠に来ないように思われた。あるとき田舎道をひとりで歩いていて不意に、これが「自由」というものかと考えたことをはっきり覚えている。毎年来ているうちには近所の子どもたちともそれなりに仲良くなって、山に行ったり川に行ったり、都会では経験できないいろいろな遊びを教えてもらった。そして遊び疲れて家に帰ってくると、そこにはいつでも穏やかな笑みを浮かべた祖母がいた。

私は祖母が大好きだった。とにかく孫に甘く、何でも言うことを聞いてくれた。優しい笑顔を見ると気持がとろけるようで、小さい頃はいつもくっついて歩いていた。ただ祖母が作ってくれる食事は、ほんの少し気持が悪かった。けっしてまずかったわけではない。ご飯も味噌汁も煮物も全部おいしかった。それに、ふだんはあまり食べないはずの肉も、私のためにわざわざ買ってきてくれた。しかし浅黒い皺の寄った祖母の手から出てくる料理は、母が作ってくれるものよりも少しだけ柔らかくて、どこかねっとりした感じがしたのだ。

それにあのザンザ虫！　初めて見たときは背筋が凍りつくような気がした。祖母が皿の上に茶色いものを山盛りにして食卓に出してきたのだ。何だろうと思ってよく見ると、巨大なダンゴ虫ではないか。丸々と太って黒光りした胴体からたくさんの脚が生え、ぬるりとした頭から長い触角が伸びている。尻尾には奇怪な鋏《はさみ》のようなものが付いている。あんなに気持悪いものは見たことがない。それが皿の上にうじゃうじゃ盛られて、褐色の山になっているのだ。思わず「ひいっ」と叫んで、後ずさりしてしまった。「ほら、ザンザ虫、おいしいよ」と祖母は言ったが、私が怯《おび》えて目を背けているのを見ると、「おいしいんだけれどねえ」と残念そうに言いながら、私の目に入らないように戸棚の奥に隠してくれた。あとになって母から聞いた話では、昔からこの地方でご馳走とされているらしい。特に佃煮は酒のつまみにもぴったりだし、客が来ればかならず出すのが礼儀なので、蚕《かいこ》のように飼っている家も多いのだという。それにしても、あんな虫を食べるとは！

それ以来ザンザ虫が食卓に上ることはなかったが、不気味な光景がひとつ記憶に刻み込まれている。ある夜のこと、便所に起きたついでに何の気なしに台所を覗くと、祖母がひとりで皿を抱えて、茶色いものをむしゃむしゃ食べていたのだ。いくつもの節を連ねて丸まった大きな虫を、大事そうに指でつまんで口の中に放り込み、うっとりした表情で顎《あご》を動かしている。少し口が開いたときに、あの奇怪な鋏やたくさんの脚が舌の上で動いているように見えた。ぞっと鳥肌が立ってしばらく動けなかったが、気づかれないように足音を忍ばせて、二階にある自分の部屋に逃げ帰った。あの夜ばかりは大口をあけた祖母の顔が、昔話の恐ろしい山姥《やまんば》の顔のように思えたものだ……

気がつくと日が少し陰っていた。セミの声も心なしか静かになったような気がする。私は縁側から立って、二階に上がった。あの当時、二階は私の領分だった。祖父が亡くなってからほとんど使われなくなっていたのだが、狭いアパートで暮らしていた私にとっては、家の中に大きな木の階段があるのが珍しかった。それで何度目かに来たときに、二階を使いたいと言い張ったのだ。祖母は古い家具や祖父の遺品を片付け、私のために部屋をふたつ整えてくれた。取っ付きにあるのが勉強部屋。そう呼んではいたけれど、実際はほとんど使わなかった。それでも祖母は小さな机と椅子、それに電気スタンドも買い揃えてくれた。その机や椅子がまだ片隅に残されている。

その奥が寝室。ああ、この部屋だ。「ひとりで寝るのは怖くないかい」と何度も祖母に訊かれたものだ。「ちっとも怖くないよ」と平気な顔で答えてはいたが、ほんとうは少し怖かった。しんと静まり返った闇の中から、かさこそと不気味な物音が聞こえてくる夜などは、頭から布団をかぶり、枕にしがみつくようにして寝たものだ。けれども朝はいつも素晴らしかった。目が覚めると真っ先に南側の窓をあけた。都会とはまったく違う澄みきった朝の光を浴びながら、木立の中で呼びかわす鳥の鳴き声に包まれていると、わけもない喜びが胸の底から湧いてきた。

その寝室も今は空っぽだ。押入れをあけてみる。中には黒いしみのついた薄い羽根布団が何枚か積まれており、その上に少し黄ばんだミッキーマウスの絵柄の枕が乗っている。どちらも二階で寝るようになったときに、祖母がわざわざ用意してくれたものだ。あの頃はこの布団も真新しく、ふかふかで寝心地が良かった。でも枕は柔らかすぎて頭が沈み、よく眠れなかった。私は別の戸棚にしまってあった青い花模様の小さな枕のほうが好きだった。古い布地に蕎麦殻を詰めただけの粗末なものだったが、ふわふわの枕よりも頭をしっかり支えてくれる。ざらざらした蕎麦殻の感触が気持よく、ときにはうつ伏せになり、顔をこすりつけるようにして寝たものだ。

戸棚をあけてみると、その枕の布地だけが転がっていた。詰め物は抜かれて、しぼんだ風船のような恰好だ。おまけにすっかり虫に食われ、花模様もわからないほどぼろぼろになっている。みんな、こうなってしまうのだ。そう思うと、ちょっと切ない気持になった。この家も間もなく取り壊される。家といっしょに祖母の匂いも思い出の痕跡もすべて消え、何もなかったことになってしまう。残るものは自分の記憶だけだ。時の流れが身にしみて、胸にこみ上げてくるものがあった。

窓をあけると、昔と変わらない蕎麦畑が広がっていた。白い小さな花が一面に咲いている。私はその白い花が風に吹かれて、さざ波のように揺れるのをしばらくのあいだ見つめていた。

東京に帰ってから、母の家に立ち寄って実家の様子を報告した。子どもの頃の思い出を交えながらあれこれ語ったあと、最後に何気なく蕎麦殻の枕の話をすると、母は奇妙な表情を浮かべた。

「枕って、あの青い花模様の……おまえ、あれで寝ていたのかい」と尋ねてくる。

「うん、そうだよ。蕎麦殻を詰めたあの枕」

「蕎麦殻の枕……」とつぶやいてから、母はためらうように少し間を置き、それから私の目をちらりと見てことばをつづけた。

「知らなかったんだね……あの頃お祖母さんは、あの花模様の袋に入れてザンザ虫を飼っていたの。中に入っていたのは蕎麦殻じゃなくて、全部ザンザ虫の卵だったんだよ」

クダアリの話

　いつものようにゴミ袋を出そうとして、玄関の戸をあけたところで、収集日が変わったことを思い出した。燃えるゴミと燃えないゴミをまちがえて出すと、収集してもらえないばかりか、赤紙を貼られてしまう。

　今日はどっちだっただろう。火、木、土が燃えるゴミの日で、月曜が燃えないゴミの日と覚えていたのだが、火、金が燃えるゴミの日で、土曜が燃えないゴミの日、月曜が古紙のリサイクルに変わったような気がする。いや、燃えるゴミの日は月、木で、燃えないゴミが金曜日だったか。それとも燃えないゴミが木曜で、燃えるゴミが月、金か。そもそも今日は何曜日なのだろう。

　右手に燃えないゴミ、左手に燃えるゴミの袋をぶら下げて、玄関口に突っ立ったまま、考え込んでしまった。出せない方のゴミは、勝手口の外の緑のポリバケツに入れておかなければならないのだ。

　屋根の上にはよく晴れた初夏の空が広がっている。白い雲の筋が二本、斜めにうっすらと流れているだけで、あとは吸い込まれるような青一色だ。向かいの屋根の上では、人間なみに飽食して丸々と太った三毛猫が、大儀そうに丸まって居眠りをしているのが見える。呑気な奴だと思いつつ、それにしても今日はどっちのゴミの日だったろうと考えあぐねていると、「こっちだ、こっちだ」という声がした。

オーライ、オーライ、と威勢のいい掛け声が聞こえる。その声に合わせて、灰色に塗った大型のワゴン車が、狭い路地にバックで入りこんでくる。

ストーップ。

ドアが開いて、中から男たちがぞろぞろと出てきた。どれもこれも、黄緑の派手な作業服を着こんでいる。道具箱を下げている者もいれば、噴霧器のようなものを抱えている者もいる。手ぶらでまわりの様子を眺めているのがリーダーらしい。その男が合図をすると、作業員が二人がかり、三人がかりで、後ろに積んであったものを、いくつも車の外に運び出しはじめた。道路工事で使うような大型の機械を、力を合わせて地面におろし、ほうっと息をついている男たちがいるかと思えば、ドラム缶のようなものを抱えて、よろよろしている男もいる。狭い車内によくこれだけの人間と道具が詰まっていたものだ。誰かが荷物を降ろす拍子に、路地に出してあった隣の家のアサガオの鉢植えを蹴飛ばしたようだ。アサガオは支柱ごと倒れて、鉢が真っ二つに割れてしまった。車の方から漂ってくる機械油のような匂いに混じって、こぼれた土の新鮮な匂いがふっと鼻をかすめる。そんなごった返しのありさまを、近所の子どもが二人、サッカーボールを抱えたまま目を丸くして見つめている。

男たちの目標はどうやら我が家らしい。先頭の男が門にかけた表札を見て、見つけたぞという様子で、指をさしながら「ここだ」と叫んだ。後ろに向って合図をすると、明るい黄緑の制服に身を固めた男たちが、荷物をかついでぞろぞろやってきた。何の用か問いかける暇もなく、勝手に門を抜けて侵入してくる。玄関前でゴミ袋を両手にぶら下げたまま突っ立っているわたしの、つい目と鼻の先で、一列縦隊をつくって並んだ。

リーダーらしい男が、一歩前に出た。同じ作業服を着ているが、中肉中背の男たちの中で一人だけこころもち背が高い。ちょっと斜視のようだ。顔をまっすぐ向けながら、わたしの左耳のあたりをぎょろりと凝視するので、耳に何か付いていないかどうか思わず確かめたくなってしまう。

男は「クダアリの駆除に来ました」と言って、名刺を差し出した。虫に食われたように茶色の斑点でおおわれた厚紙に、蚤《のみ》の卵のような小さな字でごちゃごちゃ書いてある。老眼が入りはじめた目には、頭をぐっと反らしても、何が書いてあるのやらよくわからない。

「調査員の報告によりますと、お宅がクダアリの巣になっているとのことで」

「調査員？」と尋ねかけて、ふと思い出した。

一週間ほど前の夕方、門の前を掃いていると、見知らぬ男が話しかけてきた。時候の挨拶などするので、一応愛想よく答えはしたが、どうも怪しい。「お掃除ですか」と当たり前のことを聞くので、「見ればわかるでしょう」と言ってやった。それでも男は気を悪くした様子もなく、話の接ぎ穂を見つけようとしてか、箒《ほうき》の先を見つめながら「いや、お宅はさすがに」とか「この頃は本当にここまでは」とかつぶやいている。立ったまま貧乏ゆすりをしているのが、どこか哀れを誘うようで、かえってこちらの気分を逆撫でする。そのまま立ち話をつづけられては苛々が募りそうだったので、しょうことなしに招き入れて縁側に座らせ、茶を出してやった。男は茶を啜《すす》りながらも、落ち着きなくあたりをきょろきょろ見回している。「なにしろ場所が場所ですから」などと言いながら無遠慮に壁をさすったり、つと立ち上がって縁側の下に顔を突っ込んだりする。そのついでに落ち葉を拾って、ふんふんと匂いを嗅いでいる。眉間に皺を寄せて耳をすませ、なにかの気配を探っている様子だ。それから不意に起き上がって身体を伸ばすと、「火のないところに煙は立たず、と申しますが、こちらも歩合制なもので」と、わけのわからないことを言って、帰っていった。それだけのことだ。物件をあさっている不動産屋だろうと思っていたのだが、どうやらあれが「調査員」というものだったらしい。あの男が、どこか上の者にホウコクしたわけだ。でなければ、黄緑の制服に身を固めた男たちが群れをなして、こう平気な顔でぞろぞろとやって来るはずもない。

「お客さんにご説明しろ」と先頭の男が振り向くと、二番目の男もむにゃむにゃ言いながら後ろを振り向いた。それを受けた三番目の男が一歩前に踏み出て、わたしの前に足をそろえて立った。

「旦那さん、これなんですがね」と、手に持った大きな試験管のようなものを、目の前にぐっと突き出してくる。

「こういうものなんですよ」

コルク栓を嵌《は》めたばかでかい試験管には、なにか生き物の標本のようなものが入っていた。ガラスの表面には白いラベルが貼ってあって、たしかにそこに「クダアリ」と書いてある。それだけだ。しかし、アリにしてはやけに図体が大きい。それに人間のような顔をしている。立棺《りっかん》まがいのガラス容器のなかで、干乾しになった子どものように手足を縮めて動かない。

正体を見極めようと思って目を近づけると、そいつが薄目をあけて、ニヤッと笑ったような気がした。はっとして目を凝らすと、すでに瞼《まぶた》は閉じられている。だが目元にも口元にも、嘲るような薄笑いの跡がはっきりと残っている。こいつは怪しい。生きているのか。死んだふりをして人を騙《だま》すつもりなら、ただでは置かない。

試験管をつかもうとして手を伸ばすと、黄緑の男が、素早く背中の後ろに隠してしまった。伸ばした手を宙に浮かせたまま、「こんなのがいるんですか」と問うと、

「これはサンプルです」と、最初の男が引き取って答えた。

「大きいのがいるんですよ。こんなに大きいのが」と、両手を広げる。

「こーんなに大きいのが」と、背伸びまでしてみせる。

どう答えたらいいかわからず、黙っていると、

「お客さんにご説明しろ」とリーダーがまた振り向いた。今度は二番目の男が出てきた。

「旦那さん、手順についてご説明します。巣は床下にあります。むしゃむしゃと一日中食ってますから、放っておけば家が丸ごと食われてしまいます。台所の床下収納庫から入って、駆除します。殺虫剤は使いませんから大丈夫です」

説明のあいだに、作業員たちは早くも動きはじめていた。黄緑の制服たちが「失礼します」と言いながら、玄関を通って、いろいろな道具を台所に運び込む。ドリルのようなものもあれば、噴霧器のようなものもある。その後ろから、米俵のような大きさの空の麻袋を何十枚もかついだ男が入ってくる。

「つかまえたクダアリを、あの袋に入れます。一袋に一匹です」

「そんなにいるんですか」

「いますねえ。たくさん、いますねえ」

台所では、すでに収納庫の蓋があけられ、中に入っていた梅干しの壺や到来物のワインなどが、

まとめて隅に片付けられていた。男たちが床に腹這いになって、頭だけを逆さまに穴の中に突っ込んでいる。後ろから見ると、首を打ち落とされた死体がいくつも、頭のない首を寄せ合って密談をしているかのようだ。

「うぅわ―――っ」という、長く尾を引くくぐもった叫びが、見えない顔のあたりから響いてきた。中はそうとうひどい状態になっているらしい。

やがて一人がむっくりと起き上がると、「よく見えませんね」と言った。

「コンクリートの壁があります。地震には強い作りですね。それが問題です。クダアリにとって、恰好の巣窟になります」

「どうするんですか」

「壁に穴あけます。はい。床下だから大丈夫です。構造上問題ないところを選んでですね、人が通れるくらいの穴をあけて、そこから出入りします。穴をあける時、少し音がしますが、大丈夫です」

その時にはもう、ドリルを持った男たちが何人も「電気、使います」と声をかけながら、床下にもぐり込んでいった。かさこそかさこそという足音につづいて、ドンドンドンと固いものを激しく打ちつける音が響いてくる。

「ここば」

「はっちょうべひとべ」

「ふばするば」

床下からの声は低くくぐもって、何を言っているのか聞き取れない。

いきなり、ドドドッ、ドドドドドッ、ドドドドドドドドッ、と耳を聾《ろう》するようなドリルの轟音とともに、床が震えだした。積み重ねた食器がガタガタ鳴り、家全体が揺れ動いている。

わたしに向き合っている男は、ぼんやりと額の汗を拭いていたが、わたしの不安気な顔に気づいたらしく、「はい、大丈夫です。大丈夫です」と、機械的にくりかえした。

そのあいだにも床下での作業はつづいている。

ついに、ドンッという大きな音がして、鈍い衝撃音が床を走り抜けたかと思うと、男たちの歓声らしきものが、遠いこだまのように聞こえてきた。

「へば、ほいびぞ！」

「ひべらすばー！」

「ほばらっ！」

それを合図に、残っていた男たちも今だとばかりに床下に飛び込んでいった。

こちらは何もすることがなかったので、隣の居間に入り、椅子にすわって新聞を読みはじめた。一面トップには、「世界記録またも更新！」という大見出しがおどっている。どうやら我が国の借金はついに二千兆円の大台を突破したらしい。これからの税収はすべて利払いに充てられるとのことで、人類の歴史に例を見ない快挙であると経済評論家たちがいっせいに騒ぎ立てている。たいしたものだ。

ページをめくろうとしたとき、手順説明をした二番目の男がやってきて、

「旦那さん、もうひとつ穴あけます」と告げた。

「今度は大きい穴です。どかん、とぶちかまします。ちょっとうるさいですけど我慢してください。

二百デシベル以下になっていますから大丈夫です」

その後ろから、大きなボンベをぶら下げた作業員が顔を出して、

「ガス、使います」と言う。

「ちょっと臭《にお》いますけど、大丈夫です」

大丈夫なら仕方がない。

全部まかせることにして、テレビ欄に目を移し、今日の番組を確認していると、ドッカーンと地雷のような爆発音が床下でとどろいた。衝撃で椅子からころげ落ちそうになった。まるで直下型地震だ。台所に通じるドアが爆風でバタンと開き、白い埃のような煙が、居間にどっと流れ込んできた。さいわい臭いは強くない。大丈夫だ。

もうもうとした煙の中から、また例の二番目の男が現れた。仕事を無事にやり遂げた満足感で、顔がほころんでいる。

「旦那さん、大成功です。こーんなに大きい穴があきました。クダアリの砦《とりで》は壊滅状態です。もう大丈夫です」

それにおっかぶせるようにして、誰かが、

「水、使います」と叫ぶ。

「トイレ、貸してください」と、別の作業員が前を押さえて廊下を走ってゆく。

居間で腰を下ろしていても、床下からはひっきりなしにドタバタと取っ組み合いのような物音が聞こえてくる。落ち着かないこと、はなはだしい。

作業の邪魔になるかとは思ったが、少し心配にもなってきたので、また台所に入った。誰もいな

い。床下収納庫を取り払ったあとに、大きな四角い穴が、黒々と口をあけているばかりだ。中はどうなっているのだろう。

さっきの作業員たちのように、床に腹這いになり、収納庫の縁から逆さに頭を突っ込んでみた。中は意外に広い。住み慣れた我が家の真下に、こんなに巨大な空間が広がっているとは気がつかなかった。

それにどういうわけか思ったほど暗くない。目をぱちぱちとしばたたくと、上下逆さまになった作業員たちの勇ましい姿が、映画の一シーンのようにはっきりと浮かんできた。瓦礫の散らばる荒れ地のなかで、黄緑の制服に身をかため、手に手にホースやドリルや刺股《さすまた》を持って、人間のような形をした者たちを取り囲んでいる。

なるほど、とわたしは思った。あれがクダアリか。ほんとうに人間と同じような姿かたちをしている。ちょっと顔色が青白いし、手足も妙に細くて骨ばっているが、ほかは人間とほとんど変わりがない。もしも平気な顔で町を歩かれたら、きっと区別がつかないだろう。しかし幸いなことに、クダアリは町にはいない。床下にいるのだ。そして床下では、黄緑の制服を身につけていないのだから、ちゃんと区別がつく。

クダアリのもうひとつの特徴は、その笑い顔だ。細い目がとろんと垂れ下がり、目尻には皺がいくつも寄り、口元が吊り上がっているので、どいつもこいつも笑っているように見える。不自然に固まった笑いが、顔の表面に張りついている。こんな顔をしたまま、きっと朝から晩まで、むしゃむしゃと我が家を食っているのだ。

戦いの形勢は初めから明らかだった。クダアリたちは砦を崩されて戦闘意欲も失ったらしく、みなへっぴり腰だ。必死になって作業員たちのドリル攻撃や刺股攻撃から逃げているが、どうにかこうにか身をかわしているばかりだ。そのくせ顔だけは、へらへら笑っている。破壊されたコンクリートの陰に隠れたつもりで、尻だけ出して震えている奴もいる。あのへらへら顔さえ見えなければ、本気で怖がっていることがよくわかる。

なかに一匹だけ、防戦の意欲を失っていない者がいた。逃げ回りながらも必死に残りの者の指揮をとっているようで、クダアリたちの親分といった恰好だ。しかしアリだけあって、いくら図体が大きくても口はきけないらしく、無言のまま手を振り足を振り、仲間のアリたちに陣地防衛の指図をしている。手足を激しく動かしながらも満面の笑みを浮かべているので、下手糞なエアロビクスの指導員のようにも見える。

そのクダアリの親分に、作業員のほうのリーダーがそろそろと近づいて行った。「御用！」とばかりに正面から摑《つか》みかかったかと見るや、イヤアーッと裂帛《れっぱく》の気合もろとも背負い投げのような技で投げ飛ばした。そのまま伸《の》しかかり、腕を逆にとって関節を決める。クダアリのほうは、決められた腕をとんでもない方向にくにゃりと曲げたまま、「参った」とも言わずに、にこにこ笑っている。

これで一安心。クダアリたちは総崩れになったようだ。

だんだん頭に血が下がって苦しくなってきたので、穴から頭を上げた。立ち上がって首をまわし、肩の凝りをほぐしていると、青白い顔をした奴が一匹、穴から飛び出してきた。うまく逃れたという顔つきでへらへら笑いながら、ぴょんぴょん跳ぶようにして二階に通じる階段を上ってゆく。耳のあたりに触覚のようなものが二本ふらふらと揺れているのが、ちらりと見えたような気がした。

「逃がすな！」

「待てえーっ！」

黄緑の作業員がふたり、間髪をいれず穴から飛び出すと、クダアリのあとを追いかけて階段を駆け上っていった。

二階中をどたどたと駆け回る足音が響き、やがて、

「天井裏に隠れたぞ」

「挟み打ちにしてやれ」

「もはや袋のクダアリだ」と、芝居がかった台詞が聞こえてくる。昨晩見た刑事物の二時間ドラマに、そっくりの場面があったのを思い出した。

騒ぎを聞きつけたのか、近所の婆さんが孫娘の手を引いてやって来た。そのまま玄関に入りこんでくる。

仕方なく応対に出ると、「何ですか、はあ」と言いながら、顔を突き出して台所の奥を覗こうとする。隠すことでもないので好きに覗かせておいたが、小さな女の子は嫌がって、早く帰ろうとばかりに、婆さんの手をしきりに引っ張っている。

「いや、たいしたことじゃありません。クダアリが出ましてね」と言うと、婆さんは「それは、それは」と頭を下げる。

「それはまた本当に難儀なことでございます」と、何度も何度も頭を下げる。頭を下げながら、目だけは台所を覗いている。孫娘は怯えたように「帰ろうよう、帰ろうよう」と、泣き顔で婆さんの手を引っ張っている。

婆さんの目は、台所でうねっているホースや、廊下に積み上げられた麻袋の上をさまよっている。そして、なにやら納得した様子でうなずくと、子供の手を押さえながら、真剣な顔でこちらを見つめ、「近頃はマスでも売っていますのに」と言う。重大な秘密を打ち明けるかのように「マスで買えば、山椒もついてきますのに」と低い声で言う。なにか勘違いをしているにちがいないと思ったが、聞き返すのも面倒だ。放っておくと、今度は「ほれ、この通り」と言いながら、嫌がる孫娘をわたしのほうへ押し出してきた。娘を差し出して、どうしようと言うのか。女の子はわたしの前で必死にもがき、ついに火のついたように泣きだした。

なんとも挨拶の仕様がなく「ご迷惑をかけて、済みませんねえ」と謝ると、婆さんは「はあ、滅多なことではございません」と言いながら、泣きじゃくる孫娘に引きずられるようにして帰って行った。

入れ違いに一人の作業員が、大きな麻袋をかついで台所から出てきた。中には人間ほどの大きさのものが入っているようで、がさごそ動いている。たしかに袋のクダアリだ。

「こいつらをどうするんですか」と尋ねてみた。

「なにしろクダアリですからねえ。役には立ちません」と言う。

「殺すんですか」と、さらに聞くと、

「殺すもなにも……」と語尾を呑み込んで、すたすた出て行ってしまった。こちらが何も知らないものだから、馬鹿にしているのかもしれない。

居間に戻って、また新聞を広げた。「顔」という欄には、いま脚光を浴びている若い経営者のインタビューが載っている。彼の話によれば、会社がすさまじい勢いで利益を上げているのは、社内のサービス残業システムを充実させたからだという。どうやらコスト削減のため、すべての業務をサービス残業にシフトさせたらしい。いったい社員はどうやって暮らしていくのだろう。ぼんやり考えていると、突然、足元の床板がバキッと割れ、大きく裂けた板のあいだから、一匹のクダアリが顔を出した。

やはり青白い顔をして、見るからに不健康そうだが、肌はつやつやと光っている。床から上半身を突き出したところで動きが取れなくなったようで、腰をくねらせながらもがいている。どうやら下で作業員が足をつかまえているらしい。床に手をついて胴体をよじり、懸命になって脱出しようとしているのに、顔だけは笑っている。その引きつった笑顔が媚《こび》を含んで妙になまめかしく、最近テレビで見た何とかいうアイドルタレントの顔にちょっと似ていることに気がついた。しかし名前を思い出そうとしても、どうしても出てこない。「松」の字が頭に付いていたような気がするが、「竹」だったような気もする。頭の中で漢字をこねくりまわしながら、そいつの姿をじっくり眺めてみると、胸元がふっくらと膨らんでいるし、必死にくねらせる腰つきにもどことなく色気がある。やはり若いメスのクダアリにちがいない。

どうしても名前が出てこないことに苛立ちを覚えながら、うろうろ歩きまわっているうちに、リーダーが麻袋を持ってやって来た。袋の口をあけて、そいつの頭に逆さにかぶせると、落ちついた声で「手を放せ」と怒鳴った。とたんにクダアリは、バネ仕掛けのように床の穴から飛び上がって、自分から袋のなかにすっぽりと入ってしまった。

「たも網漁法からヒントを得た、クダアリの捕獲法です」と、リーダーは袋の口を縛りながら言った。

「簡単に生け捕りにできます」

そのあいだにも作業員たちは、台所から玄関へと、もぞもぞ動く袋を背負ってつぎつぎに通っていった。たぶんワゴン車に積み込んでいるのだろう。しばらくして戻って来ると、また空の袋を手にして、床下に降りてゆく。

二階に上がっていた二人の作業員も、袋をぶら下げて降りてきた。芋虫のように動いている袋の両端をそれぞれ片手でつかみ、狭い階段を通るために身体を斜めにしながら、シチローはやっぱりすごいね、巨人軍は来年解散するらしいなあ、などとのんびりしゃべっている。

廊下に積んであった空の麻袋は、いつのまにか一枚もなくなっていた。

どうやら作業は終わりかけているようだ。

ノルマを果たした作業員が一人、二人、もう玄関先でタバコをふかしながら談笑している。くたびれたというように、腕を大きくまわしている者もいる。一仕事終えた解放感が、みなの表情にあらわれている。

床下の物音もすっかり聞こえなくなった。その代わりに台所からは、収納庫から出した梅干しの壺やワインの瓶を元に戻す音がしてきた。噴霧器やボンベ、ドリルやホースなども、すっかり片づけられた。

「旦那さん、終わりました」と、リーダーがドアの隙間から首だけ出して言った。

「台所、元に戻しましたので確認してください」

たしかに元通り、きれいになっていた。わたしがうなずくと、

「はい、これで大丈夫です。巣も壊しましたし、クダアリよけの天かすも撒いておきました。一年

後に無料点検があります」

その後ろで作業員が二人、箒を手にして、埃の積もった廊下を丁寧に掃いている。

すべての作業が完了すると、男たちは玄関前に整列した。リーダーが号令をかける。

「番号ーッ」

いち、にっ、さん、しっ、ご、ろく、しち、はち、きゅう、じゅうっ。

少し沈黙があって、リーダーがふたたび号令をかけた。

「番号ーッ」

いち、にっ、さん、しっ、ご、ろく、しち、はち、きゅう、じゅうっ。

また少し沈黙があった。

リーダーがわたしのほうに振り返り、困ったように頭を掻いた。

「十一人で来たんですがねー」と、ひとり言のように言う。

「一人いなくなりました。たぶん床下で迷ってしまったんでしょう。でも大丈夫です。子どもじゃありませんから」と、わたしを力づけるようにくり返す。

「出てきたら、すぐ会社に戻るように言ってください」

男たちは一列に並んでワゴン車に向かって歩き、順序よく乗り込んでいった。あれだけの数がよく入るものだ。袋詰めのクダアリだって山積みにされているはずなのに、と感心しているうちに、誰もいなくなった。

さっきまでの喧騒が嘘のように、静かな朝が戻ってきた。ちょっと暑いが、さわやかで気持のいい晴天だ。

やれやれと思いながら、玄関の戸を閉めて、居間に戻った。

二階で寝ていた妻が、ちょうど降りてきた。クダアリ退治の話をしてやると、「ちっとも知りませんでした」と目を丸くしている。ぐっすり眠っていたらしい。昨夜は遅くまで糸巻きをつづけて、家中の糸を全部巻いてしまったのだから無理もない。

「朝飯にしよう」と催促すると、答える代わりに「今日は生ゴミの日ですから、忘れずに出してください」と言う。さすがに妻はちゃんと収集日を覚えている。それにしても今日は何曜日だったのだろうと考えながら玄関に出たが、ゴミ袋が見当たらない。右側に置いた燃えるゴミの袋も、左側に置いた燃えないゴミの袋もなくなっている。どうやらさっきの作業員たちが、クダアリと間違えて持って行ったらしい。手間が省けた。

台所では妻が片手に鍋《なべ》を持ったまま、心配そうな顔をしていた。

「クダアリって、シロアリのことじゃありませんよね」と言う。

「そりゃ違うさ。こんなに大きいんだ」と両手を広げて見せた。「こーんなに大きいんだ」と、背伸びまでしてやると、ちょっと安心した様子で豆腐を切りはじめた。

しばらくして、フライパンに油を塗り火にかけながら、「卵はないでしょうか」と聞く。

冷蔵庫をあけて「たくさんあるぞ」と答えると、

「それも駆除してもらわないと」と、心配そうな声を出す。

「卵がかえったら、家が食べられてしまいます」と言う。

「大丈夫、大丈夫」と答えながら、作業員がまだひとり床下に残っていることは言わないでおこうと考えた。

心配性の妻のことだから、そんなことを知ったら、夜中に急に出てこられるのが心配で眠れなくなるかもしれないし、気持が悪いと言って床下収納庫の梅干しを捨ててしまおうとするかもしれない。友人から特別に分けてもらった、あの紀州南高梅《なんこううめ》の極上物を捨てられては大変だ。

迷ったといっても子どもではない。いずれ出てくるに決まっているのだから、出てきたときに説明してやることにしよう。

間男

私は間男になっていた。

それもただの間男ではない。自分の女房の間男だ。

気がついたら、そういうことになっていた。

女房にはちゃんとした亭主がいる。何者かは知らないが、誰はばかることなくこの家の主人として暮らしている。恰幅《かっぷく》のいい威圧感のある男のようだ。私の女房をしたがえて、家のなかをのっしのっしと歩く気配が、下から伝わってくる。咳払いのような低い物音も聞こえてくる。

私のほうはどうやら、この家の天井裏に隠れ住んでいるらしい。私がここに身を潜めていることを女房はもちろん知っている。自分の間男なのだから知らないはずはあるまい。亭主のほうは何も気がついていない。

これは悪い話ではないように思われた。表立って亭主であるよりも、間男のほうが都合がいいに決まっている。亭主ともなれば女房子供を養わなければならない。そのほかにも一家を支えてゆくには、いろいろ面倒なことがある。それが間男という立場に身を置いてしまえば、何もせずにぶらぶらしていて、好きなときに女房を抱けばいいのだ。自分の女房なのだから遠慮はいらない。もし何か面倒が起こったら、するりと天井裏に姿を消すだけのことだ。

私がここにいることも知らずに、一家の主人だと思い込んでふんぞり返っているあの男が、滑稽《こっけい》に思えて仕方なかった。間抜けなやつだと思った。ひとしきり腹の中で笑っているうちに、寝取られ亭主の顔が見たくなった。そういえば天井板のどこかに、節穴があったはずだ。

天井裏は狭くて暗い。その中を気づかれないように移動するには、腹這いになって、一か所に重みがかかりすぎないようバランスに注意しながら、巧みに手足を動かさなければならない。しかしどうやら私は、その腹這いの姿勢がすっかり身についてしまっているようだ。肘《ひじ》と膝《ひざ》を曲げたまま軽く手足に力を入れれば、音も立てずにするすると匍匐《ほふく》前進することができる。自分にこんな芸があったとは知らなかった。なんだか妙に嬉しくなって、大きなヤモリにでもなったような気分で、天井裏をあちこち這いまわっているうちに、節穴のある場所にたどり着いた。淡いフットライトのような光が下から射しこんで、その光の筋のなかに無数のこまかい埃が蚊柱のように渦をまいている。するすると近づいて、蚊柱のなかに顔を入れ、節穴に目をあてて下を覗いてみた。たしかに我が家だ。簞笥《たんす》を置いた八畳の居間で、黒い座卓のまわりに大きな座布団が二つ、小さな座布団が一つならんでいる。床の間を背にした正面のあの渋茶色の座布団が私の席だ。いや、今では恰幅のいいあの亭主の席なのだろうか。

畳のうえに人影がさした。男の裾が見え、ついで女房の裾が見えた。それから男の頭のてっぺんが視界に入った。かなり禿げている。私よりはだいぶ年上だろう。上から見下ろす男の身体は、滑稽なほど寸詰まりだ。てかてか光る丸い頭の下に、すぐ足の先が見える。あんな男が女房の趣味なのか。もっとよく見てやろうと天井板に顔をぴったり押しつけ、下を覗きこんだとたん、頭の禿がすうっと後ろにまわって、こちらを見上げる気配がした。私はすばやく顔を引っ込めた。

暗闇のなかで腹這いになったまま、次の行動を考えた。

どうやったら女房に接近することができるだろう。こちらから合図をすることはできない。私は間男なのだから、亭主が家に居座っているかぎり、息をひそめているしかない。とにかく男が出ていくのを待つのだ。しかし男はいつ出ていくのだろう。今のところ出ていく気配はない。ぼんやり思い出してみると、これまでにも出ていったことはなかったような気がする。どうやら私は、もうずっと前からこうして下の様子をうかがいつづけていたようだ。きっとあの男は、どういう理由かは知らないが、家の外には一歩も出まいと決めているのにちがいない。男がその気なら、いつまで経っても女房と密会することはできない。

もちろん外で会えるのならいい。だが女房も外出する様子はない。いつもあの男にくっついている。くっついて家の中を動きまわっている。天井裏にいる私のことなど忘れたように見える。

いずれにしても自分の間男なのだから、女房のほうから合図を送ってくるはずだ。チャンスがあれば知らせてくるだろう。しかし、つらつら考えてみると、これまでに合図をもらった記憶がない。節穴を通して目配せを受けた覚えもないし、箒の柄で下からトントン叩かれたこともない。思い出せるかぎりのことを思い出してみたが、私はいつも、ただこうやって天井裏に這いつくばっていたような気がする。この前女房を抱いたのは、いつだっただろう。

女房なんだから、もっと私を大事にしてもよさそうなものだ。私のほうが裏切られているのだろうか。しかし間男なのに「裏切られている」と言うのもおかしなことだ。

もしも、二人の間に割り込んでいったらどうなるだろう。天井裏から飛び出して見得を切り、俺の女房をどうしてくれる、と怒鳴ったとする。私はしょせん間男なのだから、逆につまみ出されるのが落ちかもしれない。それならそれでもいい。問題はそのとき女房がどちらの味方をするかだ。こちらの味方をしてくれるという自信はない。亭主だというのに心細い話だ。

下ではどうやら晩酌がはじまったらしい。外はもう夜なのだろう。もう一度節穴からそうっと覗いてみると、女房があの男に酒をついでいる。その肩を男が抱いている。私にはなにもすることがない。

仕方がないので、天井裏の奥を探検してみることにした。

身体の向きを変え、節穴とは逆方向にするする這ってゆくと、やがて頭が壁にぶつかった。行き止まりだ。しかし壁といってもごく低い間仕切りのようなもので、屋根組との間に隙間がある。腹這いの身体を蛇のようにくねらせて、その隙間から奥へ滑り込んだ。急に頭の上が開けた気がした。月の光でも射しこんでくるのか、ぼんやりと明るくなった目の前に大きな空間が広がっている。広間といっては大げさだが、ここだけ屋根を持ち上げて、天井板との間を物置として使っているらしい。我が家の屋根裏にこんな場所があったとは知らなかった。中は古い家具でいっぱいだ。かび臭いにおいのする戸棚や簞笥が不規則に積み重ねられて、空間をふさいでいる。見覚えのある懐かしい家具も目についた。父の書斎の一角を占めていた重厚な両袖の机。小学校に上がったとき買ってもらった、子供用の勉強机と小さな椅子。長い間放ったらかしにされているようで、だいぶ埃が溜まっている。いつからこんなところにあったのだろう。

籐の椅子がひとつ、人を待つような形でいちばん端に置かれていたので、立ち上がって腰をおろした。身体を縦にしてみると、久しぶりにヤモリから人間に戻ったような気がする。椅子のうえで脚を組み、身体を揺らした。こうして屋根裏でくつろいでいると、自分は間男ではなくて、居候なのではないかというような心持にもなってくる。ここは遠い親戚の家で、金も定職もなく転がりこんできた私に眉を顰めながらも、屋根裏に住まわせてくれているのではないだろうか。居候なのだから咳ひとつするにも遠慮して、ひっそりと身を潜めていなければならない。こちらから何かを要求するなど、もってのほかだ。そう思うとくつろいでいた気持も薄れ、今度は寄る辺なさが身にしみてくる。

そのとき、積み重ねた家具の後ろで、コトリと小さな音がした。振り向くと手前の机の向こう側に、ぴったり切りそろえた女の子の前髪のようなものが見えた。その前髪がゆっくりと持ち上がり、こけしのような顔があらわれた。娘の小春だ。丸く削った木の表面に墨で描かれたような細い目鼻。赤い点のように紅を差した口。肩から先を机の上に出してじっと動かないその顔は、まさにこけしそのものだ。しかし、自分の娘がこけしであることに格別の不審な思いもなかった。

わざわざ屋根裏にやって来たということは、女房との連絡役なのだろうか。声をひそめて、「小春」と呼びかけた。しかし返事をしない。手招きしても、寄って来ようともしない。そうだ、女房宛の手紙を娘に託そう、と思いついた。ポケットの中を探ると、紙の切れ端が見つかった。「連絡を待つ」とひとこと書いたあと、「亭主」とサインすべきか、「間男」とサインすべきか迷った。結局なにも書かないことにした。

「小春」と、もう一度小さな声で呼びかけた。娘はやはり動かない。仕方がないのでこちらから近づいた。前髪をそろえた丸い頭を撫でていると、こけしの顔をした娘が不憫《ふびん》でならなくなってきた。

「かわいそうに」とつぶやいた。「かわいそうに。こんな姿になってしまって」と何度もつぶやきながら、頭を撫でた。それから手紙を渡そうとすると、小春はくるりと後ろを向き、積み重ねた家具の間に姿を消してしまった。

走り書きの紙を指の間にはさんだまま、どうしたものかと考えているうちに、ふと、あの娘が本当に自分の子どもなのかどうか気になってきた。カッコウのようにずる賢く、自分の娘をあの男に養わせているつもりだったのだが、実は逆だったのかもしれない。もしも小春が、女房とあの男との間にできた子どもだとすれば、自分のほうが騙されていたことになる。他人の子どもをずっと自分の子だと思い込んで育ててきたことになる。しかし、たとえそうだとしても子どもに罪はない。あの男の子どもだったとしても、認知はしてやらなければなるまい、と思った。

渡すことのできなかった手紙は、天井板の隙間に隠しておくことにした。

隠し終えると、またやることがなくなった。

椅子に座っているのも飽きたので、床に腹這いになった。この姿勢のほうがしっくりする。床板に顔を押し当ててじっとしていると、自分は間男でも居候でもなく、不法侵入者ではないのかという気がしてきた。あるいは誰かに囚われて、この屋根裏から脱出できずにいるだけなのかもしれなかった……

もうずいぶん前から、何の物音もしない。床板に触れている首筋が、ドキンドキンと脈を打っている。あとはただ深い沈黙が広がっているばかりだ。

家の中はすっかり寝静まったようだ。

小春を間にはさんで、女房とあの男は川の字に寝ているのだろうか。それとも女房は娘を別室に寝かせ、あの男とひとつの布団にくるまっているのだろうか。

いろいろ想像をめぐらせてから、また考えた。間男というのは、女が夜中に自分の家で寝ている間、いったい何をするものだろう。家に帰って、自分も寝るのにちがいない。しかし私の場合、ここが自分の家なのだ。では、自分の家の屋根裏にひっそりと身を隠している間男とは、いったい何者であろうか。間抜け以外の何者でもあるまい。

そのように推論してから、ともかく下へ降りようと思った。小春があらわれたのは、山積みになったこの家具の後ろからだ。どこかそのあたりの家具と家具の間に、下へ降りる穴か梯子《はしご》のようなものがあるにちがいない。

手前のテーブルの下が大きくあいていたので、細い木の脚の間からするすると滑り込んだ。家具はぎっしりと積み重なっているように見えるが、身体を入れられるくらいの空間はいくらでも見つかる。横向けに立ててある机と斜めになった食器簞笥の間をくぐり抜け、積み重なった椅子の間に隙間をみつけてすり抜ける。しかし行く手にはまだまだ家具の山がある。床に目を凝らしてみるが、穴も階段も見つからない。家具と家具との間隔はだんだん狭くなってきた。目の前には大きなソファーが背中を見せ、その上には重そうな桐の簞笥が横積みになっている。右は壁、左は本棚。どこを通ればいいだろう。この大きなソファーの下をくぐり抜けるしかない。身体をできるだけ平べったくして、木枠の下に上半身を押し込んでみる。隙間は狭いが、ソファーの座席の底は柔らかいので、なんとかなりそうだ。顔を床にこすりつけながら、後頭部でぐいぐい押して進んでゆく。上半身が入った。それなのにまだソファーの向こう側に頭が出ない。これ以上は無理だ。ソファーの底と床板の間に頭が挟まって、どうにもならない。頭が圧迫されるので横にねじ曲げるようにしながら、いったん引き返そうと後ずさりをはじめた。匍匐後退というのは、匍匐前進よりもかなりむずかしい。腰を左右に振りながら、少しずつ後ずさりしているうち、股間に何か太くて固いものが当たった。間間《まま》あることだが、いつの間にか方向がずれて、後ろにあった机の脚を股の間に挟んでしまったようだ。仕方がない、やり直しだ。前方に少し這い戻り、腰をひねって、身体を横にずらしてゆく。なかなかうまくいかない。四つん這いならいいのだが、手足を横に大きく開いたヤモリのような体勢なので、うまく力が入らないのだ。机の脚から股間を離し、身体をねじって左脚からゆっくり抜いてゆく。しかし膝まできたところでまた引っ掛かってしまった。膝の関節が逆に曲がらないのが、なんとももどかしい。頭は圧迫されているので、これ以上前には出せない。もっと身体を右に動かすしかない。へっぴり腰で踏ん張って、無理やり膝を抜こうとしたとたん、後ろの方に積んであった木の椅子の山がバランスを失ったらしく、身体の上に崩れ落ちてきた。突き出していた右脚や腰に当たったが、痛みはたいしたことはない。しかし落ちてきた椅子は、下半身の上に複雑に積み重なっている。しかもちょうど後ろに伸ばしていた右脚の下に、椅子の背もたれかなにかが、斜めに入りこんでしまったようだ。膝を曲げようとしても、椅子が邪魔で曲げられない。そう重くもない椅子なのに、脚を伸ばし切っているために膝の力が使えない。そのうえ椅子どうしがくさびのようにがっちり嵌《は》まり合って、動かなくなっている。逆に左脚のほうは、曲がった膝の内側に机の脚が引っ掛かったまま、動きが取れない状態だ。これではどうにもならない。前進することも後退することもできなくなってしまった。上半身を左右のどちらかに少しでも動かせればいいのだが、ソファーの底に押さえこまれて身動きできない。手足を広げたまま、家具の下に押しつぶされた恰好だ。頭も横向きに圧迫されたまま、ほとんど動かせない。見開いた目の先に見えるものは、ソファーの下の闇ばかり。自由な右手で念のためにソファーの下を探ってみたが、底の柔らかい布地に当たるだけだ。左手は肩からねじ曲がった状態になっていて、肘から先がソファーの外に出ている。何か手がかりになるものはないかと、肘の動く範囲を手探りしてみる。指先が本棚の棚板らしいものに当たった。必死に指先を伸ばして板の端をつかむ。力を込めて引っ張る。棚板はあっけなく本体から外れて、手前にすべり落ちてきた。これでは仕方がない。あとは腰を振ることくらいしかできない。肘か膝をひとつでも立てることができれば、それを支えにして踏ん張れるのだが、それができない。右の脚は伸びきったままだし、左の脚は折れ曲がったままだ。両手はなんとか動かせるものの、肩がぺったり床に押さえつけられた状態なので、力の入れようがない。ソファーの底というのは恐ろしいものだ。柔らかいくせに、大変な重量でじわじわと圧迫してくる。そういえばソファーの上には桐の簞笥がのっていたのだ。床に張りついた身体が、ゆっくりと扁平に押しつぶされてゆくような気がする。右にねじ曲がった頭も、もうまっすぐに戻せない。両手の指で床を引っ掻き、尻をへこへこ振りながら、どうしたものかと思案しているうちに、机の脚に引っ掛かった左の膝がずきんずきんと痛みだした。左の肩も痺れてきた。ねじれた顎も苦しい。こういう状態をなんと言っただろう。そうだ、絶体絶命だ。おとなしくしていればよかった、と思った。どうしようもないので、全身の力を抜いて、できるだけ楽な恰好で休むことにした……

天井裏は狭くて暗い。いや、天井裏だからではない。ソファーの下だからだ。こうして動きが取れなくなってから、いったいどれだけ経ったのだろう。手足にまったく力が入らなくなっているところを見ると、一日や二日ではないような気がする。そのあいだ小春も現れなければ、女房からの合図もない。なにしろ時間の経過がわからない。長い長い沈黙の合間に、ときおりかすかな物音が下から聞こえてくるような気がすることがある。そのたびに、食事の時間だろうかと思う。そう思うと最初のうちは腹が減ってたまらなかった。湯気を立てている鍋や山盛りの白いご飯が頭に浮かんで、曲がった喉を無理に伸ばしながら、なま唾を呑み込んだものだ。しかし今では、飢えを通り越して、胃袋がどこにあるのかもわからなくなっている。手足の感覚もなくなって楽になったし、ねじ曲がったままの首の痛みもだいぶ薄らいできた。もう少しすればもっと楽になるだろう。そのあとはどうなるのか。子どもの頃、田舎の家の押入れの天井板を外したら、干からびたヤモリが落ちてきたことがあった。間もなく私もああなるのだろう。家具の下に挟まったまま半年ぐらい経って、すっかり干からびた私の身体が、大掃除のときにでも見つかるのにちがいない。

ヤモリの干物ならいくらでもあるだろうが、間男の干物は珍しい。家具の隙間から掘りだされた私の身体は、もしかしたら博物館で展示されるかもしれない。そういえば小さい頃、上野の科学博物館でミイラが展示されているのを見たことがあった。ぼろぼろになった大きな鰹節《かつおぶし》のような黒い物体は、生命があったものとは思えず、ただ不気味で恐ろしかった。ミイラの身体は棒のようにまっすぐ伸びていたが、私の身体は手足を広げてねじれ返ったまま押しつぶされた恰好だ。そんな姿が立派なガラスケースに収められて、公衆の面前に展示される。その身体はミイラのように黒いだろうか、それともヤモリのように白いだろうか。干からびた身体の横には、いっしょに発見されたあの手紙が、間男の証拠として並べられている。ガラスケースの外側に貼られたプレートには、天井裏で発見された奇妙な間男についての科学的な解説と、署名のない走り書きの手紙についての推測をまじえた考察が、日英二か国語で書かれている。
そんな私の前を、博物館を訪れた人々が通り過ぎてゆく。興味深げに解説を読む者もあれば、嫌なものを見たというように眉間に皺を寄せて足早に立ち去る者もある。子どもたちは、うわあー、と目を丸くする。おっかなびっくり近づいてきて、ガラスケースの中を覗きこむ。それから振り返って尋ねる。これ、なに？　人間？　それとも大きなヤモリ？「いいえ、子ども、それは間男というものですよ」と、母親が教えを垂れる。ガラスケースの耳元で響くその声は、まぎれもなく女房の声だ。「悪いことをすると、こうなるの。ほら、こんな干物になってしまって。バチが当たったたのね」。ふぇえー、こわいー。子どもたちは、バタバタと逃げてゆく。見飽きた大人たちもやがて部屋を出る。

静まり返った科学博物館の一室。
こけしの顔をした女の子が、干からびた私の身体を無表情な目でじっと見つめている。

千年劫

朝風呂に入って身体を伸ばしていると、遠くから父が帰ってくるのが見えた。

思い切ってリフォームしたばかりの風呂場は、築四十年を超えた古家のほかの部分とは不釣合いに大きい。総ヒノキの贅沢な作りで、新しい木の香りが漂っている。熱い湯につかりながら首をまわせば、湯気にくもった大きなガラス窓から、手入れをしないまま草が生い茂った空き地が見える。かなり広い草地の先は里山だ。

その里山の陰から現れた父は、密生した草の上を滑るようにして、ゆっくりと近づいてきた。着流しの姿で帯の端を垂らし、足取りは所在なげだ。うつむき加減にぶらぶらとこちらにやってくる。

そういえば、死ぬ前の父はいつも所在なげに見えた。定年になって役所をやめてからも付き合いは広いほうで、囲碁の会、川柳の会、酒の集まりと週に何回かは出歩いていたが、まるでひとりで川辺にたたずみ、ときどき小石を拾って水に投げ込んでは広がる波紋をじっと見つめている人のように、どことなく寂しげな様子だった。時間だけはたっぷりある定年後の生活に、特に不満を言うことはないにしても、少しつまらなかったのだろうと思う。

父は風呂が好きだった。いわゆるカラスの行水で、入ったかと思うとすぐに出てくる。いつ湯につかっているのかもわからない。もっとゆっくり温まればいいのに、と声をかけたくなることもあったが、ふんどし一丁で湯殿から出てくる瞬間は、いつも子どものような表情をしていた。父にとって入浴は、時間を昔へと巻きもどす儀式なのかもしれないと思った。仕事をやめてからも、風呂に入るのはいつも夕食前と決まっていた。朝風呂などは金持の贅沢だと思っていたのかもしれない。そんな父が死んだあとで、風呂場を総ヒノキに改造して、朝からのんびりと風呂に入っているのが、どうにも後ろめたく思われ、見つからないように口元まで湯に沈めて、そっと身体をすくめた。

父は玄関の方へまわろうともせず、風呂場の裏手の空き地に立ち止まっていた。里山のほうに顔を向けて、風向きを読んでいるようだ。いや、こちらを見ないふりをしながら、息子が迎えに出てくるのを待っているのかもしれない。こうしてはいられない。

空き地は枯れかけた草の匂いがした。空はどんよりと曇っている。父はぼくの顔を見ると軽くうなずいて、「一局打つかね」と言った。気がつくと空き地の真ん中に、立派な脚の付いた柾目《まさめ》の六寸盤が置かれている。

父と碁を打つのは久しぶりだった。なにもすることのない日曜の午後、どちらからともなく碁盤を出して石を並べていたのは、もうどれくらい昔のことになるのだろう。あの頃の父は大きかった。ぼくらはあまりことばを交わさず、均等なペースで石を置いた。勝っても負けても、ぼくは当然のように黒を持ち、最初の一手を右上隅に打った。

それからずいぶん時が経った。父が入院していた病院の談話室にも、汚れた折り畳み盤と、ボール紙の箱に入った薄っぺらな石が備えてあった。しかし痩《や》せて骨ばった父の顔を見ていると、なぜか打とうとは言い出しにくかった。別に身体を気遣ってのことではない。気晴らしをするのはむしろ身体にはいいだろうし、父も打ちたかったのかもしれない。だが遊びとはいえ、病気の父を相手に決着がつくまで勝ち負けを争うのが、なんとなく嫌だったのだ。ほかに見舞い客がいないときは、たいてい斜めに向かい合ったかたちで、ぽつりぽつりと世間話をした。手持ち無沙汰なので、薄い茶を何度も飲んだ。壁にかかった時計の針が動く音が、重々しく耳についた。こもった温気のなかに、消毒薬の匂いが鈍く沈殿していた……

草の葉をかすかに揺らせて、風が吹いている。升目の交差した線のうえにパチリと石を置く、その音が耳にも指にも心地よい。ひとつ石が増えるたびに、局面があざやかに変化してゆく。白石と黒石が、碁盤のうえに豆を撒き散らしたように点々と広がって、古代の地図に似た不思議な形を作る。黒い海のなかに白い島がいくつも浮かびあがってくる。

父が右手の指に碁石をはさんだまま、「どうかね」とつぶやいた。

盤上の形勢を尋ねているのだろうか。それとも一向に便りをよこさない息子に近況報告をするよう催促しているのか。判断がつかないまま「うん」と曖昧に答えると、父は盤を見つめたまま、遠くから響いてくるような声でゆっくりと言った。

「おまえが生まれたのは、台風の夜だった。徳島のお祖父さんが亡くなってちょうど一週間後のことだった。裏の竹藪が嵐に打たれて、それはそれは激しく鳴っていた」

その声とともに、風の荒れ狂う音が聞こえてきた。風は不穏な熱気を帯びた夜の底から、闇を押し破るような勢いで殺到し、雨を切り裂いて巨大な渦を巻いた。ぼくはたったひとりで目を大きく見開きながら、見えない闇の奥を見つめていた。いつか自分の年齢が怪しくなっていた。

祖母が亡くなったのは、ぼくが中学生のときだった。危篤だと聞いた親族たちが、父の兄にあたる大磯の伯父の家に集まっていた。祖母は八畳の和室の真ん中に寝かされていた。痩せて頬骨の浮き出た顔はとても小さく、厚い布団の下に埋もれているように見えた。皺の寄ったまぶたは閉ざされ、少し開いた薄い唇からかすかな息が漏れている。

そのまわりに十人あまりの親戚一同が正座して、布団に埋もれた小さな顔を見つめていた。そのまましばらく沈黙の時間が流れた。祖母の乾いた口がかすかに震え、唇を開いたまま動かなくなった。白い顔がさらに白くなったかと思うと、まぶたや口元から表情がすうーっと消えていった。みなが身体を乗りだした。枕元に座っていた医者が、脈や呼吸をたしかめ、つぶやくような声で「ご臨終です」と告げた。年の離れた従姉が「お祖母ちゃん」と叫んで、その手を握った。みな口々にお別れのことばを口にした。ぼくも母にうながされるまま祖母の手を取ったが、生きている人のようなその手の温かさに不思議な驚きを覚えるばかりで、何と言ったらいいのかわからず、曖昧に唇を動かしただけだった。祖母の顔は今では蠟細工《ろうざいく》のように見えた。数分前まではたしかに生気を感じさせていたこの顔から、まるで海岸に打ち寄せた波が砂に吸いこまれてゆくように、何かがすうーっと消えていったのだ。深い皺の刻まれた顔は、薄い膜でおおわれたように固まって、今ではどこにも生命が感じられない。握った手はまだ温かさを残しているのに、祖母は祖母ではない別のものになっていた。ぼくはそのことに動揺を抑えられなかった。これが死というものかと思った。

やがて通夜の準備がはじまった。じっとしていることに耐えられないのか、みな足音を殺しながら忙しげな様子で立ち働いていた。ぼくも座布団などを持って、ほとんど無意味に部屋から部屋へと動きまわった。

そんな中で父は、台所の木の椅子にひとりで腰をかけて、みなに背を向けたままウイスキーを飲んでいた。グラスに注いでは口に運び、空になるとまたなみなみと注ぐ。かなり酔っているようで、通夜の準備にも無関心な様子だ。ぼくにはその態度がなにか不謹慎なものに思えた。背後から近づくと、晩酌で父の酔いが深まったときに母がよくやっていたように、ウイスキーの瓶を取り上げて、食器棚の後ろにそっと隠した。それに気づいた父が、振り向いて目を上げた。赤く充血した目で、ぼくの顔をにらみつけてくる。そして「おまえは飲むなと言うのか」と吐き出すように言った。その目には、抑えきれない憤怒のようなものがあふれていた。

ぼくは愕然としながら、祖母の死が、父にとっては母親の死であることに気づいた。そんな当たり前のことに、中学生のぼくは、父の目を見るまで思い及ばなかったのだ。

ちょうどそのとき、伯父が台所に入ってきて何か声をかけた。救われた思いだった。父はグラスを持ったまま伯父を見上げると、小さな声で「兄さん」とつぶやいた。その目からは怒りの色が消え、ただ深い悲しみだけがあった。

あれからどれだけ経つのだろう。

父の身体は痩せて、ずいぶん小さくなったように見える。

もう酒は飲まないのだろうか。

父が碁盤から顔をあげて、遠くを見やった。

気がつけば、なんとなく空気が重く湿っている。

裏山の向こうから十人ほどの人影があらわれた。縦に列を作って、こちらの方へ静かに歩いてくる。みな黒っぽい服を着て同じ歩調で進んでくるので、まるで葬列のようだ。ぼんやりとした影に包まれて、顔まではっきりわからない。行列は声が届くくらいの距離まで来ると静止し、ゆっくりと向きを変えた。みな顔を上げて、裏山を見つめている。

その中からひとりが列を離れると、宙を踏むような足取りでこちらに近づいてきた。三年前に父と前後して亡くなった大磯の伯父だった。伯父はあのときのようにぼくらの傍に立つと、父の横顔を見つめながら「行かないのか」と言った。

父はしばらく黙っていた。それから「ここがなあ」と、碁盤の中央のあたりで戦いになっている部分を指さした。「劫《こう》になってしまった」と、少し寂しげな声で言う。

そこには大きな劫ができていた。たがいに相手の石を取り合いつづけて、いつまでも決着のつかない形だ。そればかりではない。気がつけば盤面のあちらにもこちらにも劫ができていた。劫と劫とがもつれるようにつながり合って、中央から四方へと伸び広がっている。これでは、どこから手をつけたらいいのかもわからない。

いつのまにかぼくは、父の背中のほうから白の立場で盤面を見つめていた。ぼくがここにいるのなら、父は誰と打っているのだろう。黒側の席には、小さな座布団がぽつんと置かれているだけだ。

どこからか咳払いの音がした。小さな座布団が少し動いた。そして「文目《あやめ》も分かぬ、闇のなか……」と、謡《うた》うような誰かの声が聞こえてきた。「うむ」と、父が応じるともなく応じた。

たしかに局面は「文目も分かぬ」状態になっていた。いくつもの劫をまじえて黒石と白石が交錯し、生死の区別もつかない。どこまで打ってもきりがなさそうだ。

謡う声はまだつづいていた。「生きるも死ぬも、うつせみの……」薄い笑いを帯びた、からかうような声だった。

そのとき、ぼくらの横に立って局面を眺めていた伯父が、「振り替わればいいじゃないか」と言った。「失うものがあれば、得るものもある。振り替わっておけば、そのうちいいこともある」と諭すように言う。

父はゆっくり頭を振ってから、少し顔を上げて「兄さん」と言った。その目は何か大事なことを問いかけているように見えた。話したかったのにどうしても言い出せなかったことを、今この場で話しておきたいと思っているようにも見えた。

伯父は正面から父の顔を見つめながら、今度は励ますような声で「振り替わればいいんだ」と言った。

父は無言のまま盤面に目を落とした。

あたりが少し暗くなり、裏山を見つめていた人々がゆっくりとこちらに振り向いた。どうやら出発の時間が来たようだ。

先頭に立っている男が片手を上げた。夕闇に包まれた黒っぽい塊の中で、その手に嵌めた白い手袋だけが宙に浮いたように薄く光っている。

「では、まいります」と男が言った。

かなり若そうな声だが、顔はよく見えない。

いつのまにか伯父は消えていた。行列を作っていた人々もいなくなっている。草地はしんと静まりかえり、大きな山の影があたりをおおっているばかりだ。

風がひんやりとしてきた。

向こう側の席にぽつんと置かれたままの小さな座布団が、少しずつ闇に溶け込んでゆく。

父はまだ考えている。頭を垂れたまま、じっと考えている。

流されて

目が覚めると、あたりはしんとしていた。そうか、もうここには誰もいないのだ。

見慣れた天井の木目を見上げながら、しばらくぼんやりしていた。木目のあいだから、だんだん人の顔が浮かび上がってくる。こちらには瞼《まぶた》のない大きな目、あちらには若い女の横顔。少しいびつな黒い目は、真上から無表情に私を見据えている。女のなめらかな横顔は下唇が欠けていて、鼻だけが異様に高い。天井板に棲みついているこれらの顔は何かを問いかけてくるようで、子どもの頃から謎だった。しかしその謎を解こうとすると、顔は木目の渦の中にいつも姿を隠してしまう。

夏の終わりのセミの声が遠くからジ——ンと響いてくる。いや、鳴っているのは私の耳の奥だ。広い和室はがらんとして何の気配もない。祖父の代から動きつづけていた大きな柱時計も、ずいぶん昔に止まってしまったようだ。

いつまでもこうしていても仕方がない。起き上がって、あたりを見まわすと、部屋の向こう側に水たまりができているのに気がついた。どうやら庭に面した障子の下から水が室内に流れ込んでいるらしい。見ているあいだにも水の面積はじわじわと広がってゆき、部屋の半分がもう水びたしになっている。これはいったいどうしたことだろう。障子をあけてみて驚いた。家の外壁すれすれに、一本の川が勢いよく流れている。そう広くはない川だけれど、土手の際までたっぷり水をたたえている。流れは蛇行して、我が家をぐるりと取り巻いているようだ。そういえば昔から台風の時など、波の音がぴちゃぴちゃとすぐそばで聞こえることがあったが、それにしてもこんな近くに川があったとは知らなかった。おそらく先日の大雨のときに、川の流れが変わったのだろう。そしてその水が少しずつ庭を浸食してきたにちがいない。手入れを怠《おこた》っていると、こういうことになってしまう。古い家を維持してゆくのは大変なことなのだ。父は生前黙々と煉瓦《れんが》を積み上げ、板を打ちつけて、ひとりで家の維持管理に精を出していたが、今から思えばよくやっていたものだ。私にはとてもできそうにない。

そんなことを考えているうちにも、水はどんどん流れこんできた。部屋はもう一面の湖だ。これではどうにもならない。ついに畳が床から剝がれて、浮き上がりはじめた。一枚また一枚と水の上に顔を出し、ぷかぷかと漂っている。ゆらりと揺れてはぶつかり合う畳の群れは、まるで木場に流れ込んできた小さな筏《いかだ》のようだ。

よく見ると浮いてくるものは畳だけではない。こちらには片手のもげた布の人形、あちらには白いリボンで縛った枯れた花束。いま現れたのは編みかけの赤いセーターだ。浮かんでくるものをひとつひとつ手に取って、ああ、これはあのときの、と忘れかけた記憶をたどっているあいだにも、水位はじりじりと上がりつづけ、ついに腿のあたりまで来てしまった。このままではこの家は、ダムの底に取り残された集落のように水没してしまうことだろう。いやそれよりも、私自身が溺れてしまう。

目の前に浮かんでいる一枚の畳を両手でつかまえ、よっこらしょ、と這いあがる。なんとかバランスを取ってうつ伏せにへばりつくと、畳はそれを待っていたかのようにくるりと一回転、それから家の奥へと向かって動きだした。開いた襖《ふすま》のあいだを通り抜け、客間を横切って流れてゆく。枯れた花束も赤いセーターも、何もかもいっしょに流されてゆく。きっと溜まりに溜まった水がどこかの壁を押し破り、水の通路ができたのだろう。台所に通じるドアを越えると、サラダボウルや木の盆が、一寸法師の舟のようにチャップチャップと浮いている。削りかけの鰹節が、生命を取り戻したかのように、お椀と箸のあいだを泳いでいる。私を乗せた畳は食器棚の横をすり抜けて、狭い回廊へと入ってゆく。はて、こんなところに廊下があっただろうか、これは不思議、と思案するうちに流れはだんだん速くなり、暗い回廊は地下に向かって降りてゆくようで、やがてウォーターシュートさながらの水しぶきを上げながら別の水面に落下したかと思うと、そこは下水が流れ込む地下の溜め池のような場所だった。

畳の上に起き上がって、あたりを見まわしてみる。溜め池はかなり広く、なぜかぼんやりと明るい。よどんだ水がいっぱいに広がって、あちらからもこちらからも黒い泡がぶくぶくと湧いている。泡といっしょに、いろいろなものが浮き上がっては、また沈んでゆく。泥まみれのスニーカー、赤黒く汚れた包帯のかたまり、人間の足のようなもの。なるほど、ここはきっとこの家の内臓《はらわた》なのにちがいない。記憶の中で消化しきれなかった物たちが、ここで浮いたり沈んだり、残る未練にとらわれて最後のあがきをつづけているのだ。さっきの花束やセーターもおそらくここから出てきたものだろう。

水はよどんでいるように見えて、かなりの速度で流れている。今しがた目の前に浮き上がってきた犬の首輪のようなものが、私の背後で黒い水の中に消えてゆく。――そういえばコロはどうしているだろう。むやみにキャンキャン鳴くやつだったが、いなくなってしまった今も、どこかで無事に暮らしているだろうか。――あたりがだんだん暗くなってきた。溜め池の先に、アーチ型になった暗渠《あんきょ》の入り口が見えてくる。私を乗せた畳は次第に暗渠に近づいて、やがてトンネルの暗闇の中へと吸い込まれる……

私と畳は人馬一体となって、勢いよく暗渠の外に飛び出した。消化不良の内臓から大きなげっぷのようにして吐き出されたところは、家のまわりをめぐっていたあの川の上だ。畳は大きくひと揺れしたあと半回転して前を向き、もやい綱を断ち切った小舟のように、流れに乗って進みだした。背後に首をまわしてみれば、誰もいなくなった家がもう半分ほど水に呑み込まれてしまっている。孤島のように水に浮かぶ重そうな瓦屋根や、見慣れた二階の窓が、どんどん後ろに遠ざかってゆく。我が家の内臓に貯めこまれ、浮き沈みをくり返していた思い出の亡霊もひとつ残らず消えてゆく。うん、これでいい。すべて忘れて出発だ。畳は案外しっかりと私の身体を支えてくれる。胡坐《あぐら》を組んでみると、座り心地も悪くない。座布団があればなおいいのだが、贅沢は言うまい。立って半畳、寝て一畳。それで充分ではないか。川はさらさらと音をたてながら、木立の中を縫うように流れている。爽やかな風が頬をなぶる。旅に出るにはうってつけの日和《ひより》だ。

ひとつ大きく息を吐き、仰向けに寝転がって見上げると、葉叢《はむら》から落ちる木漏れ日が、きらきらと目にまぶしい。まるで蜜蜂の群れがせわしなく飛びまわっているようだ。目を閉じても金の砂が瞼の裏に降ってくる。晴れ晴れとした初夏の光の中、私を乗せた畳は老練の水夫に操られているかのように、波を切って軽々と進んでゆく。

さらさらと流れていた水音が、妙に騒がしくなってきた。立ち上がってまわりを見れば、右も左もいっぱいの魚の群れだ。アユだろうか、コイだろうか、大きいのもいれば小さいのもいる。銀色の輝きが波間に光る。私たちはいっしょに川を下る。魚は次々に水面《みなも》に飛び上がり、ときおり狂ったような跳躍を見せる。流線型のきらめきが顔をかすめたかと思うと、水しぶきがシャワーのように降って来る。

畳は波に揺られながら、いくつもの橋を通過する。橋の上から子どもたちの叫び声が聞こえてくる。賑やかな笑い声も響いてくる。古い畳に乗って流されてゆく私の姿が可笑《おか》しいのだろうか。それとも川を下って未知の世界へと突き進む奇妙な旅人の冒険がうらやましいのだろうか。橋をくぐり抜けるたびに、川幅はだんだん広くなる。まわりに建つ人家も増えてくる。流れは次第に穏やかになり、少し灰色に濁ってくる。

やがて両側が大きく開け、広い河川敷が伸びはじめた。オーライ、オーライ。声を掛け合いながらキャッチボールをしている親子が見える。若いカップルが堤に座って足を垂らし、肩を寄せ合って話をしている。少し離れたところでは、背広を着た中年の男が何か屈託を抱えたように、目を下に落として缶コーヒーを飲んでいる。その後ろを自転車に乗った少年が通り過ぎる。大きな橋の下では浮浪者が二人ならんで、膝を抱えて黙りこんだまま川の流れを見つめている。

魚の群れはいつか散り散りになり、代わりに舟がぽつぽつと現れはじめた。小さなボートの上では、白いシャツの少年が力いっぱいオールを漕いでいる。幟を立てた釣り船には客が乗っていないのか、舳先《へさき》に立った船頭がひとりでタバコをふかしている。荷物を載せた平底船が、川を斜めに横切ってゆく。真新しい薄手の畳に乗った娘もいるが、どうやら私の畳とは違って下にエンジンでも付いているらしく、モーターボートのように軽快に水の上を滑ってゆく。

それぞれの舟が私に向かって親しげな挨拶を送ってくる。日に焼けた顔の船頭が私の顔を見てこっくりとうなずく。ボートに乗った少年も、オールを漕ぐ手を一瞬止めて、照れたような笑顔を見せる。私も畳の上から手を上げてそれに応える。モーターボートの少女だけは、なかなか言うことを聞かない畳の操縦に必死のようで、反り返った畳縁《たたみべり》を両手で握りしめたまま、わき目も振らずに驀進《ばくしん》してゆく。

耳をすませばどこからか、ゴンドラ乗りの歌声が風に乗って聞こえてくる。不実な娘を恨みながらも、あきらめ切れない若者の歌だ。はるか遠くのほうからは、ヨーソロ、帆を上げろ、と勇ましい掛け声も響いてくる。彼方に見えるあの帆船はどうやら海賊船らしい。髑髏《どくろ》のしるしをマストに掲げ、宝を求めてどこまでも海を渡ってゆくのだろう。

川幅がさらに広がると、船どうしの距離は開いてゆく。豆粒のような船影が、あちらこちらに散らばってゆく。見上げると空が曇ってきた。風も少し強くなってきたようだ。もう挨拶を交わす船もない。畳の上にまた横たわり、大の字になって手足を伸ばす。立って半畳、寝て一畳。目の詰んだイグサを撫でまわしながら、呪文のようにつぶやいてみる。応えるものは自分の心臓の音だけだ。灰色の雲が流れてゆく。

どこまで流れてきたものか、いつしか川は海にも似た悠々たる大河となっていた。重く濁った茶色い水が、視界いっぱいに広がっている。すべてを呑み込む大河の流れに身をゆだねて、私は仰向けのまま運ばれてゆく。左右に伸ばした両手の先を濁った水に浸していると、そこからとろとろ肉が溶けだし、身体の芯まで空っぽになってゆくようだ。畳もかなりふやけてきた。イグサの表面が波打って、畳縁の布の縫い目もあちこちでほつれている。慣れない長旅に少し疲れているのだろう。休ませてやれるといいのだが。

茶色い水の向こうのほうに、黒い煙が上がっている。ちろちろと燃え上がる炎も見える。薪《たきぎ》を積み上げて何かを焼いているようだ。その傍で大勢の人々が、声をそろえて静かに歌っている。歌声は煙とともに高い空へと昇ってゆく。女たちが川辺に並んで、細長いものを水に浮かべている。細長いものは女たちの手を離れると、ゆらゆら漂いながら下流に向かって流れてゆく。

少し離れたところで、ひとりの年老いた女が、岸辺にしゃがんで何かを洗っている。その口がゆっくりと動いているのが、遠くからでも見て取れる。きっと祈りを唱えているのだろう。聞こえないはずのその祈りが、私の心に響いてくる。空っぽの胸にこだまする。サリーのようなものを着てはいるけれど、あれは私の母にちがいない。亡くなった息子の骨を拾い集めて、聖なる水で清めているのだ。呼びかけるには遠すぎる。それに今の私には、立ち上がることも、手を振ることも、声を出すこともできない。同志の畳は姿を消した。私をここまで導いてくれたあの畳は、役目を終えて満足したらしく、ほどけかけた縁布《へりぬの》を挨拶代わりに軽く振ると、先ほど沈んでいったのだ。今ごろは水の底で、ゆらゆら揺れる藻に囲まれて、ゆっくり休んでいるだろう。実を言うと私の身体も、聖なる水に洗われてすっかり溶けてしまった。私の代わりに浮かんでいるのは、虫に食われた一枚の板切れにすぎない。穴があいて腐りかけた小さな板切れが、波に揺られて水面を漂い、遠くへ遠くへと流されてゆく。ぼろぼろの板切れとなり果てた息子など、大切な骨を洗い清めている母にとって、何の用があるだろう。

母の姿が消えてゆく。立ちのぼる煙も消えてゆく。

雲の切れ目から夕暮れの光が一筋、穏やかな水面に落ちてきた。板切れとなった私はどこまでも、静かな水に流されて、河口へ向かって下ってゆく。やがていつかは海にたどり着くのだろう。そこにはきっと何もないにちがいない。水と空とが世界の果てまで、無関心に広がっているだけにちがいない。西の彼方に太陽が沈んでゆく。紫の光が私をやさしく包み込む。

丘の上の桐子

長い眠りからさめたとき、桐子はすぐに研究所へ行かなければと思った。

窓の外は初夏の日差しにあふれて、なにもかもが白かった。まだまどろみから抜けきっていない身体で、外気の中に踏み出すのは少し勇気がいる。玄関を出てまぶしい光のなかを歩きはじめると、いきなり度の強い眼鏡をかけたときのように、頭がくらりとした。

研究所は小高い丘の上にあった。かなり急な坂を登ってゆくと、柱だけが残った石の門があり、そのなかに古い駅舎を思わせるような建物が、ぽつんと立っている。入口にかかっている木の看板は、風雨にさらされて「……心理……」という二文字がかろうじて読み取れるだけだ。桐子は正面の入口を通りすぎて、建物の角を直角に曲がった。裏手の階段を登った二階のいちばん端、そこが牛山教授の研究室だ。

久しぶりの研究室はなにも変わっていなかった。教授の机はあいかわらず散らかったままで、その横の壁には、ドイツ留学から持ちかえったという巨大なブリキの雄鶏《おんどり》が掛かっている。部屋の奥には天井まで届く書棚がいくつも立ち並び、右の隅では、石臼と車輪を組み合わせたように見える機械が、ぎりぎりと低い音を立てながら回転をつづけている。一日に一度、連絡のためにやって来る事務員が、紙袋を小わきに抱えて、ちょうど出てゆくところだった。

教授はいつものように忙しげで、紙と鉛筆を手にして歩きまわりながら、何やらぶつぶつとつぶやいていた。ときどき机に駆け寄って、紙のうえに何か書き込むと、またせわしなく脚を動かしはじめる。桐子が入ってきたのにも気がついていない様子だ。

臨時のアルバイトとはいえ、長いあいだ休んでしまったことで気後《きおく》れを感じていた桐子は、口ごもりながら挨拶をしようとしたが、教授は一瞬目をあげて「ああ」と言ったきり、すぐに桐子のことなど忘れたかのように、唇を嚙みながら自分の考えに戻ってしまった。べつだん気にしてもいないらしい。

左手の机に座って仕事をしている秘書の中井鶴子が「桐子さん、もう元気になったの？」と声をかけてくれた。長い眠りに入るまえ、休みをとる口実に、体調がすぐれないので田舎の叔母の家でしばらく休養したいと言ってあったのだ。教授のために用意してあった詫びのことばを口にすると、鶴子は「叔母さんの家って広いんでしょうね。田舎に親戚の人がいるって、うらやましい」と、つぶやいた。桐子は何気ない顔で「ええ、まあ」と答えたが、嘘を見抜かれているような気がして居心地が悪かった。

桐子はいちばん奥の壁にくっついた小さな机に腰をおろした。この位置からまわりを見まわすと、ようやく自分の場所に落ちついた気がする。休暇に入る前の感覚がよみがえってきた。ガラス窓から斜めに見える向かい側の研究棟の眺めも、ちょっと左右にぐらつく椅子の座り心地も以前と変わりがない。机のうえには、前に来たときに整理し残してあった本が、そのまま山になっていた。これからまた作業のつづきだ。いちばん上の一冊をおろしてページを開こうとしたとき、教授が急に振り向いて「あれ、書いてきただろうね」と声をかけた。

そうだった。「あれ」を渡さなければ。桐子は「はい」と答えて、バッグから四、五枚の紙を取り出した。教授は振り向くと、左手に握った鉛筆を細かく動かしながら、桐子の手から紙の束をひったくった。

「うん、これこれ。ちゃんと記憶のいちばん深いところまで降りてみただろうね」

「はい」と桐子は答えたものの、自分が何を書いたのか、もうはっきりとは覚えていない。

そもそも無理な話だ。

休暇を申し出たとき、教授はこころよく承諾してくれたが、研究所を出る桐子に一粒の小さな錠剤を渡して、休んでいるあいだの宿題だと言わんばかりに、奇妙なことを言いつけたのだ。これを飲んでから横になって目を閉じ、自分の子供のころのことを考えてみてほしいと言う。じっくり幼児期のことを思い出し、記憶を先へ先へとたどって、いちばん古い思い出を掘り起こす。それをことばにして、できるだけ詳しく書き留めてくるように、というのが教授から与えられた宿題だった。

桐子には幼いころの記憶がほとんどない。何よりも両親の記憶がないのだ。母親は桐子を産んでまもなく死に、父親は子どもを捨てて出ていったらしい。育ててくれた祖母が何も教えてくれず、写真も見せてくれなかったので、顔さえもわからない。親がいなくて寂しかったかどうかもはっきり覚えていない。今となってはどうでもいいことのような気もするが、ともかく彼女の人生の始まりの時期には、大きな空白がある。

言われた通りに錠剤を飲んで横になってみたものの、いくら思い出そうとしても、いくつかのイメージがきれぎれに浮かんでくるばかりだった。皺の寄った祖母の目、雨の日の縁側の湿った匂い、橋のたもとに立っていた赤いポスト、手足が取れかけた古い人形、暗闇で目覚めたときの恐怖、誰かのごつごつした大きな手……

桐子はそれらのイメージに適当な脚色をくわえて、辻褄《つじつま》の合うように話を作り上げた。本で読んだ場面もいくらか混ぜ合わせた。ちょっと考えてから、いちばん古い記憶は三歳の頃である、と書きつけた。そして、この厄介な宿題に一応のけりをつけると、布団に顔を埋《うず》め、ほの暗い海底に吸い込まれるようにして長い眠りに入っていったのだった。

教授が読みおえるのを落ちつかない気持で待っているあいだに、若い大学院生の笹倉が入ってきた。教授のたったひとりの弟子だという話で、指導を受けに週に二回ほど通ってくる。身だしなみに気をつければ美男子だといっても通りそうな顔なのに、いつもぼさぼさの髪をして、神経質そうに眉を顰め、やや寸詰まりのくたびれたシャツを着ている。桐子とは目で挨拶したが、教授がレポートに読みふけっているのを見ると、低い声で鶴子と話をはじめた。

桐子は自分の書いたものがこうしてみんなの目の前で読まれていると思うと、人前に裸の姿を晒《さら》しているようで気詰まりだった。だいたい本の整理のために臨時で雇われているだけなのに、なんでこんなものを書かされないといけないのか。そう言えば、アルバイト募集の面接のときに、話の流れで幼いころの記憶がないことを口にすると、それまで上の空だった教授の目が、なにか面白いものを見つけたとでもいうように、きらりと光ったように見えたことを思い出した。

教授はこれまでもたびたび、桐子を使って遊びのような心理実験をくり返していた。もちろん強制されるわけではないが、頼まれれば嫌とは言いにくい。しぶしぶ応じはするものの、自分の心のなかを探られるのは、腹立たしくもあり、不安でもあった。

たとえば本のデータをパソコンに打ち込んでいると、突然目の前に、一枚の紙が突き出される。

「これは何の絵だね」と教授の声が追いかけてくる。複雑に入り組んだ模様が目に飛び込んでくるが、予想もしていなかった桐子には、とっさには何とも答えられない。

「何に見える。何でもいいから思ったことを言ってごらん」

「ええと……そうですね……ブランコです。女の子がブランコに乗って遊んでいる……」

「ブランコから連想するものは何」

「ああ、ええと……公園、揺れる、風、雲……ふわっと浮かんで、落ちる、血……」

答えているうちに桐子の頭には、そのときの情景が浮かんできた。落ちたところに木の枝があって、腿に刺さって血が出た。泣いていると誰かが、傷口に唇をあてて、血を吸ってくれた。あれは誰だったのだろう。祖母ではない。今まですっかり忘れていた。それからもいくつも質問された。

質問されるたびに桐子はとまどい、必死に考え、なんとか答を口に出した。教授の方はほとんど表情も変えずに桐子の反応をうかがっている。おもちゃにされている気分だった。

宿題を終えて長い眠りに入ろうとしているとき、桐子の頭にそのときの絵柄が浮かんできた。白黒だったはずなのに、なぜか真っ赤な絵になっている。そうだ、あのブランコ、血。怪我をしたのはいつのことだったのだろう。大きな手のひらが近づいてくる。血のしたたる腿。いや、頭ではなかったか。痛さよりも、怖かった。木の枝じゃない。どこだったのだろう。机の角……腿の血を吸ってくれた唇は、ブランコの時のものではなかったのか。

ぼんやりと考えながら、桐子は布団のなかで寝返りを打った。右を下にして、胎児のような恰好で丸くなる。小さかったころ、手足の取れかけた布製の人形で遊んでいたことが、ふっと記憶のなかによみがえってきた。ままごと遊びで人形を抱いている。人形が悪いことをするので、「いけません」と言って、髪の毛を引っ張る。「悪い子」と言って、ぎゅっと引っ張る。強く引っ張ると痛い。あんまり強く引っ張ると抜けてしまうかもしれない。痛い、痛い。髪の毛を引っ張られる。引っ張らないで。お願い、引っ張らないで。

桐子の記憶が曖昧になってくる。それから何を思い出したのだろう。布団のなかで丸くなっていた自分の姿。眠り込む直前のとろけるような感覚。記憶が蜘蛛《くも》の巣のようなものに引っ掛かり、押しても引いても動かなくなる。布団のなかで桐子の身体は、手足の取れかけた人形となって、澱《よど》んだ水のうえにうつ伏せに浮かび、水底の泥を見つめながらやがて黒い闇のなかに沈んでいったような気がする。しかし今ではそのこと自体が黒い闇だ。

教授は桐子が書いた紙を無造作に机のうえに放り投げると、「すると、きみは子どものころ病気で寝ていたときに、夢で螺旋《らせん》のようなものを見たと言うのだね」と尋ねた。

不意を突かれて、質問の意味がよくわからず黙っていると、教授は畳みかけるように「目の前でたくさんの螺旋のようなものが、くるくる回っていたというわけだね」と言う。そんなことを書いた覚えはない。そう言おうとしたとたんに自信がなくなり、口をつぐんでしまった。教授はさらに「その螺旋の形は、ネジ釘のようだったかね、それともバネのようだったかね」と追い打ちの質問をかけてくる。なんの話だろう。そんな記憶はないはずなのに、教授の断固とした声を聞いていると、螺旋状のものがくるくると回っている映像が、自分が経験したことのように浮かび上がってくる。桐子は助けを求めるように首を動かした。笹倉と中井鶴子が、話をやめてこちらを見つめている。

桐子が押し黙っていると、教授は困ったものだという顔をして、ひとつ溜め息をついた。

「きみは生まれてからずうっと夢の中にいるような気がしているんじゃないのかね」

そう言った教授自身が、いくぶん放心したような表情になっている。その視線が宙をさまよい、天井の一角を見上げてぴたりと止まった。研究室には、ちょっと困惑した沈黙が流れた。

やがて教授は立ち上がると、半分おどけたような調子になって、「うむ。人の心の不思議さよ」と歌うようにつぶやくと、書棚から一冊のバインダーを抜き出して、桐子の渡した紙をそのなかに収めた。背表紙になにか書きつけてから、桐子の方に振り向いて、「今日はもう帰っていいよ。まあ、ゆっくり調子を取り戻すことだ」と言う。

桐子は言われるままに立ち上がった。頭がくらくらして、たしかにまだ本調子ではないようだ。帰りがけにさっきのバインダーをそっと覗いて見ると、背表紙には「深層意識のスパイラル効果とリバウンド現象」というタイトルがついていた。

その日から桐子はまた以前のように研究所に通いはじめた。

丘のふもとにあるアパートから坂を上ってゆくと、家々の屋根が少しずつ見えてくる。研究所に着くころには、下に広がる小さな町の全景が姿をあらわす。振り返って一息つき、風化した石の門を通って構内へと入ってゆく。

ふだんの仕事は単調なものだった。埃をかぶった古い本を書棚からおろし、手書きの黄ばんだカードと照合しながら、書名、著者名、発行年と、ひとつひとつパソコンにデータを打ち込んでゆく。

用のなくなったカードに赤鉛筆で線を引く。必要があれば新しいラベルを作って、本の背に貼りなおす。一冊終われば、次の本に取りかかる。桐子はこの単調さが嫌いではない。

桐子が仕事を再開してから、教授はとなりの実験室にこもることが多くなっていた。休んでいるあいだに、研究の性質が少し変わったのかもしれなかった。おかげで桐子は落ちついて仕事を進めることができた。秘書の鶴子は以前と同じように、いつも同じ場所に同じ姿勢で座っている。どちらかといえば無口で、わからないことを尋ねると親切に教えてくれるが、無駄なおしゃべりはあまりしない。何事もないときの研究室は、秋の日の午後のようにゆったりとした時間が流れてゆく。

しかし笹倉が来る日は、少し研究室の空気が変わった。笹倉も当然、実験室にいることが多いのだが、ときどきこちらに息抜きにやって来る。そして鶴子を相手にしきりに愚痴をこぼすのだ。自分の論文がうまく進まないらしい。若いうちに業績を作らなければならないのに時間が足りないと嘆くのは、教授の手伝いをさせられることに遠回しの不満を述べているのだろう。教授の足音が聞こえると、笹倉の愚痴はぴたりと止まった。

研究所は概して静かだった。渡り廊下で直角につながった別棟も、ひっそり静まり返っていることが多い。町の喧騒からも離れているので、中庭でキャッチボールをする音や、事務員のおしゃべりする声などが、遠くからでもよく聞こえてくる。

桐子は牛山教授の個人的なアルバイトとして雇われているので、全体の事情はよくわからないが、研究所はかなり財政難のようだった。建物は古びたままだし、備品にも旧式のものが多い。あまり活気が感じられないのが、桐子にはむしろ心地よかった。廊下を歩いてみても、両側に並んでいる研究室のうち使われているものは少ないらしく、人の気配が感じられない部屋が多い。廊下をはさんだ向かいの研究室も、名札が外されて倉庫になっている。

この棟でいちばん活動的な空気が流れているのは、斜め向かいの宇田川准教授の研究室だった。前を通ると中から鼻唄が聞こえ、動物のおしっこのようなにおいがいつも漂ってきた。ときどき血のにおいがすることもある。研究室の主《あるじ》がネズミをたくさん飼っているからだ。育てたネズミを実験に使い、頭を切り裂いて、脳を取り出す。それが研究の材料なのだ。

「宇田川先生は将来を嘱望《しょくぼう》されているのよ」と、ある日の休憩時間、鶴子がお茶を飲みながら教えてくれた。「研究論文をたくさん発表しているし、外国でもかなり知られているらしいわ」

桐子は黙ってそれを聞きながら、それにくらべて牛山先生は……と言いたいのではないのだろうかと想像した。いずれにしても、あてにならない記憶をファイルして妙な名前をつけている牛山教授と、ネズミ専門の宇田川准教授とが、同じ心理学の研究者として、斜め向かいの研究室に陣取っていることの意味が、桐子にはよくわからない。

牛山教授の方はいま、個人の心理を解析してコンピューターに取り込んだうえで、それを視覚化する実験に取り組んでいるという話だった。それもどうやら佳境に入っているらしい。教授はときおり笹倉を相手に演説をぶつことがあるが、聞くともなしに聞いていると「深層心理の三原色」だの「悲しみの楕円と嫉妬の三角形」だの、わけのわからないことばが耳に入ってくる。実験台にはおもに笹倉が使われているが、そのことも笹倉にとっては不満のタネのようだ。ネズミ扱いされているという思いなのだろう。いずれにしても桐子にとっては、本の整理に集中できるのでありがたかった。

ある日のこと、黄ばんだ紙の奥付を見ていると、隣の部屋からバタバタと教授の足音が近づいてきた。入ってくるなり「うまくいったぞ」と、高揚した声を張り上げる。「第二バージョンの完成だ」そして中井鶴子が机に向かっている姿をちらっと見たあとで、桐子の方に「ちょっと来てくれ」と声を掛けた。

狭い実験室のなかには、ソファーや椅子が乱雑に置かれ、三台ほどあるコンピューターの横に、笹倉が疲れた顔をして立っていた。教授はひとり浮き浮きした態度で揉み手をしながら、机や椅子のあいだを泳ぐように大股で歩きまわっている。そして、いくらか芝居がかった口調で、これから二人を使って疑似恋愛の実験をすると宣言した。教授によれば、恋愛感情のなかには喜び、悲しみ、不安、嫉妬などあらゆる要素が含まれており、第二バージョンの完成度を確かめるにはいちばん都合がいいのだという。桐子は疑似恋愛ということばに少したじろいで、「そういう実験なら中井さんの方がいいんじゃないですか」と言ってみた。だが教授は「あれはダメだ。あの女の心理ときたらイナゴ程度のものだからな」と、取り合わない。聞こえないと思ってひどいことを言う。そう思いながらも、無表情に口をすぼめた鶴子の顔がふとイナゴの顔と重なっておかしくなった。笹倉は眉を顰めて、なにか言いたげな様子だ。

暗くした室内で、桐子と笹倉はレースのカーテン越しに、膝が触れ合うほどの近さで向かい合わせに座らされた。顔の輪郭がおぼろ気に見える。教授は戸棚のなかを探り、一冊の薄い本を取り出した。表紙にロマンチックな美男美女の顔が描かれているのが見える。歩きまわりながら、ぱらぱらとページをめくって、適当な台詞に目をつけると、「うん、これにするか」と言って、桐子に見せた。そこには『死ぬまであなたといっしょ』と歯の浮くようなことばが書いてある。笹倉には『きみこそ僕の命だ』という台詞が与えられた。レース越しに手と膝を触れ合わせながら、これを繰り返しつぶやけと言うのだ。こんなものが本当に真面目な心理学の実験と言えるのだろうか。

教授の手で、何本ものコードが絡まった大きなヘルメットのようなものが、桐子の頭に取り付けられた。耳も完全に覆われているので、物音はまったく聞こえなくなり、目をつぶると外界から遮断されてしまう。宙に浮いているような感覚のなかで、桐子は笹倉と膝を触れ合わせ、指先を握り合う。馬鹿馬鹿しいと思いながらも仕方なく、『死ぬまであなたといっしょ』と、心のなかでつぶやきはじめた。思い切って唇を少し動かし、聞こえるか聞こえないかくらいの声を出してみる。『死ぬまであなたといっしょ』。だんだん、自分の声だけが頭のなかに響きはじめる。手のひらが少し汗ばんできた。

薄目をあけると、カーテンの向こうに、ぼんやりと男の顔が見える。その唇がかすかに動いているのがわかる。指先を握る手に力がこもってきたようだ。ざらざらしたカーテンの感触を通して、温かい手の圧力が伝わってくる。手を握る男の意志がはっきりと感じられる。桐子は面白くなって、男の膝頭をちょっと押してみた。それに応じるように、男の手が桐子の手をぎゅっと握りしめてくる。顔も近づいてくるように見える。唇の輪郭がいくぶん濃くなった。ガラス越しのキスじゃあるまいし、と醒めた気持で思いながらも、桐子は自分が唱えつづけている呪文に少しずつ縛られてゆくようだ。そうよ、死ぬまであなたといっしょ。握りしめてくる手が、別の男の手に変わっている。父親のように大きくて力強い手。その手は温かく、鳥の巣のように桐子を包み込んでいるのに、口元には冷たい笑みが浮かんでいる。おざなりな芝居のように空々しい別れのことば。遠ざかってゆく男の背中。誰もいなくなった世界にひとり迷子のように取り残されて、わたしの心が泣いている。わたしには自分を裏切った男の気持がわからない。裏切るように仕向けた自分自身の気持もわからない。

死ぬまであなたといっしょ。思わず相手の手を握り返して、おぼろに霞《かす》む顔に目を上げたとたん、「はい、結構」という教授の甲高い声が、ヘッドホンから響いてきた。

あわてて手を離し、立ち上がると同時にヘルメットが外された。外界の音が頭のなかにワァーンとなだれこんできて、一瞬茫然とする。「いやあ、良かった、良かった。実験は成功だ」と言いながら、教授は二人の背中を押すようにして、コンピューターの前に連れていった。いつのまに入ってきたのか、鶴子もそこに立っている。

教授が再生の操作をすると、モニター画面には、不思議な色模様が浮き出てきた。ぼんやりと濁った白っぽい背景のなかに、ほのかに赤味を帯びた霧が湧きだしている。そのうえを黄色い雲が流れてゆく。淡い緑のさざ波が中央に現れ、周囲に広がって消えてゆく。臙脂《えんじ》に変わった地のうえに、こんどは濃淡さまざまな青い縞模様《しまもよう》がぼんやりと姿を現す。青が紫に変わり、そのなかにだいだい色の斑点が混ざりだす。

「これがきみの恋愛感情だ」と、牛山教授が桐子の肩を叩きながら、いささか興奮した声で叫んだ。

そう言われても桐子には、どこがどう自分の感情を表しているのやらさっぱり見当がつかない。こんな形や色が人間の心に対応しているとはとうてい思えないが、教授の説明によれば、どうやらこれは脳波の変化や神経の反応を教授独特の感覚でイメージ化したものであるらしい。

「ほら、空虚な心のなかに喜びが現れ、それが不安に変わり、悲しみに変わってゆくのがわかるだろう。その片隅から怒りが現れ、またそのなかに明るい喜びが戻ってくる。さまざまな感情がもつれ合い、共鳴して、ひとつのハーモニーを奏でている。みごとな恋の物語ではないか！」

八つの目が見守るなかで、画面はゆっくりとした変化をつづけていた。肌色の霧のなかに、深い緑の線が流れる。麦わら色の煙が揺らいだかと思うと、ピンクの斑点が現れて、だんだん濃くなり、赤く変わり、間歇的《かんけつてき》に出現する黄色や青の波動と混ざり合いながら、膨張し、泡立ちはじめる。

「可哀相になあ。抑圧された情熱と、湧き上がるこの悲しみ。ほら、罪悪感の味付けもよく効いている」

教授は「可哀相に、可哀相に」と繰り返しながら、モニター画面を見て目をうるませ、今にも涙を流さんばかりだ。自分の気持もわからないが、この先生の気持はもっとわからない。

笹倉はもじもじしていたが、時計を見るふりをするといきなり、「では僕はこれで」と帰ってしまった。鶴子は何を考えているのかわからない無表情な目で、遠くからモニターを見つめている。画面からは赤い泡がぷくぷくと立ちのぼりつづけている。


この研究所では、研究室どうしの交流はあまりないようだった。

斜め向かいで「将来を嘱望されている」宇田川准教授も、ネズミの脳を相手に一人で研究をしており、助手もいないので自分でお茶をいれて飲んでいる。しかし根は話好きのようで、桐子が通りかかると、よく研究室に引っ張りこんでおしゃべりをしたがった。

なかに入ると、動物のにおいに混じって、消毒液のにおいもした。中学校の理科室とウサギ小屋がごっちゃになったようなにおいだ。ネズミたちはおとなしく、檻《おり》のなかで口を素速く動かしながら餌を食べている。

宇田川准教授の話は、同僚をめぐるゴシップや世間話から始まって、たいてい最後は自分の研究の自慢か、さもなければ牛山教授の悪口になる。

「牛山教授って、こう言っちゃ何だけど、変わってるだろう。学会でも孤立してて、相手にされてないんだ。コンピューターさえ使えば科学的だと思いこんでるようだけど、あんなのはでたらめだよ」

それから口調を変えて、

「きみもいろいろ使われているようだね。前に来ていたアルバイトの女性も、教授の実験台にされるもんだから、すぐやめちゃった。あれは研究なんてものじゃないからねえ。若い女の子をおもちゃにするのが好きなだけなんじゃないのかな」と、ねっとり探るような目つきで見る。

それから急に話題を変えて「心ってのは物質だよ」と、シャーレの中の小指の先ほどの白いぶよっとした塊を示す。「ネズミの心を見せてあげようか」と言って[illegible]顕微鏡を覗かせる。丸い枠の中に、不定形の網の目をした組織が見えた。

「下の方が少し黒くなっているだろう。それが言ってみればネズミの苦悩だ。ストレスが溜まるほどそこが黒くなってゆき、黒くなればなるほどネズミは憂鬱になってゆく」

桐子の頭のなかに、狭い金網に閉じ込められて、暗い憂鬱に浸されたまま死んでゆくネズミの姿が浮かんだ。黒く澱んだこの微小な物質のなかに、死んだネズミの無念の思いが凝固しているように思われた。

「こちらは若いネズミの性欲だ」と言って、ピンセットの先についた、ほとんど目に見えないほどの黄色っぽいものを差し出す。「人間も同じさ。これが、いわば思春期の恋情の正体だ」

思春期の恋情は薄汚かった。桐子はなぜか自分が惨めに感じられて、思わず目をそむけた。

宇田川准教授の研究室には、外の人がいろいろ出入りしているようで、本の整理をしている桐子の耳にも、その音がときおり聞こえてくる。製薬会社の人も来ているようだし、ネズミの餌を持ってきたり、その死骸を引き取って行く人もいるらしい。

ある日の午後、新しいシールをもらいに事務室に行った帰りに、宇田川研究室の前で、ボストンバッグのように大きな鞄《かばん》を横に置いてじっと佇《たたず》んでいる男の人に出会ったことがあった。丸い眼鏡をかけて、ちょっと頭が薄くなりかけている。桐子が通りかかると、目を合わせずに小さく頭を下げた。その日、宇田川准教授は結局外出から帰ってこなかったらしく、男は長いあいだひっそり立ちつづけていたようだったが、桐子が帰るときにはいつのまにか大きな鞄ごと消えていた。

二、三日経って、その男が今度は牛山教授を尋ねて来た。顕微鏡の販売員だという。パンフレットを渡して、卑屈に見えるほど何度もお辞儀をし、見本の顕微鏡を鞄から取り出そうとしたが、教授ははなから相手にせず、パンフレットを扇子《せんす》代わりにして、ぱたぱたと顔をあおぎながら男を追い返してしまった。

「人間心理の研究に顕微鏡が何の役に立つというんだ。宇田川じゃあるまいし」というのが教授のことばだった。

疑似恋愛の実験は一回きりだった。笹倉とはその後一度もあのときの話をしたことはない。しかし顔を見るとあのことを思い出してしまう。逆に「あの男」の顔はなぜか細部が思い出せなくなっている。あんなによく知っていたはずの顔なのに、今では目鼻の輪郭がぼやけて、のっぺらぼうになってしまった。

笹倉の方でもあの実験以来、桐子にたいして何かわだかまりを感じているようだった。鶴子がからかうような口調で疑似恋愛の話を持ち出しても、眉を顰めてその話題を遠ざけてしまう。もしかすると教授の意図は別のところにあって、「実験」は今もつづいているのかもしれない……
二、三か月で終わる短期のアルバイトで来たはずなのに、桐子の仕事はなかなか先が見えなかった。いくら作業をつづけても、あとからあとから本が出てくる。書棚の中だけでなく、ボール箱の中にも、机の下にも、本は積まれていた。
そのうえ牛山教授は、第二バージョンを「完成」させた後はまた研究室で過ごすことが多くなった。例によってぶつぶつつぶやきながら歩きまわったり、机に向かって鉛筆を走らせたりしている。なにか思いつくと意味不明の声をあげる。出て行ったかと思えば、戻ってきてコンピューターをいじり、ふたたび実験室に閉じこもる。どうも研究に行き詰まりを感じているらしい。苦しまぎれに新鮮なアイデアを得ようとしてか、それともただの気まぐれなのか、また桐子をいろいろな実験に使うようになった。おかげで本の整理はますますはかどらない。だいいち桐子には、教授にやらされることが何の役に立つのかさっぱりわからない。ときには嫌がらせではないかと思えてくるほどだ。

あるときは『幸福《しあわせ》の形』という写真集を渡された。かなり厚手の本で二百枚ほどの写真が収められているのだが、これをじっくり見ていちばん「幸福」が感じられるものから順に番号をつけろと言う。

「いいかね。これは大切なデータになるのだから、いい加減にやってもらっては困る。図書整理の方は遅れてもかまわない」

そこまで言われれば作業を中断して、受け取った写真集を机に広げないわけにはいかない。そこには、さまざまな写真家の作品が収められており、テーマも雰囲気もとりどりだった。外国の町の川辺でキスを交わしている恋人たちの写真があるかと思えば、生まれたばかりの子猫に乳を含ませて目を細めている母猫の写真があった。一家団欒の食事の光景があり、都会の路地でボールを蹴る子供たちの姿もあった。荒野にぽつんと立つ小さな家の窓からかすかな光が洩れているというものや、青空に一筋の飛行機雲が流れているだけの写真もあった。

幸福の順位と言われても、桐子は迷うばかりだった。たとえば大事なレースで優勝して歓喜を爆発させている水泳選手の表情と、頭に重い水瓶を乗せて岩だらけの坂道を登ってゆく黒人の女たちの姿とでは、どちらがより幸福だと言えるのか。

写真集をめくりながら、桐子はシアワセ、シアワセとつぶやいてみる。つぶやいているうちに、死ヌマデアナタトイッショという台詞がよみがえってきて、身体がぶるっと震える。ああ、いやだ。

それでも順番をつけなくては、と桐子は意識を集中しようとした。しかし目の前の写真と「幸福」という観念とがなかなか結びつかないので、シアワセ、シアワセと呪文のように唱えずにはいられない。これもシアワセ、あれもシアワセ。写真集から流れだしたシアワセが、研究室の生暖かい空気に忍び込んで、部屋の外にまで溢れてゆく。こんな風にして、わたしの頭が「幸福」でいっぱいになったときに、またあのヘルメットを被《かぶ》せられて、心のデータをとられるのだろうと桐子は想像した。

一日中「幸福の形」を見せられて、家に帰ると、桐子は頭の芯がじーんと鳴りだすような孤独感におそわれた。世界から完全に締め出されてしまったような感覚。使い慣れた家具や化粧道具までが、よそよそしく見える。こんな実験に使われていると、いつか気が変になってしまいそうだ。

あの中井鶴子はこんな気持になることがあるのだろうか、と桐子は考えた。

宇田川准教授の噂話によると、鶴子はもう何年も前から、ある青年実業家と婚約しているということだった。しかしいっこうに結婚する気配は見えないし、研究室でもそんな話題が出たことはない。「それって本当なんですか」と尋ねた桐子に、「実はね」と宇田川は笑いながら答えた。

「一度、彼女に聞いたことがあるんだよ。お相手はどんな人？　って。そしたら、遠くを見るような目つきでちょっと考えてから、真面目な顔で『取り柄のない人です』って言うんだからねえ。ぼくにはわからないなあ」

桐子はそんなゴシップを思い出して、いくぶん謎めいた鶴子の顔に親近感を覚えた。

ある朝、桐子が研究室に入ろうとすると、いつもとは調子の違う教授の大声が中から響いてきた。どうやら鶴子を叱りつけているらしい。教授が一方的にがなりたてるばかりで、鶴子の声は聞こえない。ドアのノブに手をかけたまま入るのをためらっていると、「だからきみはイナゴだっていうんだ！」と、破れかぶれのような叫びが響きわたった。それっきり中は静かになってしまう。

桐子が思い切って中に入ろうとしたとき、ドアが内側から急にあいて、「失礼します」と絞り出すような声をあげながら、鶴子が飛び出してきた。伏せた目にうっすらと涙が浮かんでいるように見える。鶴子が泣いているというのが、桐子には意外だった。涙は鶴子には似合わない。

小走りに去ってゆく鶴子の後ろから教授も飛び出してきて、「待ちたまえ」と叫びながら追いかけていった。二人とも桐子がそこにいることなど、気がつきもしなかったようだ。そのまま二人とも階段を駆け降りて、消えてしまった。

桐子はひとりで前日の作業のつづきを始めた。鶴子の席がからっぽなので、なんとなく落ちつかない。いつも同じ姿勢で同じ場所に座っていた鶴子が、この研究室の時間の流れをつかさどっていたように思えてくる。仕事ははかどらなかった。桐子は爪の手入れをし、引出しをあけて事務用品を整理し、それから席を立って、棚に並んだ教授のファイルの背表紙を順に読んでいった。

教授も鶴子もなかなか帰ってこなかった。

桐子は昼過ぎにメモを残して研究室を出た。ゆっくり坂道を下ってゆくと、さわやかな風が肌に心地よい。眼下に広がる小さな町を照らしているのは、もう柔らかな秋の光だ。遠くの山では紅葉がうっすらと色づいているように見える。

その日は金曜日だった。今日はゆっくり眠れる。桐子は研究所のことを頭から追い払いながら、アパートに帰っていった。


月曜日の朝、桐子が研究所に着くと、部屋の前に人だかりがしていた。ふだんは挨拶を交わすだけの連絡係の事務員が、なにやらしきりにしゃべっている。難しい顔で聞いているのは、研究所の所長だった。何度か牛山教授に会いに来たことがあるので、顔は覚えている。所長は近づいてきた桐子にちらりと目をやったが、「うー」と唸ったきり、顔をそむけた。

ドアの前にも人が立っているので、中に入ることもできない。どうしようかと迷っていると、人だかりのなかにいた宇田川が桐子に気がついて「やあ」と声をかけてきた。妙にはしゃいだ顔をしている。近づいてきて、桐子の耳に口を寄せ、一言ささやいた。「牛山教授が駆け落ちしたんだ」

「え」と目を上げようとした桐子の耳に、宇田川のことばが吐息のように忍び込んでくる。

相手は誰だと思う。あの中井さんだよ。置き手紙があったらしい。行方不明だ。奥さんも子供もいるのに……

ことばを失った桐子を見て、宇田川がにやっと笑った。集まった人々は何をするでもなく、立ったままがやがやしゃべっている。この静かな研究所のどこにこれほど人がいたのだろうと思えるほどの数だ。その中を縫うように、青い顔をした笹倉が、うろうろと歩きまわっている。どこからか「あの歳でねえ」という声が上がった。でっぷりとした身体に白衣をまとった赤ら顔の男が「それにしても物好きだなあ」と、あたりをはばからず大声を出す。誰かが「どちらが？」と応じると、どっと笑いが起こった。

今日は仕事にならないということだけはわかったので、桐子は逃げるように外に出た。いま登ってきた坂道をとぼとぼと降りてゆく。週末の二日間で秋の気配が急に深まったように思える。桐子には、起こったことがまだ理解できない。なんで、教授と中井さんが駆け落ちなんかを……涙を浮かべて走り去った鶴子の顔と、怒鳴りながら追いかけていった教授の後ろ姿が浮かんでくる。あの二人の感情にどのような接点があり得るのだろう。ふと、いま聞いた話が信じられなくなり、聞き違いではなかったかとさえ思えてくる。

それにしても、明日からどうしたらいいのだろう。未整理の本はまだだいぶあるが、このまま仕事をつづけていいものか。二人は戻って来るのだろうか。自分の居場所がなくなったような心細さを覚え、寄る辺なさが身に沁みてきた。

何も考えが浮かばないまま、桐子は翌日も定時に出勤した。前の日とは打って変わって、研究室には誰もいない。それどころか研究所全体に人がいなくなったようで、がらんとしている。桐子はお茶をいれ、爪を噛みながら待った。

やがて宇田川准教授が現れた。牛山さんもいつかは戻って来るさ、と落ちついた声で言う。どうせ一時の気の迷いだ。それまで、こちらのネズミの世話を手伝ってもらえないかな。急に出掛けることになってね。研究発表でロシアに行くんだ。留守のあいだ、あいつらの面倒を見てほしい。きみが引き受けてくれれば、人を探す必要もなくて大助かりだ。

「失業対策」ということばがふと頭に浮かんだが、桐子はその申し出をありがたく受けることにした。

次の日から桐子はひとりになった。二日後に笹倉が現れたが、二人の行方については何の情報もないらしく、指導教授に見捨てられた憤懣《ふんまん》とこれからの研究生活への不安を、まるで独り言のように桐子にぶつけたあと、紙袋を抱えてそそくさと帰っていった。それ以来一度も姿を見せていない。あとはたまに事務の人がやって来て、教授が戻っていないことを確認し、郵便物などを置いて帰ってゆくだけだ。家でもひとり、研究所でもひとり。

ネズミの世話は難しくはなかった。餌をやり、糞を掃除し、おがくずを取り替えて、におい消しの粉のようなものを撒く。ネズミたちはおとなしかったが、よく観察していると、それぞれの個性も見分けられた。いつも同じ場所に陣取って、まわりの動きには無関心なネズミがいた。ひげをゆっくりと動かし、何を考えているのかわからない顔をしている。オスかメスかの区別もつかないが、桐子はそれに「鶴子」というあだ名をつけた。いちばん派手に動きまわる大柄のネズミは「教授」だ。神経質そうに尻尾を振り、頬をぴくぴくさせているのは、当然「笹倉」だろう。傍若無人に走りまわる「教授」は、ときどき「鶴子」にぶつかるが、どちらも何事もなかったかのように平然としている。むしろ「笹倉」がそれを気にしているように見えるのが、桐子にはおかしかった。

残りの時間は、できるだけゆっくりと本の整理をした。一冊ごとに手を休めて、窓の外を見る。汚れたガラス越しに見ると、秋の陽光はいっそう弱々しく感じられた。

誰もいない研究室にひとり取り残されて、ぽつんと机に座っていると、桐子の心には、裏切られたという思いが募ってくる。また裏切られた。でも、誰に？　教授に、鶴子に？　いや、違う……

ある日の午後遅く、桐子がひとりでいると、「こんにちは」という声がした。ドアの陰に、丸い眼鏡をかけて、少し髪の薄くなった男の顔が覗いていた。前に会ったことのある顕微鏡の販売員だ。あのときと同じように大きな鞄を下げている。

牛山教授を訪ねてきたとは思えなかったので、「宇田川先生でしたら、出張ですが」と言ってみたが、「ええ、知っています」と答えて、そのまま立っている。入るでもなく、帰るでもない。

人恋しい気持になっていた桐子は、「お茶でもいかがですか」と勧めてみた。すると「ありがとう」と言いながら、大きな鞄を引きずるようにして入ってきて、来客用の椅子に腰をおろした。それからゆっくりと研究室のなかを見まわし、「みんな、いなくなりますね」とつぶやいた。その視線の先には、からっぽの教授の椅子や鶴子の椅子が、主人の帰りを待つかのように、かすかに凹《へこ》んだ座面を見せている。だいたいの事情は知っているらしい。

男はしばらく黙っていたが、熱い茶をひとくち啜ると顔を上げた。それから桐子の顔を見つめて、「私の話を聞いてくれますか」と言った。

桐子は男の顔を見返した。なぜかそのことばを予期していたような気がした。黙ってうなずくと、男は静かな声で話しはじめた。

ある顕微鏡売りの話

私の父親は町工場でレンズ磨きをしていました。根っからの職人で、酒を飲み喧嘩もしましたが、仕事の腕は確かでした。天文台で使う望遠鏡や、専門家用の顕微鏡、あるいは特殊な高級眼鏡などのために、ひとつひとつ注文に合わせて手でレンズを磨くのです。父の手を経たレンズの出来ばえは惚れ惚れするほど美しく、一目見れば誰でもうっとりしたものです。膨らんだ表面はまったく狂いのない完璧なカーブを描き、そのおかげでレンズの内側からも虹色の光が溢れだして、まるで宝石のようにきらきらと輝きます。腕自慢の職人仲間のあいだでさえも、レンズ磨きにかけてはあの男の右に出る者はいないと、誰もが認めていたほどでした。

私にとっては、そんな父親を持っていることが何よりの自慢でした。昼の弁当を届けに行くと、父は一心にレンズを磨いており、私に声を掛けるどころか振り向いてもくれません。しかし、そんなことは何でもありませんでした。魔法のように動く父の手のなかで、レンズはしだいに形をととのえ、透明になり、純化され、輝きを増してゆきます。そして、この世にたったひとつしかない、特別の美しさと力を持ったレンズが、その指先から生まれてくるのです。

子どものことには一切かまわない父親でしたが、どういう気まぐれを起こしたものか、私が中学に入るとき、自分が磨いたレンズを使った小さな天体望遠鏡をプレゼントしてくれました。生まれて初めての贈り物です。私の胸は誇らしさでいっぱいになりました。それを使って実際に星を見ることさえためらわれるほどで、仲のよい友達にも秘密にしたまま、柔らかい布で幾重にも包んで押入れの奥にしまいこみましたよ。

しかし父の人生は儚《はかな》いものでした。それから三年ほど経ったある晩、酔っぱらって道路を歩いていたときに、わき見運転の車にはねられ、呆気《あっけ》なく死んでしまったのです。

母は嘆き悲しみました。それと同時に、ひとり息子を残して早々に逝ってしまった夫に呪いのことばを浴びせました。私は唇を噛みしめながら母を慰め、励ましました。朝から晩までパートに出るようになった母親のために、食事を作ったり、洗濯をしたりしました。悲しみに耐えられなくなったときは、押入れから大切な望遠鏡を取り出してじっと見つめました。ときにはそっと筒を持って、レンズには触れないようにしながら、天の川を形作る砂のような星々や、月の表面の凹凸などを眺めたものです。

どうにか高校を出してもらうと、私は顕微鏡の製造販売をする小さな会社に就職しました。父親と同じようにレンズに関係する仕事がしたかったのです。

もちろん父のような技術はありませんでしたから、私は営業にまわされました。見本の顕微鏡とパンフレットを携えて、地方の町を売り歩く仕事です。会社では日本全体を東西二つのブロックに分けて、それぞれのブロックに一人ずつ販売員を置いていました。大都市と違って流通経路の発達していない地方の顧客を開拓するには、あの当時は直接セールスマンを派遣するのがいちばん確実なやり方だったのです。

私は東日本の担当を命じられました。前任者はベテランのきわめて有能なセールスマンだったのですが、どう魔が差したものか事件を起こして会社からいなくなっていました。客から集めた注文を前金で払わせたうえに、会社から大量の顕微鏡を送らせて横流しし、すべての金を着服したまま東北の温泉街で知り合った女といっしょに行方をくらましてしまったのです。事件の後始末に追われた会社は、おそらく疑心暗鬼になって後任の人事に迷ったあげく、私のような未経験の若輩者にこの仕事を任せる気になったのでしょう。

西日本の販売員も、前任者の定年退職にともなって若手に交替したばかりでした。私は少し年長のその男を地方営業の先輩として紹介され、販売方法の指導を受けましたが、最初からなぜか好感が持てました。ウマが合うというのでしょうか、初対面とは思えないのです。人当たりがよく、いつも呑気に構えていて、私にはない大らかさと自由な精神を持っているように感じられました。付き合っているうちには、見かけほど鷹揚《おうよう》というわけでもなく、本当は見栄っ張りで気の小さいところがあることもわかってきましたが、そうした弱点もむしろ好ましく思えました。何よりも相棒のおしゃべりには、いかにもセールスマンらしい軽さのなかに、なぜか人を引きつける魅力がありました。いずれ新製品を開発してみんなをあっと言わせてやる、特許を取って大儲《おおもう》けしたら、この仕事からはきれいさっぱり足を洗ってヨーロッパで悠々と暮らすつもりだ、などという話を聞いていると、出まかせの法螺《ほら》とわかっていても胸がわくわくしてくるのを抑えきれなかったものです。

私たちは同じ荷物を抱えて反対方向に出発し、それぞれの担当地域を旅してまわりました。鉄道やバスを乗り継いで、隅から隅まで虱潰《しらみつぶ》しに歩きまわるのです。東日本の町で私が訪れなかったところはひとつもありません。東北の山奥から三陸海岸、下北、津軽はもちろんのこと、広い北海道も縦横にめぐって利尻島や礼文島にも渡りました。

初めての駅におり立ち、まだ知らない町並みを眺めると、全身に武者震いが走ったものです。町に病院や大学、研究所といったものがあれば、もちろん真っ先に訪問して、挨拶かたがた新製品の紹介などに努めます。しかしそうした専門的な場所は、どちらかといえば私たちの管轄外でした。医者や研究者というものは、情報も実物も自由に入手できる立場にいるわけで、販売員の訪問など別に必要とはしていなかったからです。

私たちがいちばん力を入れていたのは、町の小学校や中学校でした。とりわけ小学校では、どこに行っても歓迎されました。まず職員室を訪れて理科の先生にパンフレットを渡し、それから子供たちの前で実演させてもらうのです。どっしりした黒い顕微鏡を鞄のなかから取り出すだけで、もう子供たちの目が輝いてきます。光学的な原理をわかりやすく説明したあと、使い方を教え、ひとりずつ順にレンズのなかを覗かせます。ムラサキツユクサの雄しべの毛、古くなった花瓶のなかの一滴の水、子供たち自身の口の粘膜の細胞、何を見せても子供たちは大喜びで、押し合いへし合い、奪い合うようにしてレンズを覗いては歓声を上げるのです。

子供たちの目には、黒い顕微鏡だけでなく、それを運んできた私自身が、いわば科学の国からの使者のように映っていたと思います。田舎では貧しい家の子が多く、押し売りのような真似《まね》もしませんでしたから、たいして売れたわけではありません。しかしたとえ一台も売れなくても、子供たちが喜んでくれるだけで、私の気持としては十分だったのです。

子供たちだけではありません。地方の小さな町では大人も興味を示してくれました。私が販売員になった当時は、戦後の科学教育重視の風潮のなかで顕微鏡が一種のブームになろうとしていた時代でした。学校では理科の研究といえば顕微鏡が欠かせぬ道具のひとつでしたし、その親たちの世代にもアマチュアの研究家を自称する人が大勢いました。商店街の世話役に渡りをつけて客寄せを兼ねて路上販売させてもらったり、町を歩いてこれはと目星をつけた家を戸別訪問したりしましたが、どこでも反応は上々でした。ピークの頃は、一日で二十台、三十台と売れることもあったんですよ。

市役所や町役場はかならず訪れました。公共施設についての情報を得るといった実際的な目的もありましたが、それだけでなく、地方公務員として実直に仕事をこなしている中年の男たちのなかには、顕微鏡マニアと呼べるような人々が少なからずいたのです。黒く輝く顕微鏡を見せびらかすようにして役所のなかを歩きまわっていると、かならず話しかけてくれる人がいます。そういう人たちとは同好の士として語り合い、うまくいけば買ってもらえるだけでなく、顕微鏡好きと思われる町の主だった人々を紹介してもらうこともできました。

私にとってそれは金儲けだけの仕事ではありませんでした。幼いころ目に焼きついた父親のレンズを磨く姿は、顕微鏡販売への情熱に姿を変えて、すでに私の人格の一部となっていました。まだ若かった私にとってその仕事は、文化の光の届きにくい辺鄙《へんぴ》な地方に科学を広めるという崇高な事業に、まあ今から考えれば虚《むな》しい話ですが、微力ながらも貢献することだったのです。

私の生活はこうして旅から旅への連続で明け暮れてゆきました。会社に戻ることもあまりなく、家に帰ることはもっと少ないありさまでした。一人暮らしの母親が私の将来を案じていろいろ言うものですから、やがて勧められるままに見合い結婚しましたが、結婚式の二日後にはもう鞄を下げて駅に向かっている始末です。女房にこれといった不満があったわけでもなければ、結婚生活が楽しくなかったわけでもありません。ただ家にいると身体がむずむずしてきて、すぐにでも旅に出たくてたまらなくなるのです。

旅先では大いに張り切って売り歩きますが、宿に帰ればいつも一人です。安宿の古畳に転がって天井を見上げていると、夜の寂しさが身に沁みます。女房の可愛い顔が頭に浮かび、珍しい土産《みやげ》を持って早く帰ってやりたいと思うのですが、帰っても二日とじっとしていられないことはわかっています。これが私の人生なのです。

西をまわっている相棒とは仕事を始めたときから一つの取り決めをして、ずっと守ってきました。半年に一度ずつ東と西の境目で落ち合うという約束です。六か月のあいだそれぞれの地域で顕微鏡を売り歩いたあと、信州か上州の温泉場で再会し、それまでにおたがいの身に起こったことを語り合う、それが旅に暮らす私たちにとっていちばんの楽しみでした。足を棒にして働いた長い労働にたいする、ささやかな褒美のようなものです。露天風呂につかってゆっくりと疲れを休めながら、溜まっていたものを吐き出すように際限なく話をしました。相棒はまず自慢話です。いつも私の二倍は売ってきたようなことを言うのですが、なに、あとで会社の帳簿を見るとたいていは私の方が多いのです。でも、そんなことは全然気になりませんでした。私にとって仕事の話を何でも分かち合うことができるのは相棒だけでしたから、そういう仲間がいると思えるだけで十分でした。町から町へと歩きまわるあいだ、辛いことや面白いことがあるたびに、今度あいつに会ったらこのことを話してやろう、といつも考えていたものです。ですから相棒の機嫌のいい顔を見ているだけで、何もかも忘れてしまうほど嬉しかったのです。

自慢話のあとには、旅の土産話がつづきました。いろいろな町のたたずまいや人々の生活、珍しい風習や奇妙な体験、そして女の話です。相棒はことばも上手だし心やさしいところもあるので、女には結構もてたようなのです。四国のどこかの田舎でこの世のものとも思われぬ絶世の美女に出会ったとか、九州の女は情が深くていいとか、そんな話をしょっちゅうしていました。私自身の経験からいうと、顕微鏡を売り歩くような仕事でいい女にめぐり合う機会など、そうそうあるものではないと思うのですが。

私はどちらかといえば聞き役でしたが、相棒の話はひとつひとつ実に興味深く思えました。自分も旅に明け暮れる身でありながら、まるで遠い国から故郷に帰ってきた兄弟を迎えたような気分なのです。考えてみれば私も相棒も、日本の半分については誰よりもよく知っているのに、残りの半分については足を踏み入れたことさえないという有様ですから、妙なものです。

布団に入って灯を消してからも、またどちらからともなく話が始まって、しゃべりつづけるうちに、いつの間にか外が明るくなっているというようなこともよくありました。

それに相棒とは、私たちのあいだだけでしか通じない話がたくさんありました。たとえば「ひきつけレンズ」の一件です。

顕微鏡ブームの頃は会社どうしの競争も熾烈（しれつ）で、業界では「顕微鏡戦争」とまで言われたほどでした。もともとの顕微鏡メーカーだけでなく、ある大手商社などもブームに目をつけて顕微鏡市場に参入してきました。そういうところは売上を伸ばすためには手段を選びません。豊富な資金に物を言わせてダンピングを仕掛けてきたり、顕微鏡の本質とは何の関係もないおまけで客を釣ったりして、市場を荒らすのです。

ところがそのうち奇妙な噂が流れはじめました。顕微鏡に熱中していた子供が何人もひきつけを起こして倒れたというのです。それも従来の顕微鏡ではなく、某商社が大々的に宣伝して販売攻勢をかけていた新型のものに限って事故が起こるというのです。なんでもその顕微鏡のレンズには特殊な傷がついていて、それが目の神経に作用し、あまり長いあいだ見つめていると脳に発作が来るのだとか。あそこの顕微鏡は「ひきつけレンズ」を使っているから、やめた方がいいというわけです。

もちろん何の根拠もない噂です。本当にひきつけを起こした子供がいるのかどうかさえわかりません。しかし噂には尾鰭《おひれ》が付いて口から口へ、町から町へと伝わり、そこの顕微鏡は売れなくなって、とうとう市場から撤退してゆきました。

もうおわかりだと思いますが、「ひきつけレンズ」は私の相棒の発明品でした。もちろん私も、東の方に噂を広めるのには大いに貢献しました。金と宣伝の力に頼って小売店を締めつけ、地方のお客さんの顔を見ようともしない新参の商社にたいする、私たち二人だけのゲリラ作戦だったのです。

会社の幹部たちはもちろん何も知りませんでした。ライバルの脅威が奇跡のように消えたとき、幹部たちはキツネにつままれたような顔で不思議がっていたものです。

次に温泉で落ち合ったとき、私と相棒とは一晩中笑い転げました。たった半年でこれだけの戦果が上がるとは、正直言って予想もしていませんでしたから。あのときの相棒の得意満面の顔といったら。

いやあ、あのころは楽しかったなあ……

男はふっとことばを切った。

しばらく沈黙がつづいたあと、会社が倒産しましてね、とポツリと言った。

もう何年も前のことです。会社はきれいさっぱり消滅しました。まさか「ひきつけレンズ」のせいで顕微鏡離れが起きたわけではないでしょうが、ブームの後は坂を転げるように売れ行きが落ち込んでいきました。電子顕微鏡やX線顕微鏡のご時世ですからね。旧式の光学顕微鏡など、まともなところでは相手にされやしません。私には科学の詳しいことはわかりません。カタログ通りの説明をして売っていただけですが、やがて小学生にも興味を持ってもらえなくなりました。会社は昔のままのやり方をつづけていたために、ずっと前から赤字つづきで、どうにもならなくなっていたんです。

退職金も出ませんでした。いよいよ会社が閉鎖されるというその日、長いあいだ頑張ってくれて感謝している、って社長に言われましてね。それから倉庫に連れて行かれて、山積みになった顕微鏡の在庫を見せられました。これが最後に残った会社の財産だ、一週間後には全部処分されるから、その前に退職金代わりに好きなだけ持って行け、というわけです。

ええ、私は持って帰りましたよ。倉庫と家を車で何度も往復して。もちろん金になるなんて思ったわけじゃありません。どうせガラクタです。でも「私の」顕微鏡が屑のように処分されて消えてなくなることには、どうしても我慢できなかったんです。狭い家のなかは天井まで顕微鏡でいっぱいになりました。

女房は愛想を尽かして出て行きました。当然でしょうね。羽振りがよかったときは放ったらかしで、一年中ほとんど家にも帰らなかったんですから。

さいわい相棒は会社が潰れたことを知りません。実は倒産の直前に卒中で倒れましてね。それから寝たきりです。ときどき見舞いに行くんですよ。旅先で買った饅頭《まんじゅう》などをぶら下げてね。動くこともできないし、口をきくこともできないんですが、私が来たことはわかります。目だけをぎょろっとまわして、こちらを睨《にら》みながら、ウーウーッと唸るんです。こわばった身体を必死に動かそうとする。意識ははっきりしているんです。

私は旅で起こったこと、見聞きしたことをいろいろ話してやります。境港では漁協の人たちが歓迎してくれて三台も買ってくれたとか、柳井の小学校では理科の先生がお前のことをよく覚えていて、よろしくと言っていたとか、まあそんな話です。会社が倒産してからというもの、私はほとんど売れもしない顕微鏡を抱えて、ただふらふらと旅をしているだけですが、もっぱら西の方角をまわっています。相棒の足跡をたどっているんです。相棒が見たものを自分の目でも見てみたいし、あいつにも西のことを話してやりたいものですから。

会社は持ち直したと、あいつには言っています。だいぶ前のことですが、他社が出した新しいデザインの製品にうちの会社のマークを付けましてね。持って行って見せたことがあります。くるくるとまわして見せながら「いい形だろう」と言うと、ウーと答えます。

「予約が殺到して、会社は悲鳴をあげてるぞ」って言ったら、動かない身体で目だけを輝かせて、またウ――ッと唸るんです。

見舞いに行くたびにいつも言うんですよ。「俺ひとりじゃ日本全部はとてもカバーし切れない。だから早く元気になれよ。元気になったら、また二人で東と西をまわろうぜ」って。

「たまには東と西を交換してもいいな。お前も一度、東北や北海道に行ってみろよ。北の国にだって、いい女はたくさんいるんだぞ」って。

「たくさん売ろうぜ」って言うんです。「売って、売って、売りまくろうぜ。半年経ったら、また温泉に行って遊ぼうな」って。「伊香保の露天風呂は良かったな。草津の湯畑ではおまえ好みのいい女に会ったな。今度は趣向を変えて、伊豆にでも行ってみるか」って。

あいつは、承知した、また行こうな、って言うように、首をかすかに動かして、ウーッウーッと唸るんです。

その様子を奥さんがじーっと見ています。私は一人でしゃべりまくってから、逃げるようにして出て行くんです。

そんな日は、家に帰ってからひとりで顕微鏡を覗きます。見舞いの日だけじゃありません。旅に出るまえも帰ったあとも、いつも覗いています。

顕微鏡を相手にしていると、いやなことをすべて忘れられるんですよ。そして昔のことがよみがえってくるんです。訪れた町の情景もひとつひとつ浮かんでくるし、子供たちの歓声も聞こえてくる。温泉につかっている相棒の呑気な顔や、法螺話まで、昨日のことのようによみがえってくるんです。

いいえ、会社から受け取った普通の顕微鏡じゃありません。実は私には秘密の宝物がありましてね……親父が死んだときに作りかけていて未完成のまま残したレンズです。それを組み合わせて私が顕微鏡に嵌め込んだんです。

未完成ですからレンズにはまだ歪みが残っています。いわば「特殊な傷」です。それがどういう風に視神経に作用するのかわかりませんが……見えるんですよ。

そこまで話をすると男は口をつぐんだ。立ち上がって大きな鞄をあけ、中から黒いどっしりした顕微鏡を一台取り出して、机の上に置いた。呆然とした顔つきの桐子をじっと見つめると、「覗いてみますか」と言った。

「何が見えるんでしょう」と、桐子は尋ねた。

男はその問いには答えず、逆に「宇田川先生に、ネズミの心を見せられましたか」と聞いてくる。

桐子がうなずくと、「あれはウソですよ」と言った。

「ウソなんですか」

「ええ、ウソです」

桐子はなにか言おうとしたことばを呑み込んで、ひとつゆっくりとうなずくと、黒い筒の先の接眼レンズに目を近づけた。

顕微鏡の奥には、深い闇があった。果てしなく深い闇だった。

そのなかに、桐子自身の目が映っていた。それは瞼もなく、睫毛《まつげ》もなく、大きく見開かれ、磨き抜かれたレンズの奥から、桐子をじっと見つめていた。はるか昔に滅亡した一つ眼の巨人が、亡霊となった後も眼だけはこの世に残って、深い井戸の底から地上にいる桐子を見上げているかのようだった。

桐子がひとつ瞬きをすると、巨人の眼は井戸の底に沈むように消えていった。

ふたたび深い闇があった。静まり返った闇の奥から、やがてほのかな光が湧きだしてきた。光はだんだん強くなってくるようだった。

距離感のない闇と光をじっと見つめているうちに、こわばった目に涙がにじんできた。薄い涙の膜を通して、桐子の視界に、細かい霧のようなものが浮かび上がってくる。霧は濃くなり、また薄くなり、やがて上から下へと雪のように降りはじめた。銀色の光を帯びた雪は、落ちるかと思えばくるくるとまわり、無数の小さい螺旋状の筋となって舞い降りてくる。

今や、闇そのものが輝いているかのようだった。輝く闇のなか、渦を描いて舞い落ちる雪はもつれ合い、溶け合い、回転する網の目となり、やがてきらめくオーロラに姿を変えた。オーロラは色と形を自在に変えながら、虚空にかかった巨大なブランコのように揺れ動き、果てしない闇にほのかな輝きを投げかけている。

桐子は不思議な光景に心を奪われ、オーロラの奥の闇の中に吸い込まれてゆくような気がした。もはや見えているものが顕微鏡の中の世界なのか、自分の心の奥なのか、わからなくなっていた。どことも知れぬ闇の中で、オーロラは深海にかかる虹のように、透明な裾をひらめかせながら黒々とした光を放っている。桐子は自分がそのオーロラに包み込まれて、揺りかごの中の赤子のようにゆっくりと揺られながら、最後の深い眠りに入ってゆくところを想像した。すべてが沈みこんでゆくその世界は、きっと喜びも悲しみもない、生まれる前のように静かなところにちがいない。いつか時間の感覚がなくなっていた。

ふと目を上げると、顕微鏡売りの男の姿はなかった。大きな鞄も消えている。来客用のテーブルの上には、飲みさしの茶碗がひとつ、ぽつんと置かれているだけだった。研究室にはしんとした沈黙が広がっている。

いつの間に消えたのだろう。わたしひとりを残して。

前にもこんなことがあったような気がする。

みんな、いなくなりますね、と言った男のことばがよみがえってきた。

残されているのは、この顕微鏡ひとつ。

桐子はあらためて、その黒いどっしりとした姿に視線を向けた。今しがた見たものは何だったのか。いくら考えてもその意味はつかめるようでつかめなかった。

突然、机の上で電話が鳴りはじめた。桐子はびくっとして顔を上げた。なぜか鶴子から呼びかけられているような気がした。顕微鏡のことを鶴子に話したら何と言うだろう。たぶんいつものようにしばらく沈黙したあと、桐子が見たものには触れずに、この町を出て新しい生活を始めなさい、と言ってくれるのではないだろうか。

受話器の先に誰がいるのか、賭けをするような気持になっている桐子の前で、電話はいつまでも鳴りつづけていた。


（初出：「文學界」二〇二一年一月号）

門

それは小高い丘の上に立つ、城壁で囲まれた古い都市の門だった。鉄の枠で縁取られた巨大な木の門は固く閉ざされ、すべての者の出入りを拒《こば》むように外側から封鎖されていた。太い閂《かんぬき》に巻き付けられた鉄の鎖が、赤い錆《さび》を浮かべて地面まで垂れ下がっていた。

城壁は丘をめぐって堂々とそびえ立っていたが、その奥に動くものの気配はなかった。中からは何の物音も聞こえてこなかった。都市はすでに死滅しているようだった。

門の外の横手に小さな門番小屋がぽつんと建っていた。その隣にはさらに小さな門番の詰所があった。詰所は四本の柱に屋根を乗せただけの簡単な作りで、丘を渡る風がその中を自由に吹き抜けていった。

詰所の中には樫《かし》の木でできた頑丈な机が置かれていた。彼はその机の前に座っていた。じっと座ったまま、訪れる者を待っていた。門番の席についてはいたけれども、彼はほんとうの門番ではなかった。ほんとうの門番がやって来るまでの代理として、たまたまそこにいる仮の門番に過ぎなかった。

詰所の前には荒れた草地が広がっていた。高い木は一本もなかった。門の正面はかつて石畳の広場だったが、生い茂る草に隠されて、元の形はほとんど見分けられなかった。そこから一筋の道が草地の中をまっすぐに伸びて、丘の向こうに消えていた。その先には「下の町」があるはずだった。しかし、草に覆われた道は糸のように細く、人々の暮らす賑やかな町に通じているとは思えないほどだった。彼はこの道を登って来た日のことをときどき思い出した。その日以来、この道を降りて行ったことは一度もなかった。

彼の背後には城壁が右にも左にも果てしなく伸びていた。太陽の運行にしたがって、城壁の影はゆっくりと移動していった。訪れる者は誰もいなかった。それでも彼は門番の椅子に座りつづけていた。

ここにやって来る前、彼は旅をしていた。はっきりした目的もなければ事前の計画もない、行き当たりばったりの旅だった。その日その日の偶然に任せて行く先を決め、あてどなく世界中をさまよい歩いた。旅をすること自体が特に好きというわけではなかった。ひとつの場所に留まっていられないから、そこを出て次の場所へ行くというだけのことだった。その意味で彼は仮の旅人に過ぎなかった。しかし別の見方をするならば、それだからこそほんとうの旅人だったと言うこともできた。

長い放浪の果てに旅銭も尽きかけたある日のこと、この丘の下にある小さな町にたどり着いた。場末の酒場に入って安いビールを飲んでいると、見知らぬ男に声をかけられた。どの町のどんな酒場でも、よくあることだった。その男は店の主人からもまわりの客からも「ボス」と呼ばれていた。カウンターに並んで、翌日には忘れてしまうようなありきたりの会話を交わしているうちに、臨時の門番になる気はないかと誘われた。ほんとうの門番が来るまでのあいだ、門番小屋で寝泊まりしながらゆっくり休んではどうかと言う。

どうしてその話に乗る気になったのか、今ではよく思い出せなかった。行く先に迷っていたからかもしれない。あるいは少し疲れていたのかもしれない。あてどのない旅とは正反対の、地面に根を生やしたような仕事に、ふと心を引かれたような気もする。いずれにしても彼は、ほんとうの門番が来るまでという約束で、代理の門番になることを引き受けたのだった。

それからずいぶん時が経った。声をかけてきた男の顔も、もう忘れてしまった。しかし約束の人物はいつまで経っても現れなかった。

食糧や水やそのほか必要なものは、下の町から週に一度、ひとりの老人がロバを引いて運んできた。老人は荷物をおろすと、少し立ち話をしてから帰ってゆく。帰り際に老人は「ボス」からの伝言を口にするのだが、それはいつも「まだその時は来ていない」というものだった。

門番小屋には時計もカレンダーもなかった。丘の上では季節の変化も感じられなかった。暑くもなければ寒くもなく、空はたいてい曇っていた。単調な時間が永遠につづいてゆくように思われた。

門番の役目は、ただそこにいることだった。じっと座っていればそれでよかった。もちろん訪ねてくる者があれば、規則にしたがって応対しなければならない。しかしこの門までやって来るのは、ロバ引きの老人を除けば、いつも真夜中に現れる「あの男」だけだった。彼はその男のことを心の中で「真夜中の訪問者」と呼んでいた。並外れて背が高く、背中が少し曲がっているので「夜の巨人」とも呼んでいた。その男が現れれば規則通りの応対をする、それだけのことだった。ほかに仕事は何もなかった。なぜ自分はここにいるのだろう？　それが一日に一度は彼の心に浮かぶ疑問だった。

正式の契約を交わしたわけでもなく、口約束に縛られているだけだったから、立ち去るも居残るも彼の気持次第と言えないこともなかった。実際初めのうちは、また旅に出ようと思うことがしばしばあった。あてどのない放浪こそが自分の本来の暮らしではないかと思い、次の週までにほんとうの門番が現れなかったら今度こそ出発しようと心に決めた。しかしロバを引いた老人から同じ伝言を聞かされると、なぜかもう一週待ってみようという気になるのだった。「まだその時は来ていない」ということばがくり返されるたびに、出発への意志は薄れてゆくようだった。やがて、旅に出るのもここにいるのも同じことではないかと思えてきた。たまたま門番の仕事に就いたというその偶然が、これまでの人生のもろもろの出来事から生じた必然であるようにも思われた。しかし、居残る決心がついたというわけでもなかった。出発する理由がないからといって、ずっとここに留まっていてよいものだろうか。そんなことでは、いつまで経っても仮の生活をつづけることになってしまうのではないか。考えは堂々巡りをするばかりで、答は出てこなかった。

ときどき彼は立ち上がって、あたりをぶらぶら歩きまわった。詰所からあまり離れないようにと言われていたが、「あまり」というのがどれくらいの時間、あるいはどれくらいの距離のことなのか、彼にはよくわからなかった。門から少し遠ざかって振り返ると、左右に果てしなく伸びる城壁の威容がはっきり目に入った。よほど昔に建てられたはずなのに、寸分の狂いもなく積み上げられた石の壁には、わずかな隙間もひび割れも見つからなかった。廃墟となった都市を守りつづけているこの堅固な城壁を、彼は戯《たわむ》れに「世界の果て」と名付けていた。

さらに遠ざかると、城壁の上から高い塔の先端が顔を出すのが見えた。塔は城壁のずっと奥、おそらく都市の中心に位置しているのではないかと思われた。彼はその塔の中に、廃墟となった都市の生き残り、たとえば昔の城主の一族の末裔《まつえい》がまだ住んでいるのではないかと想像してみることもあった。「世界の果て」の向こう側の住人というのは、どんな人々なのだろう。彼は虚空に浮かぶ豆粒のような塔の天辺《てっぺん》に目を凝らした。しかし城壁の中はしんと静まり返ったままで、生きているものの気配はまったく感じられなかった。

草に覆われた小道をもう少し進むと、平坦だった丘の頂上部が斜面に変わる地点に出る。そこからは、「下の町」が遠くにぼんやりと見えた。ゆるやかに波打って下ってゆく道のはるか彼方に、地図上の模様のように平板な黒っぽい塊があった。そこでは大勢の人々が行き交い、活気に満ちた暮らしが営まれているはずだった。しかしこちらの方角からも、生の気配は彼のところまでは伝わって来なかった。しばらくたたずんだあと、彼は踵《きびす》を返して元の道をたどり、塔の先端が消えてゆくのを見つめながら、また詰所へと戻ってくるのだった。

一日はいつも一年のようにゆっくりと過ぎていった。時間の流れが止まってしまったように思えるとき、彼はよく、「ほんとうの門番」のことを考えた。その男は今どこで何をしているのだろう。昔の自分のように旅をしているのかもしれない。しかし旅をするために任務を放棄するような門番が「ほんとうの門番」と言えるのだろうか。詰所に座って門を守っていなくても、自分が「ほんとうの門番」であるという確信が持てるのだろうか。それとも「ほんとうの門番」など、どこにもいないのかもしれない。自分のあとに来てこの席に座る者が「ほんとうの門番」と呼ばれるだけのことかもしれない。だとすればそれは単なる呼び名の問題に過ぎないことになる。それなら自分だって「仮の門番」ではなく、「ほんとうの門番」と名乗ってもいいはずだ。そこまで考えてから彼は、自分は「ほんとうの門番」になりたいのだろうかと自問した。すると旅をしていた頃の気持が思いだされた。あの頃の自分は「ほんとうの旅人」になりたいなどと考えたことはなかった。それどころか、旅人であるという自覚さえほとんど持っていなかった。それなのになぜ、ここに座るようになってから、自分が「ほんとうの門番」でないことが気にかかるようになったのだろう。答はやはり出てこなかった。いつか「ほんとうの門番」と名乗る者が現れてくれれば、事態はもっと明確になるような気がした。そして彼は、「その時が来れば」と心の中でつぶやくのだった。

夕暮れが近づいてくると、彼はあらためて門番の椅子に座り直して、訪れる者を待った。

落日はいつも真っ赤な血のように西の空を染め上げた。それは一日でいちばん荘厳な時間だった。空は紫色になり、茜色《あかねいろ》に変わり、そして太陽は草に覆われた小道の彼方に沈んでゆく。目に見えぬ「下の町」へと向かって、光がだんだん消えてゆく。

夜は長かった。暗闇の中で、あるいは星空の下で、彼の頭に浮かぶのはさまざまな旅の記憶だった。異国の町の賑わい、孤独な砂漠の夜、長い船旅の憂愁、そうしたものが心に浮かんでは消えた。旅の途上で知り合った人々との束の間の触れ合いも思い出された。女たちの指や温かい肌の感触がよみがえってくるたびに、彼は少しばかり心が震えるのを感じた。しかし浮かんでくる場面は風に舞う木の葉のようにまとまりがなく、切れ切れに頭の隅をかすめて通り過ぎてゆくばかりだった。

真夜中が近づいてくると、彼は旅の思い出を振り払い、「あの男」を待った。毎夜くり返される情景が頭の中に浮かんできた。

まもなく城壁の右手からかすかな物音が聞こえてくるはずだ。物音はだんだん大きくなって、ゆっくりした重い足音に変わるだろう。闇の中にいっそう濃い闇が浮かびあがり、大きな影が少しずつこちらに近づいてくる。「夜の巨人」だ。白くなりかけた髪と髭を長く伸ばし、少し曲がった背中に、巨体に似合わぬ小さな袋を背負っている。その顔には、道に迷った子どものように、頼りない表情が浮かんでいる。彼は詰所の前で立ち止まり、少しためらいがちにあたりをうかがう。そしてゆっくりと私の机の前に来る。袋をおろして脇に置くと、黙ったまま問いかけるように私の目を見つめる。私は彼の目を見つめ返し、それから決められている通りに、招待状を持っているかどうか尋ねる。「正式の招待状を持っていない者はけっして通さないこと」それが門番に定められた規則なのだ。彼は一言もしゃべらない。私のことばを理解しているのかどうかさえわからない。ただ私の顔をのぞきこむように、巨体を折り曲げてじっとしている。私はもう一度、同じことばをくり返す。彼はようやく頭を起こし、それから悲しげに首を振る。何度も首を振ったあと、袋を背負い直し、ゆっくりと左側へ歩み去ってゆく。大きな影が闇の中に消え、疲れたような重い足音が遠ざかってゆく……

彼はおそらく一日かけてこの城壁を一周しているのにちがいない。しかし何を求めて歩きつづけているのか、何のために毎夜ここに現れるのか、私には何もわからない。

そもそも私は、正式な招待状がどういうものなのか知らない。門をあけるための鍵も渡されていない。ただ、招待状を持っていない者は通さないようにと言われているだけなのだ。たぶんほんとうの招待状を見れば、それとわかるのだろう。そしてそれと同時に、鍵のありかも判明することになっているのだろう。そのときが来るまでは、夜ごとに現れるあの男を拒否しながら待ちつづけるほかはない。

今では少し背中を丸めて、寄る辺ない表情をうかべたあの「夜の巨人」が、旅をしていた頃の自分自身の姿であるように思えることもある。ここに来て以来、私は外の世界に出たことがない。城壁の向こう側に足を向けたことさえない。彼がたどる道の先には何があるのだろう。小さな袋を背負って歩きつづける彼の目には、どんな風景が映っているのだろう。そして毎夜、いったいどんな思いを抱いて、自分をけっして受け入れようとしない閉ざされた門の前までやって来るのか。

私はここに座ったまま、想像をするだけだ。そして真夜中が来れば、仮の門番としてあの男を拒みつづける。そのことにどんな意味があるのか、私にはわからない。そんな権限が自分にほんとうにあるのかどうか、それさえも確信が持てない。しかし少なくとも彼が毎夜現れてくれるおかげで、私は自分がここにいる理由をかろうじて見出すことができる。

ふと耳を澄ますと、右手からひそかな物音が聞こえてきた。「夜の巨人」はどうやら今夜も来てくれたようだ。

私はいま安堵と自嘲の入り混じった気持の中に、かすかな友情にも似た思いをこめて、闇の奥を見つめている。

妖怪池

肌寒い夕暮れ時のことだった。市営住宅の裏手の川沿いの道を歩いていると急に日が暮れてしまった。闇のかたまりがあちこちにうずくまっている。急がなければならない。手に持った袋からは、黒い液体がポタッ、ポタッ、と垂れている。どうやら袋に穴があいていたようだ。魚が腐ったような悪臭が鼻を突く。振り向くと人影らしきものがすっと動いた。思わず駆けだしたくなるのをこらえ、ことさらゆっくりと歩を進める。川の水は黒くよどんでいる。片側には古いアパートの行列がどこまでもつづいており、建物の陰に入ると街灯の光も届かない。袋がだんだん重くなってきた。ようやく小さな橋のたもとにたどり着いた。後ろを振り返らないように首筋を固くしながら、橋の中央まで進む。袋はさらに重くなっている。何気ない素振りで欄干に肘をつき、薄目を開けてしばらく息をととのえながらまわりの様子をうかがう。それから急いで欄干の上に袋を持ち上げ、一気に川に投げ込んだ。袋はゆるやかな放物線を描いて闇の中に落ちてゆく。そのとき、あたりが少しだけ明るくなったような気がした。ばしゃっ、と水音が響いて、暗い水面にしぶきが上がった。跳ね上がった水の筋は異様に白かった。それが五本の指の形に広がったかと思うと動きが止まり、そのまま固まって女の手になった。細くて白くて、谷川を流れる水のように美しい手だった。水しぶきの形に開いた指はゆっくりと閉じ、五本そろって水面からまっすぐに伸びた。そして、別れを惜しんでいるかのように、ひらひらと揺れたのだという。

「あれは何だったのでしょうか」と、女の声が不安そうに尋ねた。「水の中から出てきた手が、ひらひらと揺れたのです。まるでわたしを咎《とが》めるように。それでいて、わたしを馬鹿にしているように」

「ああいった川には」と、男の声が答えた。かなり年輩の男のようだ。感情のこもっていない平板な声だった。「ものを捨ててはいけないことになっている。不法投棄だ」

「それくらい、わたしにだってわかっています。でも仕方ないじゃありませんか。あんなものを家に置いておくわけにはいきません。もう腐りはじめていたのですから」

「問題は袋の中身だ。カビの生えた残飯か、それとも猫の死骸か。それくらいだったらまだいいが……」

「何をおっしゃりたいのです？　わたしが何を捨てたというのですか。まさか寝たきりの夫の手を切断して捨てたとでも？　とんでもない。水から出てきた手はたしかに女のものでした。とても細くて、白磁の器のように真っ白で、なめらかにすっと伸びて」

「うむ」

「あんまりじゃありませんか。あの手が誰のものかは知りませんが、水の中から手首の先だけを差し出して、こちらに向かってひらひら振るなんて。まるで人を嘲るように。わざわざそんなことをする必要がどこにあるのでしょう」

「そういえば、行方不明になった子どもを探しつづけている若い母親の話を聞いたことがある。三年前からだ。毎日ひとりで昼も夜もひたすら捜索に明け暮れているという話だ。池の中や川の底にまで潜っているらしい。あるいは……」
「そうですか。それならいいのですけれど」

ぴったり閉めきったカーテンの向こう側で、低い声の会話がつづいている。夢と現実の境目がはっきりしない。目覚めきっていない脳髄の中に、濃い霧が立ちこめているような気がする。その霧を通して弱い陽射しが差し込むように、女の声と男の声が高く低くしみ通ってくる。部屋の中は白一色。

点滴の袋から薬液が垂れているのが、ぼんやりと見える。一定の間隔で規則的に落ちる滴を見つめていると、ポタッ、ポタッと雨だれのような音が聞こえてくる。もしかすると、自分の血がどこからか漏れて、床にしたたり落ちているのかもしれない。手術はもう終わったのだろうか。麻酔で意識を失う前に、二人の医者がメスを片手に何かを抜き取る話をしていた。「摘出」ではなく「抜き取る」と言っていた。そうとう長いものを引き抜くような手つきをしながら、ひそひそ相談していたが、何を抜き取るつもりだったのだろう。メスの刃がいやにぴかぴか光っていた。あれからどのくらい時間が経ったのだろう。壁とカーテンで仕切られた狭い空間に閉じ込められていると、繭《まゆ》の中で眠る蚕になったような気分だ。いつまでここにいなければならないのか。

「正式な手続きを踏んで処理すればよかったんじゃないかね」と、男の声が言った。

「そうかもしれません」と、女の声が答えた。「いっそ溶かしてしまえばよかった」

女の仕事場のビルの地下深くには、機密書類などをひそかに処分するための溶解池があるのだという。

「消してしまわなければいけないものは、専用の箱に入れるのです。ごく普通のボール箱ですが、六つの面のそれぞれに小さな字で『ようかい』と書いてあります。それがしるしです。箱に入れてしっかり封をして、何気ないふりでそれを持って、階段を降りて行くのです。誰かとすれ違っても、けっして口をきいてはなりません。すれ違った人のほうも『何が入っているの』などとうっかり尋ねてはいけません。何事もなかったかのようにすれ違わなければいけないのです。長い階段を二つ降りてビルの底までたどり着くと、小さな池があります。とても静かで、水面が黒っぽい鏡のように光っています。池のほとりにある所定の場所に箱を置き、そのまくるりと向きを変えて、来たときの足跡をたどるようにして立ち去るのです。扉をあけようとすると、すぐ後ろで、ぱしゃっ、と水音がすることがあります。でも、けっして振り返ってはいけないのです」

「近ごろのビルはたいていそういうことになっているようだな。昔はシュレッダーで処分したものだが」

「シュレッダーは使用禁止です。機械で裁断すると細長い帯が無数に生まれてしまいます。それが危ないのです。そのうち中に取り付けた袋がどんどん膨らんで、本体まで破裂しそうになります。そして四方八方から細長い帯がうねりながら、外まであふれ出てきます。ねじれた帯どうしがよじれて、生まれたての蛇の群れのようにとぐろを巻きます。なにかの拍子にあれが二本ずつくっついてぐるぐると絡み合い、螺旋の形にでもなったりしたら、何もかもフクゲンされてしまいます」

「最近は個人情報がうるさいからな」
「それなのに使われなくなったシュレッダーは、部屋の隅に置かれたままなのです。中にはまだ細長い帯がいっぱい溜まっています。あれが全部フクゲンされてしまうことを思うと、心配で、心配で……」
「うむ」

夜中に目が覚めると、白衣を着た女がベッドの横にしゃがみこんでいた。以前から何か白いものがうずくまっていたような気はするが、いつからそこにいたのかわからない。女は上目づかいにこちらを見ると、耳元まで口を近づけてささやきはじめた。実はこの病院にも、厄介なものを始末するための溶解槽があるのだという。

病院ってほら、始末しなきゃいけないのに、外には出せないものが多いじゃないですか。汚れた包帯とか、使用済みの注射針とか。ほかにも培養したウィルスとか、切り取った手足とか、死んでしまった胎児とか、いろいろあるんですよ。そういうものって困るんです。どこにも捨てられませんからね。だから溶かして消してしまうほかないんです。いえ、もちろん秘密ですよ。だから貯水槽ってことになってるんです。よく見えるところに大きな字で「ちょすいそう」って書いてありますから、誰にでもわかります。でも中身はもちろん水じゃないんです……それ、どこにあると思います？

女はさらに顔を近づけ、唇で耳に触れてきた。口をあけて、はあはあと大きく喘《あえ》いでいる。熱い吐息が耳の中にまで吹き込まれる。

ちょうどこの壁の向こう側なんです。だからこの病室に入った患者さんにだけはお知らせしておく必要があるんです。ときどき壁の向こうから、ぱしゃっ、という水音がしますが、お気になさらないでくださいね。泣き声のようなものが聞こえることもあるかもしれません。でも、それはただの溶解の音です。ものによっては、溶けるときにそんな音を出すんですよ。

女は、くくっ、と笑って立ち上がった。いやに小さい。立ち上がったはずなのに、背の高さはしゃがんでいたときと変わらない。

いまの話、ないしょにしておいてくださいね、と女は言って、ベッドの傍にあった袋をつかんだ。ふっと魚の腐ったような臭いが鼻をついた。

ではこれ、持って行きますね……

「溶解したとしても、結局は同じことだ」と、カーテンの向こう側で男の声が言った。「いくら消そうとしても消せるものではない。溶かし切れなかったものが、どうしても池の底に溜まってしまう。それがどんどん増えてゆく」

「溜まっているだけならいいではありませんか」と、女の声が言った。

「そうはいかない。なにしろ池だ。底に溜まった泥の中で、分解されたものが結合し、溶解したと思ったものが復活する。それがみんな泥の中に隠れて、じっと息をひそめている。ダイバーがいれば掘り出されてしまうだろうし、そうでなくても溜まり過ぎればやがて自分から出てくる。闇の奥で接合と交換をくり返し、ついには新しい情報の形を取って孵《ふ》化《か》してしまうんだ。いったんそうなったら手がつけられない。あとからあとから、うじゃうじゃと這いだしてきて、池のまわりを飛びまわることになる」

「でも、見張っているのですよ」

「誰が？」

「見張りです。池は監視されているのです」

「いくら監視しても、孵化するものは孵化するさ。今度行ったとき、よく見てみるといい。どれだけの情報がフクゲンされ、池の外へと出てきていることか。きっと雲のように飛びまわっているだろう」

「そうかもしれません。池にはいつも黒雲のようなものがかかっています。耳を澄ませば蜜蜂の羽音のようなものが聞こえてきます。でも、見てはいけないのです。たとえ見えたとしても、見えないふりをしないといけません。さもないと……」

「そのうちビルの地下が一面の沼沢地になってしまう」


ポタッ、ポタッ、と水のしたたる音がする。壁とカーテンで視界をさえぎられていると、聴覚過敏になるのかもしれない。

いつ退院できるのだろう、と白衣の女に尋ねたことがある。いやに小さい女だったが、夜中にしゃがみこんでいた女と同じ女かどうかはわからない。

町には出ないほうがいいですよ、と女は言った。最近だいぶ危なくなっていますからね。いろいろ出てくるんですよ。うっかりしていると伝染することもありますし……いえ、外出が禁止されているわけではありません。出たければ出てもいいんですよ。なにか出てきたとしても、たいていは大丈夫です。出るものは始末すればいいだけですから。でもお薬を入れているので、なかなか出られないでしょうねえ。見張っている人もいますし。病院の中なら安全ですよ。

それからベッドの横を見て、嬉しそうにつぶやいた。

また、こんなに出たんですね。

いつのまにか、そこに袋が置いてある。袋は大きく膨らんで、かすかに動いているようだ。

ではこれ、持って行きますね。

女は袋をぶら下げると、くくっ、と笑った。

お大事に。

女が出て行くと同時に、すぐ近くで雷が落ちたような音がとどろいた。カーテンの向こうに閃光が走った。

「また何か落ちましたね」と、女の声が言った。

「いろいろなものが飛んでいるからな」と、男の声が答えた。

「あなたの番ですよ」

「うむ」

そう言ったきり、声はしばらく途絶えた。

「……もう身体が動かなくなってずいぶんになる。動かなくなると、肉も落ちるし脂肪も落ちる。するとと皮膚が余ってくるんだ。まるで大きすぎる服を着ているように、どこもかしこもたるんで皺だらけになってしまう。それでも皮膚は少しずつ身体に追いつこうとする。いくらかたるみが取れてくる。するとまた肉が落ちる。脂肪が落ちる。見てごらん。今では皺だらけの飢えた子どものような身体だ」

かすかに布が擦れるような音がした。

「痩せるとね、寒いんだ。肉がないからね。皮の下がすぐ骨だ。ほかには何もない。冬の夜に冷たい風が吹くと、そのまま身体に沁みこんで、背中から腹へと吹き抜けてゆく。すると骨が寂しいと言って、かたかた鳴るんだよ」

………

「それだけ？」

気がつくと溶解槽がある側の壁から長い管が伸びていた。管は床の上でとぐろを巻いてベッドの下に潜りこんでいる。その先は見えない。点滴の袋から腕につながっている管と同じ色、同じ太さだ。なぜあんなところから点滴の管が生えているのだろう。

ポタッ、ポタッ、と音がする。音といっしょに、いやな臭いがただよってくる。機械油に腐ったネギが混ざったような臭いだ。それが喉にまでねばりついてくる。しかしベッドのまわりには何もない。ぴったり閉じたカーテンの向こう側から来るわけでもない。水のせいかもしれない。きっと反対側の手洗いの水が、ポタッ、ポタッ、と垂れているのだ。

水は地下の管を通ってくるのだと、白衣を着た小さい女が言っていた。

構内にある貯水槽とつながっているんです。もちろん、ほんとうの貯水槽ですよ。変な臭いがすると苦情を言う患者さんもいるんですが、そんなことはありません。きれいな水です。わたしたちも毎日飲んでいます。外の水は汚染されていますからね。遮断するようにしているんです。安全のためですよ。でもね、いくら遮断してもつながりはできるんです。切っても切っても、どうしても結ばれてしまいます。元々つながっていますからね。ほら、原因と結果とか、裏切りと復讐とか、死骸と蛆虫《うじむし》とか。いろいろあるじゃないですか。因縁と呼ぶ人もあれば、絆と呼ぶ人もあります。つながっていないように見えて、何もかもつながっているんですよ。いえ、水の話です。

それからベッドの周囲を見まわして、くくっ、と笑った。

今日は出ていないんですね。

「きみの番だ」と、男の声が言った。

「わたしの家、大きいのですけれど、とても古くて雨漏りがするのです。天気が悪い日には、ポタッ、ポタッと音がします。どこで漏れているのかよくわかりません。見当をつけて歩いていくと音は聞こえなくなってしまいます。そんな日はよく出るのです。このお話、もうしましたっけ。いいえ、どこにでも出るわけではありません。出るのはお風呂場だけです。お風呂場は離れにあって、浴槽は木製の立派なものですが、古くなって少し黒ずんでいます。そして幅が狭くて縦にひどく長いのです。ちょうど寝棺のような形です。ふだんは浅いので、身体を洗ったあと手を組んでまっすぐに横たわると、ぴったりその中におさまってしまいます。首から上だけがお湯の外に出ます。でも、ときどきそのお風呂がとても深くなるのです」

「底が抜けるんだね。古い木の風呂にはよくあることだ」

「抜けるというか、底無しになってしまうのです。そんなときお湯に浸かっていると、横たわった身体がゆっくり沈んでいきます。そしてお風呂場がちょっと暗くなる。それで、ああ、来た、とわかるわけです。目が水面すれすれになるまで沈んでしまうと、そこで身体は止まります。そして、それまで見えなかったものが見えてくるのです。光の屈折というのでしょうか。目はちょうど半分お湯の中に浸かっています。眼球を上下に動かすと、水面に映るものと浴槽の中にあるものが混ざり合います。きっとそこが境界線なのですね。上と下の区別がつかなくなって、いろいろなものが出てきてしまう。じっとしているあいだは大丈夫です。身動きせずに息をひそめていれば、水面は暗い鏡のように静まったままです。でも、ちょっとでも身体を動かすと、どうしてもさざ波が立って、境界線が崩れます。すると底のほうから小さな泡みたいなものがもくもく上がってきて、それが白くて細いものに変わるのです。いくつもいくつも出てきて。動いているのです。知らない人なら虫かと思うでしょうね。ほら、果物の中から出てくる白い芋虫みたいな。でも爪があるのです。芋虫の頭の部分が、うす桜色のきれいな爪になっていて」

「それなら指だろう」

「そうなのです。あんなにたくさんの指が水の中にひそんでいるかと思うと……」

「増殖するんだよ。消しても消してもフクゲンされる」

「浴槽だけではないのです。ふと気がつくと、ポタッ、ポタッと血がしたたるような音が聞こえます。天井を見上げると、指先から水が垂れているのです」

「再生するんだ。執念深く出てきてしまう」

「天井からも壁からも生えてくるのです。指だけではなく、小さな手が。五本の指が生えそろった小さな白い手が。雪のように真っ白な細い手が。あそこにも、あそこにも。ほら、こんなふうに」

閉めきったカーテンの隙間から白い手がすっと伸びてきた。指先から水が垂れている。
忘れないでくださいね、と女の声が言った。
五本の指が開いた。
また来ます。
ぱしゃっ、と音がして、白い手が水しぶきのように砕け散った。

山荘日記

この山荘に来てから、どれくらいになるだろう。来たときは雨が降っていた。しとしとと間断なく降りつづき、生い茂った木々の枝葉からしたたり落ちて、枯葉の積もった小道をぬかるませていた。

翌日も雨だった。冷たく煙る霧雨が白い紗《しゃ》のように景色を包み込み、窓の外にせまる深い森を幻想のなかに溶かし込んでいた。散歩に出ようかとも思ったが、わざわざ身体を濡らすこともあるまいと考え直し、窓辺のソファーに座って、おぼろに霞む木立が風に揺れるのを見つめながら、置いてあったＣＤを聴いて過ごした。

その翌日も雨だった。なるほど雨の多い土地柄だと感心したが、これほどまで降りつづくとは思っていなかった。なにしろ、それからずっと雨なのだ。

雨に降りこめられて、もう何日経つのだろう。一週間のような気もするし、一か月のような気もする。

そのあいだ、一歩も外に出ていない。

森のなかに置き忘れられたようにぽつんと立っているこんな山荘では、外に出たからといって何があるわけでもない。木が生えているだけのことだ。無理に散歩をすることはない。食糧は冷蔵庫にも戸棚にも十分に貯えられているので、買い出しに行く必要もない。

雨というのは、いったいどれだけ降りつづくことができるものだろう。たしか南米のペルーだったと思うが、森に囲まれた山村で一年以上休みなしに雨がつづき、住民は村を棄てて出て行った、という話を聞いたことがある。いくら何でもそんなことにはなるまい。しかし降りつづく雨というものは、長さだけが問題ではない。強さも問題だ。煙るような霧雨なら、まだ散歩に出ようかという気持も起こる。実際あのときはそう思ったのだが、思っただけで外には出なかった。散歩をしたいという気持がそれほど強くなかったからだ。雨が強くなれば、たとえ散歩への欲求が強まったとしても、もう少し待ってみようという気になる。待っているうちにさらに雨が強くなれば、せっかくこれまで待ったのに、今さら外出するのは業腹《ごうはら》だと思う。外への欲求は高まってくるのだが、到着翌日のあの美しい霧雨の風景を思い出すと、そこで散歩に出なかったことが深く悔やまれ、どうして今さらこんな雨のなかを出てゆけるものかと思う。少なくとも小雨になるまでは外出などしてやるものかと腹を固める。そうなるとこちらの気持を見透かしたかのように、雨はますます強くなる。ざまあみろとばかりにどんどん勢いを増して、今ではとんでもない大雨だ。こうなったら、意地でも外には出られない。

朝も昼も夜も、豪雨が安普請のトタン屋根に叩きつけ、無数の狂ったドラムのような音を立てている。壊れかけた樋《とい》の口からは雨水が滝のように流れ落ち、庭からつづく斜面を急流に変えてしまう。こんなに激しい雨に降りこめられて、森のなかの山荘に一人でいると、もはや世の中の人間はすべて死に絶えて、自分だけが雨の孤島にぽつんと取り残されてしまったような気分になる。早く妻が帰ってくるといいのだが。

ここには何も持ってきていないので、何もしていない。椎名林檎とモンテヴェルディの曲をひたすら聴いている。このふたつは雨の山荘で聴くのにふさわしい音楽と言えるだろう。モンテヴェルディの『聖母マリアの夕べの祈り』やその他の宗教曲は、屋根をたたく雨の音にかき消されてしまうこともあるのだが、ひたすら神を求めて天上へと立ち上ってゆく高貴で澄み切った精神性の前では、そんな形而下的な聴覚の問題など何ほどのものでもないということを理解させてくれる。『無罪モラトリアム』にはじまる椎名林檎の初期の三枚のアルバムは、どんな豪雨のドラムにたいしてもつねに勝ち戦《いくさ》をつづけ、人間が作り出す音楽が質量ともに自然のそれを凌駕《りようが》し得るものであることを教えてくれる。だが椎名林檎とモンテヴェルディを聴いているのは、それだけが理由なのではない。ほかにCDが置いてないからだ。この山荘の持ち主は、いったいどういう趣味の人なのだろう。

それ以外は、キノコを見て時間をつぶしている。山荘は森のなかにあり、森には当然キノコが生える。普通は雨上がりに生えるのだが、ここではどういうわけか雨のなかでも平気で生えてくる。朝から晩まで雨ばかりなので、キノコも自棄《やけ》を起こしているのかもしれない。気がつけばあちらにもこちらにも生えている。それを見るのである。見るというのは文字通り見るのであって、べつに生態を観察しようというわけではない。地面や切り株などを眺めわたしてキノコが見つかると、おっ、キノコが生えている、と思うのである。おっ、あちらに赤いキノコが三本生えているぞ、おっ、こちらでは白くて丸っこいキノコが円陣を組んでぞろぞろ生えてきたぞ、と思うのである。それ以上のものではない。

　キノコを見ているあいだも、雨は延々と降りつづいている。だから外には出られない。出ようと思えば出られなくもないが、出ようとは思わない。わざわざキノコを見るために、風邪をひく危険を冒すまでのこともないからだ。しかし窓から覗いても、キノコはよく見えない。家の近くにキノコはあまり生えないし、遠くの方はぼんやり霞んでいて、いくら目を凝らしても、おっ、どうやらキノコらしきものが生えているのが見えたような気がするぞ、と思えるだけだ。これでは見たとは言えない。

　家の中からキノコを見るには望遠鏡を使う。小さな望遠鏡を片目に当てて、遠くの地面を探るのである。すると丸く切り取られた視界のなかに、薄いクリーム色の小さなつやつやしたキノコが百も二百も固まって生えているのが見えたりする。望遠鏡はひとつしかないので、妻がいれば交替で見るしかない。望遠鏡を持っていない方は退屈をもてあますことになるだろう。しかし妻はいない。少なくとも今はいない。いつからいないのだろう。この山荘は妻の知人の持ち物なのだから、ここに来たときはいたはずだ。ここに来たのはいつだったかというと、一か月前のような気もするし、二か月前のような気もする。いずれにしても今はひとりで、一日中キノコを見ている。

　キノコ用の望遠鏡は、重ねたＣＤの横に置いてあったものだ。キノコ用ではないかもしれない。たぶんキノコ用ではないだろう。家のなかからキノコを見るために、わざわざ望遠鏡を買う人がいるとは思えない。たとえそれが音楽といえば椎名林檎とモンテヴェルディしか聴かないような趣味の人であってもだ。それなら鳥を見るためだろうか。しかし普通、鳥は双眼鏡で見る。そのうえここには鳥などいない。少なくとも見たことがない。なにしろ雨が降り続いているのだ。雨のとき鳥はどこにいるのだろう。雨でも鳥はどこかにいるはずだし、鳴くことだってあるはずだ。しかしここでは鳥の声を聞いたことがない。たぶん鳴いていても、この雨音で聞こえないのだろう。そのうえにCDだ。モンテヴェルディならともかく、椎名林檎の曲が流れていたら、か細い鳥の声など聞こえるはずがない。鳥が鳴くのはたいてい昼間だが、キノコを見るのも昼間だ。そしてそのあいだは椎名林檎を流している。キノコを見るには椎名林檎がふさわしいような気がするからだ。なぜかはわからない。ほかにCDがないからかもしれない。

雨音に負けぬよう椎名林檎を大音量でかけながら望遠鏡で遠くの地面を探る。おっ、ここに一本、大きそうな奴が地面の枯葉を持ち上げて頭を出しかけているぞ。おっ、あそこでは昨日発見した三本並びの白キノコが、もう傘を開きかけているぞ、といった具合だ。こうやってキノコを見はじめると止まらなくなる。目の届く範囲は全部調べて、頭のなかでキノコ地図を作りたくなってくる。庭はそう広くはない。というか広いのだけれど、木がいっぱい生えているうえ奥はそのまま森と一体になっているので、窓から地面がはっきり見える部分はそう広くはない。おまけにその地面の半分ぐらいは水没してしまっている。だからキノコが見える範囲はそれほど広いとはいえない。

だがそれにしても望遠鏡の視界はごく限られたものだ。そんな狭い視界を通して、見える範囲の地面をくまなく見るというのは、どれほど狭い庭であっても大変な作業だ。しかもけっして狭い庭ではない。そう広くはないと言ったが、それでもかなり広いのだ。望遠鏡を慎重に動かしながら、その広い庭を舐めるように辿《たど》ってゆく。遠くからはじめてゆっくりと縦に線を引き、いちばん手前まで来たら、ほんの少しだけ視界を横にずらし、今度は遠くに向かって一本の線を引いてゆく。想像するだけで大変な作業だということがわかるだろう。広大なテキサスの農場の数えきれないほどの畝《うね》に、一本ずつ苗を植えていくような、気が遠くなるほどの作業だ。もちろんテキサスの農場では一本ずつ苗を植えていったりはしない。手作業は無理なのでトラクターを使うのだ。そもそも苗を植えるのは田んぼであって、テキサスの農場なら種を播《ま》くだけだろう。畝だって、ないのかもしれない。

いずれにしても、雨中のキノコを見るには多大な労苦がともなう。細心の注意を払って望遠鏡の角度をほんのわずかずつずらしてゆきながら、どうしてこんなことにこれほどのエネルギーを注いでいるのだろうと自問することさえないわけではない。それでもキノコを見ることをやめるわけにはいかない。キノコを見るためなら、どんな困難でも乗り越えなければならない、という気持になってくる。なぜだろう。雨に降り込められた山荘では、ほかにすることがないからかもしれない。

キノコを見るために乗り越えなければならない困難は、望遠鏡の操作といった技術的な問題だけにはとどまらない。もうひとつの大きな問題は椎名林檎だ。大音量のCDをバックに望遠鏡を覗いているうちに、耳から入ってくるメロディーをついハミングしてしまうのだ。すると頭のなかに歌詞が流れはじめる。モンテヴェルディならば、そのようなことはない。日本語でないので何を言っているのかさっぱりわからないからだ。一方、椎名林檎は日本語なのだが、やはり何を言っているのかよくわからない。そこが問題なのだ。頭の中を流れる歌詞は穴だらけになり、ぼろぼろの虫食い状態のまま崩壊してゆく。穴があったら埋めたくなる。しかし望遠鏡でキノコを見ている最中なのだから、リプレイというわけにもいかない。だいいちいくらリプレイしても、何を言っているかわからないところは、やっぱりわからない。これだけ毎日聴いていて、いまだにわからないのだから、わざとわからないように歌っているとしか思えないが、それでもわからないものは気になる。

気になって仕方がなくなる。そのあいだも歌はどんどん流れてゆき、わからないところが積み重なって崩壊してゆく。キノコを見るどころではなくなってしまう。暇なときに歌詞カードを見て確認すればいいのだが、肝心のそのカードがないのだ。この山荘の持ち主が歌詞カードだけ持って行ってしまったにちがいない。きっとCDを買ったら、それを聴く代わりに、歌詞カードだけ取り出して読むのが趣味の人なのだろう。まばゆい太陽が輝く海辺の避暑地で、デッキチェアーに身を横たえて、椎名林檎の三つの歌詞カードに読みふけっている男の姿が目に浮かぶ。その男はときおり、ふっと目を上げて青い空の彼方を見つめる。おそらく雨に降りこめられた森の山荘と、そこに残してきた山積みの虫袋のことに思いを馳せているのであろう。

虫袋について、ここで簡単に説明しておかなければなるまい。この山荘に着いて何日か経ったころ、CDと望遠鏡以外に暇をつぶすのに何か役立ちそうな物はないかとあちこち調べてみた。きれいさっぱり何も見つからない。最後に便所の横に打ち捨てられたように置かれている古い物置の扉をあけた。その中には小さくてごく薄い透明なポリエチレンの袋が山のように積まれていた。指先で一枚剥がすようにして取り上げてみると、表面にマジックインキで「虫袋」と書いてある。次の一枚にも同じ文字。次も、次も、その次も……手書きの文字の大部分は細くて柔らかみのある書体だが、なかには子どもが書いたような稚拙な字も交ざっている。とたんに、裸電球に照らされながら、封筒の宛名ならぬ「虫袋」書きの内職を深夜までつづけている貧しい母子の姿が目に浮かんできた。この山荘の持ち主はきっと、海辺のリゾートに出かける前に大量のポリエチレン袋を購入し、用途を明らかにするために、そのすべてに「虫袋」と書かせたのであろう。それにしてもあまりに膨大な量だ。袋の山を見つめながらしばらく呆然と立ち尽くしていたが、ふと横の壁を見ると、

「ご自由にお使いください」と書いた紙が貼ってあった。

その日から私の山荘生活は、新たな局面を迎えることとなった。

昼間はキノコを見ているうちに時が過ぎてゆくが、日が暮れると当然キノコは見えなくなる。望遠鏡も無用の長物となり、何もすることがなくなってしまう。その代わりというわけでもあるまいが、夜になれば灯火に誘われて虫が集まって来る。雨の中でもかまわずやって来る。森に囲まれた山荘だから、虫が来るのは仕方がない。仕方がないのだけれど、とにかくやたらに集まって来る。さまざまな種類の蛾、コガネムシやカミキリムシ、ハネアリにガガンボにカゲロウ、その他名も知らぬ虫たちが、無数に押し寄せてくる。山荘の窓にはすべて網戸がついているが、その網戸はすべて破れている。おまけに家は古くて建て付けが悪いので、窓や戸を全部閉めきっても、虫はどこからともなく侵入してくる。そして家の中を飛びまわり、壁や床を這いまわる。虫が来たらどうするか。キノコの場合と違って、虫は目の前にいる。手の届くところにいる。だから、つかまえて虫袋に入れるのだ。物置には小さな袋が山と積まれており、そのひとつひとつにわざわざ「虫袋」と書いてある。そのうえ「ご自由にお使いください」という山荘の持ち主のメッセージまで残されているのだ。使わないわけにはいかないだろう。

昼間は椎名林檎を流しているので、夜はモンテヴェルディの宗教曲をじっくりと聴いている。聖なる歌声に心を洗われながら、飛んでくる虫を捕まえて虫袋に入れる。壁に止まった虫は口を広げた袋に落とし込み、床を這っている虫は袋をかぶせて捕獲する。捕えた虫がいくらかでも中で動けるように、袋に空気を入れて少し膨らませてから口を縛る。虫が入った虫袋は棚のうえに並べる。こうして並べた虫袋が、どんどん増えてゆく。ひとつの棚がいっぱいになったら、次の棚に移る。こうして夜が更けてゆく。

　虫をひとつずつ捕まえて虫袋に入れてゆくのは、それほど楽しい作業とは言えない。けっして楽しくないと言ってもいい。むしろ苦行に近いと言うべきかもしれない。なにしろ虫を袋に詰めるだけなのだ。標本を作るわけではないし、図鑑で調べるわけでもない。袋に詰めて、口を縛り、並べてゆくだけなのだ。なんでわざわざ他人の山荘に来て、虫の袋詰めなどをやっているのだろう、と思わざるを得ない。しばらく立ち止まり、じっと手を見つめながら、この苦行の意味について考え込むこともないわけではない。考え込みながらふと目を上げると、照明のまわりを飛びまわる虫の姿が目に入る。すると自然に手が動いて、虫を捕まえ袋に詰めてしまう。詰めたらどうなるのか。虫入りの虫袋がひとつできあがる。それだけのことだ。それ以上のことは何もない。それでも虫袋があるからには、虫を入れるほかはない。

　日暮れから深夜まで虫を入れつづけているので、数日が経過するうちに山荘中の棚という棚はすべて虫袋で埋め尽くされてしまった。あとは床の上に並べるしかない。足の踏み場がなくなっては困るので、まず妻の部屋を使うことにした。もちろん今妻はいないので、妻がいた部屋、あるいは妻がいたはずの部屋という意味である。四角い部屋の一番奥の角に、基礎となる隅石のように最初の虫袋を置く。それから、そこを出発点としてひとつずつ整然と並べてゆく。虫を捕まえては虫袋に入れ、前の虫袋の隣にぴったりくっつけて配置する。やがて一列目が端まで埋まると、二列目に移る。妻の部屋は狭いが、狭いといってもそれなりには広い。そのフローリングの線に沿って順序正しく虫袋を並べてゆくのだ。想像するだけでも大変な作業だということがわかるだろう。虫はいくら捕まえても次々に飛び込んでくるし、虫袋はいくら使ってもいっこうに減る気配がない。一匹捕まえては袋に入れ、次の一匹を捕まえて袋に入れ、また一匹捕まえては袋に入れる。作業は永遠に終わりそうにない。それでも虫を入れつづける。あくまでも入れつづける。歯を食いしばってでも、虫を入れずにはいられない。この気持は経験してみなければわからないかもしれない。いや、きっとわからないだろう。夜になれば外は漆黒の闇だ。雨音は強くなったり弱くなったり、木々のざわめきと混じり合いながら波のように押し寄せてくる。夜明けを待つ以外に何もすることはないのだが、寝るにはまだ早い。真空のようにがらんとした室内にひとりぽつねんと佇んでいると、灯火に誘われてやって来た虫の群れが目に入る。テーブルの上には虫袋と書かれた透明な袋が山積みになっている。挑発するかのように目の前で動きまわる虫たちと、私をお使いなさいと手招きするかのような媚態《びたい》を見せる虫袋。こうした状況に置かれたら、いったい誰が虫をつかまえて袋に詰めずにいられようか。特にモンテヴェルディを聴いていると、虫に手を伸ばしたいという衝動は顕著に強まるような気がする。神を讃えるあの崇高なメロディーの中には、人を虫の袋詰めへと向かわせる何かがあるにちがいない。

そのあたりのことを妻にも尋ねて確認したいと思うのだが、妻はまだ帰ってこない。どこへ行ってしまったのだろう。

袋の中の虫はしばらくのあいだ生きている。どの虫も捕えられた直後は狭い袋の中をぐるぐると歩きまわったり、飛び上がっては透明な天井にぶつかって落ちたりしている。数時間暴れた末に動かなくなるものもあれば、三日経っても四日経っても動きまわっているものもある。しかしいずれはみな動かなくなる。蛾もコガネムシもカゲロウもガガンボもすべて死ぬ。袋の中で身体をこわばらせ、干からびてゆく。死んで横たわったまま、腐ってゆく。雨音に混じるモンテヴェルディの清澄な音楽を聴きながら、おびただしい数の虫たちがそれぞれの袋の中でひくひくとうごめくのを見ていると、哀切というか凄惨というか、悪夢にうなされているような、何とも言いようのない気持になってくる。虫袋の中のすべての虫たちが、断末魔の孤独な苦しみに悶えているかと思うと、降り注ぐ豪雨の中に飛び出して行って、ぬかるみの中を転げまわりたくなってくる。顔を泥にこすりつけ、群生するキノコをむさぼり食いながら何者かに向かって懺悔《ざんげ》をしたいという激しい衝動にとらえられる。懲罰の雨に叩かれて凶暴な叫びをあげ、大地にひれ伏して惨めな悔悟の涙を流す自分の姿を思い描いて、倒錯的な悦楽に心を震わせる。罪悪感に打ちひしがれ、絶望に胸をえぐられながら、それでも虫袋に虫を入れつづける。固くなった指を痙攣《けいれん》させ、ぎりぎりと歯ぎしりをしながら、いつまでも、どこまでも入れつづける。

いまは夜だ。キノコの時間ではない。虫袋の時間だ。だからモンテヴェルディを聴いている。降りつづく雨音に混じりあう『聖母マリアの夕べの祈り』を聴きながら、袋に虫を詰めている。虫袋はまだまだある。しかし妻の部屋の床は、もう虫袋でいっぱいになってしまった。あとは重ねてゆくしかない。端から端まで床を埋め尽くした虫袋のうえに、手前の対角線の隅から始めて、奥の方に向かって二段目の虫袋を積み重ねはじめたところだ。ひとつ積み、ふたつ積み、みっつ積む、虫はいくらでもいるし、虫袋はいくらでもある。だから捕えて、入れて、並べつづけなければならない。二段目を並べていると、一段目の虫たちの様子が目に入ってくる。昨日虫袋に入れた虫たち、一昨日虫袋に入れた虫たち、一か月前あるいは二か月前に虫袋に入れた虫たち。こちらでは黒っぽい蛾が鱗粉《りんぷん》を周囲にまき散らしたまま横たわり、閉じた羽をときおりかすかに震わせている。隣では細長い脚のガガンボが、狭い袋の中でもがいている。もがいた末に翅《はね》が千切れ、脚が千切れ、五体ばらばらになっている。ばらばらになってもなお、手足のない身体がひくひくと痙攣をつづけている。その向こうではゴミムシの群れが袋の隅に固まって絶命している。黒い糞の玉のように丸まって、ポリエチレンの内側に貼りついている。あちらでは跳べなくなったカマドウマが、袋の底でひしゃげた腹を見せ、触覚だけを震わせている。かすかに動いているものが、だんだん動かなくなる。死にかけているものが、死んでゆく。こっちでも死んでゆく、あっちでも死んでゆく。妻の部屋を埋め尽くした虫袋の海をことほぐかのように、神を讃える澄んだ歌声が天へと昇ってゆく。その清らかな祈りに混じって、「むしぶくろ、むしぶくろ」とつぶやく陰鬱な声が、通奏低音のように響いてくる。むしぶくろ、むしぶくろ。ほら、ここではコオロギがつぶれている。あちらではハサミムシが腐っているよ。ときおり歯ぎしりのような音も聞こえてくる。ギシギシ、ギシギシ。誰だろう。あ、これだ。死んだコガネムシだ。頭が取れて腐っているのに、ギシギシ、ギシギシと、恨むように歯ぎしりをつづけている。頭のない身体はカビでおおわれ、小さなキノコがうじゃうじゃと生え出している。むしぶくろ、むしぶくろ。雨は相変わらず降りつづいている。いつまでも降りつづいている。

…………

窓の外に影のようなものが差して、玄関の扉がギイイッと開いた。とたんに雨音が強くなり、湿った風が吹きこんできた。むしぶくろ、むしぶくろ、という低いつぶやきと歯ぎしりの音に迎えられながら、黒い影がゆっくりと近づいてくる。どうやら妻が帰ってきたらしい。たぶん……

思い出酒場

取引先の接待が延期になり夜の仕事がなくなったのなら、おとなしく家に帰ればいいものを、予想外の暇な時間が転がりこんできた気楽さに、まだ暮れ残る秋空の下、つい最寄り駅への道を外れて、足の向くまま気の向くまま、銀座の裏通りをぶらぶら歩いていると、「思い出酒場」という妙な看板が目にとまった。看板といっても、細長く林立して身を寄せ合うビルの横腹に、虫の卵のようにびっしりと並んだ飲食店やバーの四角い名札などとは似ても似つかず、まるで若い女性客をターゲットにした避暑地のペンションのように、雲形に切ってまわりに花まであしらったショッキングピンクの厚板が、のっぺりした灰色の壁にぺたんと貼りついている。緑のパステルカラーで手書きした「思い出酒場」という大きな丸文字の下には、左に向かう矢じるしが描かれ、さらにその下には注釈のように「三杯酢」という小さな文字。これはいったい何だろう。

首をかしげて見つめていると、ピンクの看板がゆらりと揺れて、隠し戸でもあったものか、その裏からひとりの女があらわれた。身なりからすると二流のバーのマダムか何かのようだが、やけにひょろりとした縦長の顔に、細く吊りあがったふたつの目、鋭くとがった顎のラインは人間のものとも思われず、長いひげでも描きくわえればそっくりそのままキツネの顔だ。女は平気な顔でわたしに近づいてくると、「お久しぶりね」と声をかけてきた。

初めて会うくせに「お久しぶり」もないものだ。細長い顔を鼻の先まで厚化粧で塗りたくり、頬や額に出はじめたシミをごまかしてはいるが、作り笑いを浮かべたとき目の縁に寄る無数の小皺は隠せない。こんな商売をしているにしてはかなりの歳恰好のようで、こいつはやっぱり人間に化けたキツネにちがいない。スカートの下から見え隠れしている尻尾《しっぽ》らしきものにも、幾筋か白いものが混じっている。

相手にするのも面倒なので、振り払って立ち去ろうと思ったのだが、女はわたしの頬を両手で挟んで、息がかかるほど顔を近づけ、「ツネ子って呼んで」と囁《ささや》いてきた。ん、つね子？　二週間ほど前に会社に入ってきた派遣の女の子と同じ名前だ。若いのに古風な名前だねえとからかうと、ちょっと口をとがらせて怒ったような笑みを浮かべ、横目でにらむその表情がなんとも可愛らしく、つい毎日のようにからかわずにいられなくなるのだが、つね子はつね子でも、こちらのツネ子にはお引き取り願いたいものだと内心で苦笑しながら、間近に迫ったその顔をよくよく見ると、おやおや、この細長い顔を上下からぐっと押し潰して小皺やシミを取り去れば、あの若いつね子とそっくりではないか。これは怪しい。

全部コミで一万円ぽっきりよ、とツネ子は言った。思い出酒場はサービス満点、正札表示の安心価格、若くて可愛い女の子たちが、ずらりとそろって徹底御奉仕、お店特製のウェルカムドリンクに、この時期だけの豪華な特典、イナリ寿司のお土産まで付いてます。そんなツネ子のうたい文句になぜか釣られて、誘われるままにほいほいとついて行ったのは、どう考えても魔がさしたというほかはない。

こぎれいな身なりの男女が闊歩《かつぽ》する柳並木の道から左に折れると、とたんに街の賑わいは遠ざかり、さらに左へ曲がるともはや人影もない。もう一度左へ渦を巻くようにカーブを切ると、その中心にさびれたビルが口をあけていて、ツネ子はその中に吸い込まれるように入っていった。私もあわてて後を追う。

入ったところはどうやら酒場らしいのだが、看板もなにもなく、安食堂のような侘《わび》しい空間のなかに、天井から下がった裸電球が、乱雑に置かれたいくつかの四角いテーブルと椅子を照らしている。隅のほうには使い古しの調理器具や雑多なケースが山のように積まれているし、壁の一部は剝がれて配線がむきだしになっているところを見ると、もう明日にでも取り壊しの予定なのではないかと思えてくる。にっこりと白い歯を見せて笑う美女のポスターが、薄汚れた奥の壁にたった一枚貼られているのは、どうやらビールの広告らしいが、その顔は半分ちぎれて片目の美女になっている。客は二組。こちらでは三人の中年男が、空になったジョッキを前に、うつろな目を宙にただよわせながら、三人そろって貧乏ゆすりに精を出しており、あちらでは向かい合った男女が別れ話にでもなっているのか、皿に盛られた枝豆にも手をつけず、陰気な顔でうつむいたまま黙りこくっている。その足元を勢いよく走り抜けていったものは、たしかに太ったドブネズミに相違なく、はて、これがサービス満点の「思い出酒場」か、とんでもないところに来てしまった、と退散する言い訳を考えていると、「こっち、こっち」というツネ子の声が聞こえてきた。店を抜けた左手の奥に、どうやら地下に降りてゆく階段があるらしく、その前に立ってしきりに手招きする姿は、招き猫にしてはどうにも顔が長すぎるが、ともかく目的地はここではなかったようで、やれ助かったと安堵する気持が、手招きするツネ子への親しみに変わり、テーブルのあいだを縫うようにして進んでゆくと、ツネ子はそのままハイヒールの踵《かかと》をカッカッと鳴らして、階段を降りはじめた。

一階の踊り場でさえ薄暗くぼんやりしていた照明は、階段に入るとさらにその光を落とし、ビルの管理者の節約ぶりを露骨に示していたが、ツネ子は通い慣れた道とばかりに歩をゆるめることもなく降りてゆく。こちらは足元もはっきり見えず、片手で手すりを押さえながらあとにつづいたが、おっかなびっくり足を進めているうちに、さきほどの安堵感はどこへやら、あの安酒場どころか、もっとひどいところへ引きずり込まれそうな気配に、湧きだした不安は募るばかりだが、いくら後悔したからといって、いまさら引き返すわけにもゆかず、どんどん降りてゆくハイヒールの音に遅れないよう、脚をこわばらせながらついて行くしかない。

地下一階ではなにやら機械の音が低くブ――ンと唸っていたが、地下二階ではその音も遠くなり、地下三階まで来れば、もはや下から響いてくるツネ子の足音以外には何の物音もせず、そこから先は穴倉に通じるような左巻きの鉄の螺旋階段が、闇の中にまっすぐ降りているばかり。覚悟を決めて螺旋階段に突入したものの、降りても降りても次の階には行き着かない。

ようやくたどり着いたその場所は、いったい地下の何階に当たるのだろうか。階段の入口があった侘しい酒場からは、恐ろしいほどの大地の厚みで隔てられた地の底であるような気がするし、そればかりか暗いビルの階段に踏み込んでいったのが、もう遠い昔のことであるようにさえ思えてしまう。

いずれにしても階段の尽きたところからは、ただ一筋トンネルのような水平の道が伸びているばかりで、階段付近はいくつかの非常灯でほのかな明るさに包まれているものの、その先はどこまで続くとも知れぬ闇の中。床はコンクリートの打ちっぱなしのようで、剝がれたコンクリートのかけらや木片が散乱し、壁からは不規則に支柱が突き出ているし、天井からはポタリポタリと水滴が漏れ、今は使われなくなった地下坑道か、あるいは戦時中の防空壕の名残かとも思われる。そんな中をツネ子は、階段を降りるのと変わらぬ足取りで平然と歩を進め、その姿は闇に向かって吸い込まれてゆくので、私はあたりを見回す暇もなく、小さくなってゆく後ろ姿をあわてて追ったのだが、カッカッと響くその足音は、今やこの寄る辺ない世界に迷い込んだ私にとっては、たったひとつの頼りであるように思われた。

その足音が突然止まった。闇の奥に目をこらすと、大きな鉄の扉がトンネル全体を塞《ふさ》ぐようにして、ツネ子の行く手を阻《はば》んでいる。ツネ子はくるりと振り向くと「着いたわよ」と私に向かって叫び、すぐさまドンドンドンと握り拳で鉄の扉を打ち叩いた。

ギイーッと重々しい音をたてて扉が開き、中から薄明りが洩れてくる。ようやく追いついた私が、ツネ子の後につづいてその中に一歩踏み込んだとたん、パンパン、パーン、パパパンパン、けたたましいクラッカーの洗礼を受け、思わずあっと尻もちをつきそうになったが、驚いている暇もあらばこそ、きゃあきゃあとかまびすしい嬌声が一斉に湧き起こり、駆け寄ってきた女たちに揉みくちゃにされてしまう。押しくらまんじゅうのようにして座らされたのは、ヴィップ用かと思われる立派なソファーで、その中央に腰をおろしてあたりを見まわすと、天井にはミラーボールが輝いてなめらかに動く水玉模様を作り出し、ガラスのテーブルを通しておぼろに見えるペルシャ文様の絨《じゅう》毯《たん》は足に柔らかく、店の奥に目を転じれば、ボトルが並ぶカウンターも黒々と重厚な構えを見せていて、派手な装飾はないものの、こんな地の底でもさすがは銀座、と感心しないでもないのだが、左右から身体を寄せてくる女たちはと言えば、場末の安っぽいクラブの女と変わりはない。

「いらっしゃーい。待ってたわよ」

「すーさん、今日のネクタイ、すてき！」

「お仕事、お疲れさまね」

「どうしたの〜。お澄まししちゃってさ」

「ほらほら、今日は無礼講よ」

「麗奈ちゃん、詰めて、詰めて」

「あたし、お膝に乗っちゃおうかしら」

「なに、照れてんのよ」

　ほかに客は誰もおらず、ヴィップ待遇でもてなしてくれるのは嬉しいのだが、店の女の子に総出で押し寄せられた経験などあるはずもなく、どう対応したらいいものやら、あたふたしていると、

「はーい、ウェルカムドリンク」という声が響いて、目の前にワイングラスが置かれた。妙な匂いがするので、持ち上げて横から眺めると、薄いガラスを通して見えるのは、透明な液体に浸かった何やら異様な物体。目を近づけてよくよく見れば、細長い緑のものに、赤みを帯びた白い塊が混じっており、その塊には小さな吸盤まで付いているところを見れば、うーむ、これはどう見ても、タコとジュンサイの酢の物ではないのか。

「はい、飲んで、飲んで」

「一気、一気」

　こうなっては仕方がない。目をつぶってグラスの中身をぐっと傾けると、ぬるりとした塊が喉を

滑り落ち、きつい酢の匂いがつーんと鼻をつく。

「すーさんの飲みっぷり、ステキ！」

「もう一杯、いくわね」

「ここはいつでもハッピー・アワー、お代わり自由よ」

「あたしも飲んでいいかしら」

「ママ、お代わり！　大盛りでね」

三杯飲まされて、すっかり酔っぱらった。大洋に乗りだした客船のように店全体がゆっくりと揺れ動き、身体はソファーのなかに果てしなく沈んでゆく。

星空のように回転する水玉模様を見上げながら、朦朧《もうろう》とした目をこすって瞼をぱちぱちさせてみる。気がつけば、まわりにいる女たちはみな絶世の美人ばかりではないか。

「すーさん、すっかりご機嫌ねえ」

しなだれかかってくる美女の手を取って口づけをしようとすると、ソファーの端にいた女が不意に立ちあがって宣言した。

「では、ただいまからサービス・タイム、はじめまーす」

パチパチとにぎやかな拍手のなかで、薄暗い照明がさらに落ちる。身体を寄せてくる女の子たちに鼻を伸ばし、なるほどこれがサービス・タイムかと、隣に座ったキャバクラ嬢のような衣装の女の太腿に手を伸ばすと、その手をパチンと叩かれる。

「勘違いしないでよ。『思い出酒場』のサービス・タイムは、そんじょそこらのお店とはわけが違うんだから」

叩かれて行きどころのなくなった手を宙に浮かせ、阿波踊りのようにふらふら動かしているうちに、チャイナドレスを着た女がカウンターの奥から、がらがらとワゴンを押してきた。台のうえには大小とり混ぜて、たくさんのボトルが乗っている。ウイスキーやらワインやら、形も色もさまざまなボトルの中で暗い液体が揺れている。

ツネ子がワゴンの横に立って言った。

「さあ、よく見てちょうだい。これがあなたの人生よ」

ボトルにはそれぞれ名前が書いてある。どれも女の名前だ。ひとわたり見まわして、あっと驚いた。おお、これは。過去に知り合い別れていった女たちの名前ではないか。これも、これも、ああ、これも。

さまざまな大きさ、さまざまな色の瓶に、なつかしい女の名が書かれている。遠くから憧れていただけで、話すこともできなかった女の名前もあれば、ともに過ごした濃密な時間のあとで、心の傷跡を置き土産にして去って行った女もある。智子、早希、みどり……その名前を見るだけで思い出が花開く。抑えきれないなつかしさが、胸の底からあふれてくる。ああ、あの顔、あの仕種《しぐさ》……昔をよみがえらせる呪文のようなその名前の群れを、ただ呆然と眺めているうちに、並んだボトルが踊りだした。酔った私の目の前で、こちらの瓶はくるくるまわり、あちらの瓶はゆらゆら揺れて、ガラスの中央が少しずつくびれ、なまめかしい女体の輪郭を描きだす。

「すごいでしょ、うちのサービス・タイムは」と、キャバクラ嬢が自慢そうに言う。

ツネ子もしてやったりという顔で、私の顔を見つめている。

「まず、これなんかどうかしら？」

ポケットサイズの薄青い瓶をつかんで、私のまえに突き出してきた。玲子……山尾玲子。とたんに中学校の教室の情景が浮かび、目の前にはセーラー服を着た長い髪の女の子が頬を赤らめて立っている。あれは中二の二学期のこと、転校生としてあらわれた玲子はあいていた隣の席にやって来ると、不安げな様子で会釈しながらにっこりと微笑《ほほえ》んだ。ぎごちない挨拶を返したあと振りかえった窓の外には、雲ひとつない秋の青空が広がっていた。うぶな少年だったぼくの生活は、あの日から一変した。ああ、あの誰もいない屋上で、放課後にいったい何度語り合ったことだろう。風になびく黒髪に手を伸ばそうとして、どれほどためらったことか。遠くを眺めるふりをしながら、そっと握った手。握り返してくれたときの心臓の鼓動。出会って一年目の記念日に、唇の先で交わした初めてのキス。同じ高校へ行こうと言っていたのに、ずっといっしょに通おうと誓っていたのに、卒業する少し前に、転勤する親に連れられて遠い国へ消えてしまった……

「こちらはいかが」

チャイナドレスの女が薄笑いを浮かべながら、ボルドーのような深みを帯びた茶色のボトルを差し出してくる。中身はからに近く、底のほうに澱《おり》がよどんでいる。優香……ああ、優香。苦い悔恨とともに、記憶のなかから、寂しげにうつむいた横顔が浮かび上がってくる。唇の端を嚙みしめたその顔はじっと動かないのに、どこからか沈んだ声が聞こえてくる。電話の向こうからかすかに響いてくるような遠い声だ。

「ドウシテ連絡ヲクレナカッタノ」

「………」

「モウ会エナイノ」

「……………」

「アナタデナイト、ダメナノ」

「……………」

「アナタガイナイト、私ドウシタライイカワカラナイ」

「……………」

「ナゼ黙ッテイルノ」

「……………」

「愛シテイナイノネ」

「……………」

「ソレナラ、ナゼ抱イタノ」

「……………」

罪の意識が胸をかきむしる。ごめん、優香。けっして心が離れたわけじゃない。きみが好きだった。でも仕方なかったんだ。出会った時期が悪かった。きみを傷つけたくなかった。なにも言えなくて、ぼくは逃げた。許してほしい。卑怯なぼくを忘れてくれ。あのときは、どうしようもなかったんだ。あのときは……

「すーさん、どうしちゃったのかなあ」

目を上げると、別の女が、紫色の果実酒を差し出している。君子。いや、君子さん。そうだ。あのころの自分は本当にどうかしていた。鬱屈した心をもてあまし、どうしようもない孤独に駆られて夜中に訪ねていった。姉さんのように思える人に心の中を打ち明け、話を聞いてもらうだけのつもりだったのに、出してくれたお酒を飲みながらひとりでしゃべっているうちに、つい抱きついて押し倒してしまった。その時の、あのたしなめるような真面目な顔、厳しい目。恥ずかしくてたまらず、ぼくは走って逃げた。そのまま一晩中、夜の町をほっつき歩いた。でも、あの人はそんなぼくを許してくれた。そのあとも何事もなかったかのように、会って話を聞いてくれた。あの人がいなかったら、今ごろぼくはどうなっていたことか。君子さん。感謝の思いは今も消えない……

「ねえ、こっちのほうが刺激的よ」

別の女が差し出しているのは、どうやらウォッカの瓶だ。薄れた青のインクで、めぐみ、と書いてある。その字を見たとたんに、胸がきりきりと痛みだす。めぐみ。あの幸せだった半年の生活。そして突然の終わり。めぐみ。あの手紙の最後に書かれたこの丸っこい字体の名前を、いったい何度見つめたことだろう。めぐみ。どうして、いなくなったのか。なぜ、ぼくの元を去ったのか。ぼくが贈った指輪といっしょに、テーブルに残されていた置手紙。書かれていたのはわずか数行。雲をつかむような曖昧なことばだったけれど、もういっしょに暮らせなくなったと、遠回しに伝えていることだけは、痛いほどよくわかった。中身をぼかしたその行間に、男の姿がちらちらする。名前だけ聞いていた、めぐみの友だち。いや、めぐみの新しい男。ひとりきりで残されたことがまだ信じられず、置手紙を握りしめて荒い息をついているぼくの頭の中で、めぐみがにっこり笑う。その晴れやかな笑顔は、ぼくに向けられたものではない。めぐみの嬉しそうな目がみつめているのは、ぼくの背後にいるその男だ。やがてめぐみと男は手に手を取り合って、こちらに背を向ける。その前には、大きな扉。過去の暮らしという重い扉の向こうには、どうやら明るい未来が広がっているらしい。ふたりが扉を押しあけると、外は太陽の光がさんさんと降り注いでいる。まばゆい光のなかを、ふたりは軽やかな足取りで遠ざかってゆく。一度も振り返らずに。逆光で暗いふたりの背中が、ぼくの知らない未来に向かって消えてゆく。明るい笑い声が、遠くからかすかに聞こえてくる。

ああ、去って行った女の名前は、どうしてこんなに心を焼くのだろう。もしもやり直せるのなら、めぐみの心が変わるまえの時間にもどりたい。もう一度しっかりと抱き締めて、ほかの男のいない世界に連れて行きたい。目隠しをして、閉じ込めたい。いや、それよりも、消えためぐみを見つけ出して、問い詰めたい。軽蔑したい。呪いたい。

「ほらほら、すーさん、元気を出して。こんなのもあるわよ」と別の女が清酒の小瓶を見せる。

「『ひと夏の恋』っていう銘柄だけど。名前は、えーと……」

「ねえねえ、こっちはどう？」と、また別の女がからかうように言う。

「『派遣の女』っていうの。まだ未開封ね」

ずらりと並んだ女たちが、次々にボトルを差し出してくる。飲めばいったいどうなるのだろう。あのときの時間を取り戻し、あのときの思いをまた味わうことができるのだろうか。

「さあ、どれがいいの。お好きなボトルを選んでちょうだい」

「あれがいい？　それともこれ？」

「どうするの。どうするの？」

どうすればいいのだろう。昔の自分に戻りたいのか。若いころのあの日々を、本当にもう一度味わいたいのか。もしも人生をやり直せるなら、自分は何がしたいのか。

私の心を見透かしたように、ツネ子が歌うように語りはじめた。

「どうせ別れた女でしょ、どうにもなりはしないわよ、やり直しても同じこと、だってあなたの人生だもの、あなたが選んだことだもの」

それからちょっと調子を変えると、

「そんなことより、まあゆっくりと、うちのお酒を飲んでちょうだい、あなたの過去の喜び悲しみ、絞ったエキスが入っているの、どのお酒でもよりどりみどり、飲めば心がすっきり晴れて、つらい思いも消えるわよ」

まわりを取り囲んだ女たちが、ボトルを一本ずつ手にして、コーラスのように声をあげる。

「さあ、さあ、どれを選ぶのかしら」

「さあ、どうするの、どうするの」

ずらりと並んだボトルが目の前に迫ってくる。

「どうする、どうする」

「さあ、さあ、さあ、さあ」

ええい、どうにでもなれとばかりに、いちばん近くに見えたボトルに手を伸ばした。書いてあるはずの女の名前は、つかんだ手に隠れて見えない。ボトルのなかの酒は黄色く濁っているようだ。何も考えず、そのまま瓶からぐいっと一気に喉に流し込んだ。かああーっと喉が焼け、アニスのような強烈な香りがしたかと思うと、身体がふわーっと宙に浮き上がった。

「キャハハ、飲んだ、飲んだ」

「ほんとに飲んじゃった」

「チョロイもんねぇ」

「あんたの人生、そんなもの」

「逆さに振っても、空っぽじゃない」

「ほらほら、どうよ、もう一本」

「なんなら全部、いっちゃえば」

誰かが演歌のようなものを歌いだす。

「飲んで忘れて、クダを巻きぃ、悔いたつもりで、また飲んでぇ……」

コンコン、ケンケンという甲高い笑い声も聞こえてくる。

女たちの姿が影絵になって踊りだした。ワルツのリズムを刻む者もあれば、片脚を上げてくるくるまわる者もある。影となった女たちが、誘うように手を差し出す。思わずその手を取ろうとすると、スカートをひるがえして無情に遠ざかってゆく。待ってくれ。影が立ち止まって振り向く。なつかしいその横顔はめぐみだ。いや、優香だ。シルエットはゆれ動き、やがて縦に長く伸びたかと思うと、二本のとがった耳が生えてくる。

そのうち頭がぐるぐるとまわりだし、だんだん意識が薄れていった。あとはどうなったのやら……

突然、「サービス・タイム、終了ーっ」というツネ子の声が響いた。とたんにミラーボールも消えて、あたりは真っ暗。どこからか冷たい風が吹いてきて、首筋がひやりとする。何が何やらわけのわからないまま、反対側の扉から押し出された。

呆然としていると、閉まりかけた扉の向こう側からツネ子の手が伸びて、「これ、約束のお土産よ」と、風呂敷に包んだ骨壺のようなものを渡された。はて、お土産はイナリ寿司ではなかったのか。

いつのまにか酔いもさめたようで、頭がはっきりしてきた。ともかく出口を見つけなければと、骨壺をかかえたまま暗闇のなかを手探りで歩きはじめる。やがて、遠くのほうに明かりが見えた。瓦礫の山を乗り越えて、ぽっかりとあいた穴から外を覗くと、広々とした空間に地下鉄の線路が走っている。目の前には駅のホーム。どうやら東銀座の駅らしい。

穴から出て小走りにレールを渡ると、まず骨壺をホームにのせ、コンクリートの端に手をかけて、よっこらしょとよじ登った。まだこれくらいの身軽さは残っている。

背広の埃をはたきながら、やれやれこれで家に帰れる、と一安心。何気なくポケットを探ると、財布が軽くなっている。しまった、やられたと思ったが、銀座のキツネはさすがプロ、抜き取られたのは現金だけだ。まあこれくらいで済んだのはむしろ幸運と気を落ち着け、ちょうどやって来た地下鉄に乗り込んだのだが、さて、この骨壺のことを女房に何と言ったらいいのだろう。

トーキョー・セレナーデ

ぎっしり詰まった本の背表紙が両側の壁を一面に埋めている。この一角まで入り込んだのは初めてだ。息をひそめるようにして奥へ進んでゆくと、床に積もった分厚い埃の上に自分の足跡だけがくっきりと残される。あたりは静まりかえって、何の物音もしない。

さまざまな文字で書かれたタイトルの中には、意味がわからないものもたくさんある。しかし、ずらりと並んだ背表紙を右から左へ、上から下へと眺めているだけで、なぜか気持が落ち着いてくる。古い紙から漂ってくる少し湿ったカビ臭いにおいも、昔の秘密を封じこめているようで心をそそる。

やっぱり図書館っていいなあ、と指先で本の凹凸をたどりながら、ケンはつぶやいた。

もちろん何かを知りたいだけならネットで充分だ。わざわざこんなところまで来なくても、指をちょっと動かすだけでどんな情報でもあっという間に手に入ってしまう。でも、やっぱり本は違う。

ケンはたまたま目についた図版入りの大型本を抜き出した。ずっしりとした手ごたえで、本を乗せた手首がしなるほどだ。ぱらぱらとページをめくってみると、上質の紙の手触りがそれだけで何かを訴えかけてくるような気がする。この文字やこの図版は、ネットの画面と違って一瞬で現れたり消えたりしない。勝手に動きだしたり、誘いかけてきたりすることもない。このままの形でいつもここにじっとしており、誰かが手に取ってくれるのをひっそりと待ちつづけている。

ただの廃墟だと思っていた建物の中に、まるで古代の墳墓の副葬品のように無数の本が整然と並べられているのを見つけたのは、二年ほど前のことだった。街はずれをひとりで散歩している途中に偶然発見したのだ。びっくりしてクロサキ先生に報告すると、それは図書館というものだと教えてくれた。昔は大勢の人がここに来て、静かに読書をしていたのだという。かつての人々の知の探求と思索の場。そう教わって以来、この図書館はケンのお気に入りの場所になった。

本の列は少しずつ様相を変えながら、どこまでもつづいていた。沈黙の中に自分の足音だけを響かせながら歩いていると、「本の森」ということばが頭に浮かんだ。そうだ、「極相林《きょくそうりん》」だ。ケンは授業で習ったばかりの知識を思い出して、ちょっと得意な気分になった。

山火事などで裸の土地ができれば、まず草が生え、低木が繁り、やがて高木が育つ。そして最後はブナやカシなどのいわゆる陰樹の森となって安定する。この図書館もそんな極相に達した静かな森のようだ。でも、この森はもう生きていない。書架の中の本は増えることも減ることもなく、凍りついた時間の中で息を止めている。魔法にかけられた森は誰にも知られずに、いつまでも眠りつづけるだろう。やがて朽ち果てて、建物といっしょに崩れ落ちるときまで……

探していた本はすぐに見つかった。ケンはそのことにも感心してしまう。すべての本がネットのアーカイブで調べた通りの場所にちゃんと収まっているのだ。こんなに多くの本に一冊一冊整理番号をつけてシールを貼り、その順番に並べるには、どれだけの手間がかかったことだろう。昔の人はよほど辛抱強かったにちがいない。

ケンは見つけた本を抜き出してリュックに放り込むと、無人の図書館を出た。

夜明けに起きだしてすぐやって来たので、朝日はまだ遠くに見えるビル群のあいだから上りはじめたばかりだった。金色の光が、生気のないトーキョーの街を斜めに照らしている。目の前に大通りがまっすぐ横に伸びているが、動くものは何もない。右手にはすっかり錆《さ》びついた自動車や乗用ドローンが何台も放置され、その向こうは崩れた建物の瓦礫でふさがっている。正面のビルの窓ガラスはほとんどが割れたままだ。左手を見るとでこぼこのアスファルトの先に、三十二階建てのブンカンがひときわ高くそびえている。わがトーキョーのランドマークだ。曲線を取り入れたメタリックな外観になぜか温かみがあって、遠くから眺めてもほっとする。

空がまぶしい。今日も暑くなりそうだ。はるか上空では翼を広げた一羽の鳥が、大きな円を描きながら悠々と舞っている。あれはたぶんオオワシだ。

「ケンちゃーん」という甲高い声に振り返ると、アキがぱたぱたと駆けてくるのが見えた。いつものジーンズにパステルカラーのスニーカーをはいている。ショートヘアをわさわさ揺らしながらダッシュしてくる様子はまるで細身の男の子のようだ。勢いよく飛び込んできたアキを、ケンは両手でしっかりと抱き止めた。

ケンにとって幼いころからアキは仲の良い妹のようなものだった。気まぐれで自己主張の強い性格にはいつも手を焼き、口げんかの末に何日も顔を合わせないといったこともよくあったが、たいていは小さな手と手をつないで遊びまわり、人けのない街の中をふたりで闊歩していた。しかし最近ケンは戸惑うことが多い。アキの身体がいつのまにか女らしくなってきたからだ。ことばや振る舞いは以前と変わらず子どもっぽいままなのに、身体だけが少しずつ丸みを帯び、どこからともなく女の香りを放ちはじめている。そんな変化に気づくたびに、ケンは少しうろたえながらも、とろけるような感覚に襲われてことばをなくしてしまう。

今もそうだ。アキはケンにしがみついたまま、大きく息を弾ませていた。はあはあ喘ぐたびに、まだ小さな胸のふくらみが柔らかく弾んで、ケンの胸に押しつけられる。その弾力を受け止めていると、ケンは冷静さを失いそうになる。若い鹿のようにしなやかなこの身体が、小鳥のように華奢《きやしや》なものに感じられて、もっともっと強く抱きしめたくなる。このまま力をこめて押しつぶし、自分の肉の中に取りこんでしまいたいような気持になってくる。

アキはそんなケンの気持に気づきもしないらしく、抱きついたまま顔を上げて無邪気に笑った。それから急に身体を離すと、「早くあそこに行こうよ。今日は暑いから気持いいよ」と言って、踊るような足取りで大通りを斜めに渡りはじめた。ケンは兄のような表情に戻って、おとなしく後に続いた。舗装の割れ目や水たまりを身軽に避けながらしばらく歩いた先には、打ち捨てられた大きな公園があった。ここはアキが少し前に見つけたお気に入りの場所なのだ。

正面から入って、雑然と枝を伸ばす木々のあいだを進んでゆくと、つる植物に覆われた東屋《あずまや》があり、その横を通り過ぎたとたんに、広々とした明るい空間が出現する。大きな広場の地面には、七色に輝く丸い小さなガラス球が玉砂利のように敷き詰められている。人間とも獣とも見分けのつかない奇妙な彫像があちこちに立ち、奥のほうには花の形をした池が透明な水をたたえている。まわりには石のベンチが半円形に並べられ、池の中央では羽を広げた大きな白鳥が開いた嘴《くちばし》から水を噴き上げている。噴水は強さも向きも広がりもランダムに変化するよう設計されているらしく、変幻自在の水の戯れで目を楽しませてくれる。

そんな広場に勇んで飛び込んで行ったアキは急に立ち止まると、ケンに背中を見せたまま「あれっ」と大声をあげた。噴水が上がっていないのだ。池は静まりかえっており、石の白鳥はまるで喉の渇きに苦しんでいるかのように、天に向かって虚しく口をあけている。つい三日ほど前には、ふたりで池に飛び込んで、落ちてくる噴水を全身に浴びながらはしゃぎまわっていたというのに。

「寿命だったのかな」と、ケンも呆然としたまままつぶやいた。噴水の装置が故障したのかもしれないし、どこかで水道管が破裂したのかもしれない。いずれにしてもまたひとつ、今まで動いていたものが動かなくなった。街がだんだんと死んでゆく。

「あーあ。つまんない」

アキは池の前に置かれた石のベンチにへたりこむように腰を落とした。あたりには静寂が広がっている。聞こえてくるものは、木々の中で歌う小鳥の声だけだ。ケンもアキの横に腰をおろし、慰めるように肩を抱いて、頬にキスをした。唇のすぐ近くの柔らかくくぼんだところに口の先を当てると、ほのかに蜜のような味がする。ケンはたまらなくなってアキの頭をぎゅっとつかみ、しなやかな髪に十本の指を突っ込んで、ぐしゃぐしゃに掻きまわしはじめた。褐色のショートヘアがうねりながら指のあいだからこぼれ落ちると、髪の奥からリンゴのように甘い香りが漂ってくる。

「いやだ、やめてー」とアキは叫んで逃げ出した。二、三歩離れてから振り返って、怒ったような顔でケンをにらみつける。しかしにらむ先から表情は崩れ、抑えても抑えきれない笑顔に変わってゆく。朝の光の中に弾け散るようなその笑顔には、今を生きる喜びがいっぱいに湛《たた》えられていた。

*

東京都庁西部地区分館、略してブンカンは地上三十二階、地下三階の堂々とした建物だ。都心の高層ビル街からはやや離れ、西の高台にぽつんと孤立したかたちでそびえ立っている。築二百五十年ほどと比較的新しいうえに、東京都が解散するまではメンテナンスが行き届いていたので、今でも建物全体が使用可能だ。もっとも実際に使っているのは一階と二階くらいで、あとは空き家同然なのだが。

その日はよく晴れていたので、クロサキ先生の授業はブンカン屋上のテラスでおこなわれることになっていた。授業といっても生徒はケンとアキの二人きりだ。教室もなければ教科書もない。その日の気分で場所を変えて集まり、哲学やら科学やら芸術やら、先生が大切だと思う話題を選んで自由に語り合っている。

ケンが正面の入り口から入ってゆくと、右手のカフェテリアにマサコさんが座っているのが見えた。車椅子に乗ってゆっくりお茶をすすりながら、向かい側に腰かけた青年と嬉しそうに話をしている。金髪で褐色の肌をしたこの若者は、マサコさんのたったひとりのひ孫アルベルだ。ブエノスアイレスに住んでいて日本には来たこともなく、マサコさんと対面で会ったことも一度もないという。その代わりにときどきこうしてヴァリア、つまりＶＲ３Ｄ通信を使って、遠い島国でひとり暮らしをしているひいお祖母さんの話し相手を務めているわけだ。アルベルには祖父母やら曾祖父母やらが世界中に何人も散らばっていて、それぞれの老人にとってはたったひとりの孫でありひ孫であるというケースも多いようだから、たまに連絡を取っておしゃべりをするだけでもさぞ忙しいことだろう。

ケンはマサコさんに挨拶し、アルベルとも軽くヴァーチャル握手を交わしてから、奥へと進んだ。

「ケンちゃん、遅いよー」

アキはもう三人分の飲み物とお菓子をトレイに載せて、ケンを待っていた。

「ごめん、ごめん。でもまだ五分ある」

言い訳をしながら、アキの肩をつかまえてハグをする。ちょっと頬を当てるだけでは済まず、つい強く抱き締めてしまう。

「ケンちゃんたら。ほら、急がなきゃ」

言われてようやく身体を離したとき、キッチンの戸棚が空っぽになりかけていることに気づいた。コーヒーやお茶の管理はケンの仕事だ。補充しておかないといけないな。トレイを捧げ持ったケンはそうつぶやきながら、エレベーターに向かうアキの後を追った。

屋上に出ると、目の前に夏の青空がいっぱいに広がっていた。遠くには白い雲がいく筋か細くたなびいている。前日の豪雨が嘘のようだ。

「ここにしようよ」と、アキが見晴らしのいい角のテーブルを選んだ。そこからは、静かに朽ちてゆく都会の風景が遠くまで見下ろせる。ちょっとしたピクニック気分だ。

すぐにクロサキ先生もあらわれた。いつものように上下とも黒で決めている。本人に言わせれば、外出するときに色を合わせることを考えなくて済むからなんだそうだ。クロサキ先生はまだ五十代だ。トーキョーきってのダンディーということになっているけれど、ほかに若い男がいないのだから自慢にもならない。物知りでしかも面倒見がいいので、ケンとアキだけでなく、みんなから「センセー」と呼ばれて頼りにされている。しかし別に本職の教員というわけではない。トーキョーから学校というものが消えて以来、自然に二人の教育係を務めるようになっただけだ。用のないときはひとりで家に閉じこもっていることが多いので、年寄り連中からは変人扱いされることもある。

「先生じゃないとき、センセーは何をしているんですか」と、以前アキが聞いたことがある。

「そうだねえ。本を読んだり、音楽を聴いたり、それから小説を書いたりしているよ」

そう言ってからちょっと首をひねり、「まあ何もしていないのと同じようなものだけどね」と笑った。

授業はしばらく前から「進化論」がテーマになっていて、その日は「人類史」の後半だった。生命の誕生からはじまった進化の物語も、ようやく終わりに近づいてきたわけだ。

「では、始めようか」とセンセーがテーブルの上に置いたタブレットを開いた。映し出された山型のグラフは、地を這うような低く長い線から始まって、右端近くで急激に上昇したあと、なだらかなカーブを描いてまた大きく下降している。センセーは山の頂点を指さして質問した。

「人類のピークアウトが起こったのは何年だったか覚えているかな？」

「二〇四八年です」と、アキがすぐに答えた。アキは記憶力がとてもいい。

「そうだね。今からおよそ八百年前だ。その年に地球の人口はピークを迎え、それから減りはじめた。このグラフを見てごらん。いったん下がりはじめた人口の曲線はそのままずっと下がりつづけ、その後二度と上向きになることはなかった。人口の減少とともに、人類の活力も衰えてゆく。文明の衰退、ひとことで言えばこれがピークアウト後の人類の歴史だ」

センセーはそこでことばを切り、一瞬遠くを見つめる目つきになった。

「人類史の前半をもう一度簡単に復習しておこう。これまで勉強してきたように、ホモ・サピエンスの存在が確認されるのはおよそ三十万年前だ。アフリカで誕生したヒトは、その生息域をだんだん広げていった。ヒトがほかの動物と違うところは、ことばの発明によってネットワーク化された特殊な社会を作り上げ、農業などを通して環境そのものを変えていったことだ。社会が強力なものになるにつれて、人口も少しずつ増えていった。しかしその増え方は長いあいだ非常にゆっくりしたものだった」

そのように語りながらセンセーはグラフの左端から低い線を指でたどり、カーブが急激に上昇する地点まで来ると、そこをトントンと叩いた。

「しかしここで、人類史は第一の転回点を迎える。人口爆発だ。十八世紀末のヨーロッパを出発点として、科学や産業の発達とともに世界の人口のおそるべき増加がはじまった。それまでの人類は、そうとう風変わりな生き物ではあったけれど、まだ普通の生物の仲間と言ってもよかった。ところがここで境界線が越えられてしまう。人類はあっという間に地球全体を独占し、環境を都合よく変化させ、増えられるだけ増えた。一八〇〇年に十億人程度だった人口は、二十一世紀半ばには九十億人という異常な数まで到達した。地球は飽和してしまった」

センセーはふたたびグラフの頂点を指で示した。

「そしてここが第二の決定的な転回点だ。あまりの人口増に耐えられなくなった人類は、今度は子どもの数を減らしはじめた。ピークアウトは二〇四八年だが、当然その少し前から出生数は減りはじめている。人類はみずから数を減らすことを選んだんだ。これは生命の進化史上、あらゆる種を通じてはじめての出来事だった。進化というのは子孫をより多く残すことで進んでいくものだからね。人類の選択は、進化の原則に反するものだったわけだ。それでも当時としては、それは悪い選択ではなかった。いや、賢い選択だったと言ってもいいだろう。その頃の人々は食糧やエネルギーの枯渇、環境の悪化、それにともなう温暖化現象などを恐れていた。人口の膨張によって大国どうしの利益が衝突し、核戦争が起こる心配もあった。そうした地球規模の災害を避けるためには、とにかく人口を減らすしかなかった。それが唯一の解決策だったんだ。こうして人々は子どもを産まなくなり、人口は減りはじめた。最初そのペースはゆっくりしたものだったが、いったん減り始めると坂を転がる石のように速くなっていった。この前数学で勉強したように、人口は等比級数的に変化していくものだからね」

「センセー」とケンが質問をした。

「人口を減らすことは誰が決めたんですか?」

「誰かが決めたわけじゃないよ。自然にそうなったんだ」

「でも、そうしようと思わなければ、そうならないでしょう。人口を減らしていけばそのうちこんな世界になるっていうことは、その頃の人たちにもわかっていたはずですよね。誰かが決めたんじゃないとすれば、こういう世界にしようっていう、その、何ていうか、暗黙の了解みたいなものが生まれたっていうことですか?」

センセーはゆっくりと首を振った。

「違うんだ。それどころか、この頃の人々は」と言って、センセーはまたグラフの頂点を指で示した。

「将来のことなど何も考えていなかった。そればかりか、自分たちの文明が永遠につづくものと、なぜか思い込んでいた。戦争や疫病や環境破壊など目の前にある困難を乗り越えることができさえすれば、人類の社会はますます豊かになり、どこまでも繁栄するものと信じて疑わなかった。おかしな話だね。それからわずか八百年ほどで、まさか世界の人口が三万人にまで減ってしまうなんて、昔の人には想像もできなかったんだよ」

「でもそれなら、ちょうどいい人口にまで減ったときに、それ以上減らすのをやめればよかったのに」

「そうだね。実はみんな、そう考えたんだよ」と言いながら、センセーはなだらかに下ってゆくカーブを指でたどっていった。

「人口がどんどん減りはじめたとき、人々はこれでは大変なことになるとようやく気がついた。そしていろいろな手を打ったんだ。世界中のすべての政府が出産を奨励し、育児の環境を整えた。その頃までは子どもを育てるのは親の仕事と考えられていたんだけれど、育児は社会の責任という考え方がどこの国でも当たり前になった。ほとんどの国では出産も育児も教育もすべて無料になり、それどころか手厚い報奨金が出るようになった。数人の子どもを産めば、それだけで親子ともども楽に暮らせるようになったんだ。二十一世紀ごろまでは結婚という制度がまだ各国に残っていたけれど、自由な出産の妨げになるというのでそれも廃止された。生まれて来た子どもを親が育てられない場合、あるいは育てたくない場合は、もちろん国や自治体の施設が引き取って面倒を見た。その頃の子どもをめぐる制度の変遷を調べてみると、赤ん坊の世話はすべて引き受けるからとにかく子どもを産んでくださいという、政治家たちの悲鳴が聞こえてくるような気がするよ。

しかしそんな努力にもかかわらず、このグラフのカーブが上を向くことは二度となかった。たしかに制度が一歩進めば、そのたびに出産数は少しだけ増えたけれど、それも一時しのぎに過ぎず、大きな流れを食い止めることはできなかった。人類の数は一貫して減りつづけた。伝染病、自然災害、原子力事故など地球規模の問題が起こるたびに、その勢いはさらに加速していった。

もう個人の意志に任せてはおけない、と考える国家もいくつか現れた。優秀とされる人々に卵子と精子を提供させて、出生数を政府が管理しようとしたんだ。そのための切り札として、科学者たちは人工子宮の開発に挑戦した。また一方では、クローン技術による人間の複製計画も進められ、国家的なプロジェクトとして何度も実験がくり返された。要するに国民が国家をつくるのではなくて、国家が国民を製造しようとしたわけだね。しかし、そうした計画はなかなか予定通りには進まなかった。人工的な装置から心身ともに健康な赤ん坊を産み出すのはそれほど簡単なことではなかったし、クローンの子どもたちも精神的な問題を抱え込んで社会に適応することが難しかったんだ。重大な事故も何度も起こった。倫理的な観点から異議を唱える人々も最初から大勢いたので、事故が起こるたびに反対運動は勢いを増した。そして結局どこの国でも計画は挫折した。もちろん人間増産を声高に主張する人もたくさんいたから、激しい論争が長いあいだつづいたけれど、時間が経つにつれてそうした声もだんだん小さくなっていった。おそらくその頃にはもう多くの人が諦めていたんだろうね。つまり人類の存続という問題をなによりも大事なこととは考えなくなっていたんだよ。

もしも政府が国民を作る試みが成功していたら、世界はどうなっていただろう。すばらしい新世界が生まれて、人類は今も繁栄をつづけていたかもしれない。でも、人工的な装置から子どもが次々に誕生する姿を想像すると、やっぱり僕はぞっとするな。進化論の立場から言っても、失敗して良かったと思っているよ。

ともかく、こうして人類は現在のような絶滅危惧種となった。国連の推計によれば、最後の人類が息を引き取るのは、およそ三百年後のことらしい。言い換えれば、二百年ほど後にどこかで誕生する赤ん坊が、地球最後の人間になるということだ」

ケンは話を聞きながら今の日本のことを考えていた。

この列島に残っているのはおよそ千五百人。そのほとんどが気候のいいサッポロ・シティーに住んでいる。あとはここと同じような少人数のコロニーがいくつか点在しているだけだ。意地を張るようにして、かつての首都トーキョーに住みつづけているのは、今では全部合わせてたったの三十八人。ほとんどが老人だ。アキがいちばん若くて、自分が二番目に若い。

ケンは視線を横に向けた。アキは人類の衰亡期について語るセンセーの口元をじっと見つめている。その黒い目にはどこか反抗的な輝きが浮かんでいるように見える。

三百年後に死んでいくという最後の人間は、年老いて死ぬときに、誰もいなくなった世界を見渡して何を思うのだろう。親が、仲間が、遠い知り合いがしだいに消えていった自分の過去を振り返って、郷愁の思いにひたるのだろうか。それともあまりに呆気なかった人類の歴史を思い浮かべて、哲学的な虚しさに襲われるのだろうか。

アキはあいかわらず眉間に皺を寄せ、口元を引き締めてセンセーの顔を見つめている。

トーキョーではきっとぼくらが最後の人類になるのだ……

「では今日はここまでにしようか」

クロサキ先生の声が聞こえて、ケンは我に返った。最後にもう一度質問をせずにはいられなかった。

「センセー、やっぱりぼくにはわかりません。誰も望まなかったのに、なぜ人間はこんなに減ってしまったんですか」

「そうだね。不思議なことだね」とセンセーは微笑を浮かべながら答えた。

「たしかに人類の滅亡など誰も望みはしなかった。そして解決策もわかっていた。みんなが二人以上の子どもを作りさえすれば、それだけで人類は繁栄しつづけるはずだったんだからね。それなのに大多数の人はそうしなかった。手をこまねいて人口が減っていくのを眺めていたんだ。なぜだろう。どうも個人の意志と人類全体の意思のあいだには、微妙なズレがあるみたいだな。進化論から見た説明もいろいろあるんだけれど、その話をはじめると長くなりそうだ。今度にしよう」

そう言うとセンセーはテーブルに両手をついて立ち上がった。ゆっくり二、三歩あるいて、屋上の端のフェンスに手をかけ、それから振り返って二人を手招きした。

「ほら、見てごらん。この広い東京を。どこまでもビルや道路がつづいている。今は空っぽになってしまったけれど、八百年前には中心部だけで一千万もの人々が暮らしていたんだ。まるで巨大な蟻塚が無数に並んでいるみたいに、どの建物にも人が溢れ、どの通りも車でいっぱいだったことだろうな。

想像してみてごらん、その頃の人たちの暮らしぶりを。どんなにせわしなく動きまわっていたことだろう。どこに行っても見知らぬ人がいっぱいいるんだ。どんなに刺激的で、どんなに息苦しくて、どんなに疲れる毎日だったことだろう。今では考えられないね。まったく夢のようだ」

眼下には廃墟となった巨大都市が、木の幹にしがみついたセミの抜け殻のように、生命の刻印をその形に残したまま果てしなく広がっていた。荒廃したビルのあいだでは、緑の木々があちこちで勢いよく枝を伸ばしている。

遠くのほうの市街地は黒々とした影におおわれていた。誰もいなくなった都市を、亜熱帯の森が端からゆっくりと呑み込もうとしているのだった。

＊

倉庫はブンカンから三百メートルほどのところにあった。正式の名称は東京中央物流センターというらしいが、みんな「倉庫」と呼んでいる。ケンは倉庫の上空まで来ると、ぐるりと迂回して裏口の前に乗用ドローンを着地させた。正面の自動ドアは故障で開かなくなっているので、裏手から入るしかないのだ。

倉庫の内部は天井が高くてだだっ広いだけの殺風景な空間だった。床の上にさまざまな物が雑然と積み上げられて、いくつもの小山をなしている。右側は食料品の一角で、缶詰、瓶詰、レトルト、真空パックなどの保存食が並んでいる。バラエティーには乏しいが、量だけは豊富でどれだけ食べても食べきれないほどだ。左手は衣料品、電気製品、日用雑貨、ＤＩＹ用品などなど。介護用品や医薬品の山もひときわ目立つ。この中から誰でもほしい物をほしいだけ勝手に取って行けばいいことになっている。

ケンは手にしたメモを見ながら、みんなから頼まれた品の調達に取りかかった。

この倉庫は八十年ほど前に日本政府がサッポロ・シティーに移転して行ったときの置き土産だった。東京はその頃あまりに過疎化が進んで、巨大なインフラの維持もできないほどになっていた。コンパクトな形に集約するのもむずかしかったため、結局都市全体を見捨てるしかなかったのだが、その際どうしても東京を離れるのを嫌がった人々のために、高台にあるこの一角にだけ都市機能を残すことにした。都庁西部地区分館の立つこの街区は、エネルギー源をはじめとしたインフラ網が、比較的独立した形で整備されていたからだ。電気、通信、上下水道などはAIによって自動的に管理され、最後の都民が消滅する頃まで問題なく維持されるはずだということだった。そしてこの先とだえてしまう物流の代わりとして、使われなくなっていた巨大な倉庫に「東京中央物流センター」という仰々しい名前をつけたうえで、余剰物資を東京中からかき集めてその中に放り込んだ。これだけあれば十分すぎるほどだろうから、あとは自分たちで好きなようにやってくれ、というわけだ。

人口の激減に耐えて、かろうじて生き残っていた地方の小都市も、東京と同じ運命をたどるしかなかった。住民はどこでも日本最後の都市となったサッポロに移住するか、それとも活動を停止した自分たちの町に残留するかの選択を迫られた。移住組が去ったあとには、消滅を待つだけの小さなコミュニティーが残された。一人だけで、あるいは二人だけで、愛着のある土地にしがみつき、孤独な死を迎えようとする者もいた。しかしサッポロに籠《こも》った政府には、そうした人々を気にかける余裕などなかった。日本はもはや国家の体《てい》を成しておらず、政府に残された仕事といえば、いわば自分たち自身の葬儀をおこなうために、消滅に向けてのおだやかな道筋をつけてゆくことだけだったのだ。

東京では、残留した人々の多くが、ブンカンと倉庫のあるこの一角にしだいに移り住みはじめた。ずっと前から土地にはまったく価値がなくなっていたし、人の住んでいない建物は誰でも自由に利用できることになっていたので、使える住居はいくらでもあった。高級マンションの最上階を占有する者もいれば、こぢんまりした邸宅を選ぶ者もいた。このようにして東京の片隅に小さなコミュニティーができあがった。以後、この地区はトーキョーと呼ばれることになる。

ケンはリストを確認しながら、食品や雑貨、介護用品などをカートの中へ次々に放り込んでいった。各家庭への配送品や、ブンカンの施設のための備品や消耗品だ。今やトーキョーは老人ばかりで足腰の不自由な者も多いので、ケンが週三回配達係を勤めているのだ。

倉庫での調達を済ませると、ケンは隣に建っている大きな冷凍倉庫に入った。ここには肉や魚をはじめとして、ありとあらゆる冷凍食品が積み上げられている。これらも首都移転のときに収納されたものだが、超低温で管理されているので、八十年経っても品質に変わりはない。肉類などは最近ほとんど消費されていないから、きっとトーキョーが消滅したあともずっと新鮮な風味をたもったまま大量に保存されつづけることになるのだろう。

ドローンへの積み込み作業が終わると、ケンは配達に出発した。

まずいちばん近いジョージさんの家からだ。「こんにちはー」と声をかけるが返事はない。ジョージさんは間もなく百歳で、耳が遠いのだ。二年前に奥さんを亡くしてからは、ひとり暮らしをしている。開けっ放しの玄関から、いつものように勝手に入っていくと、マメシバのチョンボが尻尾を振りながら出迎えてくれる。もう一度声をかけてから、居間のドアをあけた。すると目の前に花柄のノースリーブ姿の、すらりとした美人が立っていた。カールした黒髪にリボンを巻いた帽子をのせて、まるで夏のリゾートを舞台にした昔の映画に出てくる女優のようだ。入ってきたケンには目もくれず、ちょっとしなを作って、ベッドに腰かけたジョージさんをにこやかな笑顔で見つめている。ケンは挨拶も忘れて目を丸くし、思わず「わお」と声を上げてしまった。それからすぐに、若い頃のトキさんだと思い当たった。ジョージさんが3Dヴィジョンで、昔の映像を見ていたのだ。ジョージさんはケンが来ているのに気づくと、照れたようにもそもそとリモコンを操作した。すると若い女性の姿は消え、代わって椅子に座った八十歳くらいの老婦人が現れた。皺の寄ったおだやかな笑顔はケンがよく知っている生前のトキさんだが、落ち着いた表情や高い鼻筋にはさっきの女性の面影も残っている。

トキさんは若い頃、シズオカの町が畳まれたときにトーキョーに移ってきたと聞いている。その頃のトーキョーは政府が去ったばかりで、まだいくぶん活気があったようだ。ジョージさんも若い盛りで、新しいコミュニティーの運営を軌道に乗せようと奮闘していたらしい。ケンはさっきの映像から、その頃のジョージさんの姿も想像してみる。どんな出会いがあったのだろう。それからの長い年月、ふたりはこのトーキョーでどんな暮らしを送ってきたのだろう。

「きれいな方だったんですね」とケンは思ったままに賛嘆のことばを口にしたが、ジョージさんには聞こえなかったようだ。

「ありがとう。持ってきてくれたものは、そのへんに置いといてくれればいいよ」と言って、目の前の老婦人を見るでもなく、視線を宙にさまよわせている。

お邪魔だったかと気がついて、ケンはすぐに退散した。

次の配達先は、ルナさんとオルガさんの家だ。ケンが玄関先に立つと、言い争う怒鳴り声のようなものが中から聞こえてきた。いつものことだが、この声を耳にすると少しばかり憂鬱な気分になってしまう。でも、とにかく持ってきた品を届けなければならない。ひとつ深呼吸して気を静めると、ケンは大きな声で「こんにちは」と挨拶しながらドアをあけた。

オルガさんはベッドの上に手足を広げて仰向けに横たわっていた。寝間着も寝具も乱れ、まわりには衣服や薬や何かの容器などが散乱している。まるでわがままな子どもが、おもちゃを散らかしたまま昼寝をしているような格好だ。と言っても眠っているわけではない。入ってきたケンに気づく様子もなく、瞼をひっくり返すようにして宙の一点をじっと見つめている。

ルナさんのほうは向かいのベッドに腰をおろし、腕を組んだまま厳しい目つきでオルガさんを見おろしていたが、顔だけ動かして「ご苦労さん」とケンに声をかけた。

「あの、これ、いつものところに並べておきますね」と、ケンは足早に台所に向かった。

正確な年齢は知らないが、ルナさんもオルガさんも、たしかジョージさんより年上のはずだ。オルガさんはもう起き上がるのが難しくなっていて、一日中ベッドでごろごろしている。それだけならいいのだけれど、もうずいぶん前から認知症を患っているらしく、ケンとは会話をすることもできない。それどころか、今では長年連れ添ったルナさんのことさえ誰だかわからなくなっているようだ。

冷凍食品を整理していると、突然「助けて、助けて」という甲高い叫びが響いた。「うるさい」という叱責の声がそれに重なる。しかし甲高い声は同じ調子で同じことばをくり返してやまない。

ケンがおそるおそる覗いてみると、オルガさんが仰向けに寝ころんだまま、熱を出した駄々っ子のように手足を弱々しく動かしていた。叫び声はもうやんでいたが、口の端から少し白い泡が出て、乾いた唇にこびりついている。ルナさんは腕を組んで腰かけたままだ。

「大丈夫ですか」と、ケンはためらいながら声をかけた。

「ああ、いつものことだよ」

それからルナさんの愚痴がはじまった。わたしだって、もう歳なんだ。動くだけで息が切れて、歩くのも辛い。手が上がらなくなってきたし、最近は目もあまりよく見えない。それでもなんとか頑張って、ひとりで家事を全部こなしている。食事も二人分毎日作るし、服や下着も取り替えてやって、いつも面倒を見てやってるんだ。それなのにこの人は感謝をしようともしない。まともに口をきこうともしない。感謝どころか、要求するばかり。いつも怒ったり、泣いたり、叫んだり。おまけにいつもわたしを怖がる。怯えた目でわたしを見る。わたしが誰だかもわからないし、自分が何者かもわかっちゃいない。

突然オルガさんが「おしっこ、おしっこ」と叫び出した。

「うるさい」と、ルナさんが怒鳴り返す。

「いい加減にしろ。おしめをしてるんだから、我慢できるだろう」

それからまたケンに向かって、途切れた愚痴のつづきをはじめた。下の始末まで全部してやってるんだからね。まるで赤ん坊の世話だよ。まさかこの歳になって、こんな目にあうとは思わなかった。赤ん坊なら先が楽しみだけど、この人は悪くなっていくばかり。わがままになるし、意地悪になる。どうしようもない。地獄だよ。それなのにこの人ときたら……

ルナさんの悪態はいつまでも止まらない。ケンはときどき相槌を打ちながら黙って聞いていた。孤独な老人の愚痴を聞いてあげるのも、自分の役目のひとつだと思っているからだ。でも、やはり逃げ出したくなる。自分とは何の関係もない話だ。それに二人を見ていると、醜悪だと感じる気持を抑えられない。歳をとって健康を損なうと人間は誰でも結局こうなってしまうのだろうか。マサコさんの話によれば、ルナさんとオルガさんはもう七十年以上いっしょに暮らしていて、若い頃はほんとうに仲が良かったのだという。そんなこと、今の姿からは想像もできない。歳をとるのは嫌だ。病気になって、動けなくなって、何もわからなくなって、それでもこうして生きていかなければならないなんて。


奔流のようなルナさんの愚痴がふと途切れた瞬間を見計らって、ケンは急いで立ち上がった。

「じゃあ、これで失礼します。次の配達があるので。必要なことがあったら連絡してください。いつでも来ますよ」

早口で言い終えてから逃げるように外に出ると、ケンは空を見上げて大きく息を吸い込んだ。


スチュワートさん、マサコさん、ナイドゥさん夫妻と何軒もまわっているうちに積荷はどんどん減っていった。軽くなったドローンを操縦して、ケンは最後にブンカンに向かった。

ラウンジの棚にコーヒー、お茶、砂糖、菓子などを補給してから、薬品類を抱えて二階の病棟セクションに上がると、アキの母親ジェシカさんが介護ベッドの横で立ち働いていた。一人暮らしで寝たきりになってしまったイシハラさんの世話を、ボランティアで引き受けているのだ。イシハラさんは低い声でうんうんと唸りながら首を左右に振っている。どうやら熱を出しているらしい。介護ベッドは自動式でほとんど人手はかからないのだけれど、それでも容体に合わせた看護は必要だし、病人の訴えも聞いてあげなければならない。ジェシカさんはイシハラさんに明るい声で話しかけながら、新しい点滴の袋に黄色い液体を流し込んでいる。

「あら、ケンちゃん。ご苦労さま。薬はそのテーブルの上に置いといてね」

最後の医者だったサイ先生が北京に移住したのは、もう何年前になるだろう。それ以来トーキョーに医者はいない。ジェシカさんはサイ先生が去るとき看護に必要な基礎知識を教えてもらった。もしもアキに何かあったらという思いで講習を受けたらしいが、今では医者代わりとしてみんなに頼られている。ＡＩ診察装置の取り扱いなど堂に入ったものだ。しかしもちろん手術などはできないし、重病人でも出たらどうにもならない。

ジェシカさんはまだ四十代だ。ケンとアキを除けばここではいちばん若い。背が高くて目鼻立ちのはっきりしたきれいな顔をしている。全体に小柄なアキにはあまり似ていないので、この人がお母さんだというのが何だか不思議な気もする。もしかしたら血のつながりはないのかもしれない。でもきっぷのいい性格で誰に対しても気さくに接してくれるから、トーキョー中の人気者だ。クロサキ先生と付き合っているという噂もあるけれど、ほんとうかどうかはわからない。

薬品類をテーブルの上に並べると、ケンは身体をかがめてイシハラさんにも挨拶した。「お大事に」と耳元で言ってみたが、苦しそうに眉を顰めたまま、首を左右に振りつづけている。イシハラさんはいくつか持病もあるので、身体が動かなくなったとき、設備が整ったサッポロの病院に移ることを勧められた。しかしどうしても首を縦に振らなかった。「今サッポロに行くくらいなら、最初から行ってるよ」というのが、そのときの台詞だった。

イシハラさんを見ていて、ケンはふとオルガさんのことを思い出した。せっかく自動介護ベッドもあるし設備も整っているのだから、ここに移ってもらったらいいんじゃないだろうか。そうすれば今より快適に過ごせるはずだ。それにルナさんだって、お見舞いに来るだけでよくなるのだからずっと楽になって、あんなに喧嘩もしなくて済むはずだ。いい考えだと思ったので、ケンはジェシカさんに提案してみた。

「あの、オルガさんのことなんですけど……」

話しはじめると、ぎゅっと閉じていたイシハラさんの瞼が急に開いて、その奥できらりと瞳が光ったように見えた。ジェシカさんはそれに気づいていないようだ。ケンの顔を見ながら話を聞き、何度も軽くうなずいている。聞き終えると少し間をおいて、ことばを選ぶようにゆっくりした口調で言った。

「うん。わかるわ、それ。オルガさんの身体にはここのほうがいいだろうし、ルナさんだって大変だものね。でももしかしたらオルガさんは、ルナさんといっしょに住み慣れた家のほうが、居心地がいいかもしれない。何もわかっていないように見えても、まわりの変化には敏感だからね。それにルナさんが……オルガさんを手放したくないんじゃないかなあ。ああ見えて、大事にしてるのよ。自分のそばからいなくなったら、ルナさんのほうがどうなっちゃうか、それが心配」

ジェシカさんはそこでちょっとことばを切った。

「まあ、どうするかは本人たちの気持次第ね。わたしも今度あそこへ行って、様子を見てみるわ。心配しなくて大丈夫。でも、ありがとね」

ケンは、そういうものかな、と少し首をかしげながら病室を出た。下に降りる前に、いつものように奥の特別治療室にちょっと立ち寄ってみる。ガラス窓の向こうには、いわゆる植物状態の人が横たわっていた。古くなった名札は文字がかすれてよく読めない。薄い布団の下で手足を縮め胎児のように丸まった身体には、太いのや細いのや何本ものチューブがつなげられている。ケンが物心ついたとき、この人はもう同じ状態でここに丸くなっていた。それから何年たっても肌は血色がよくつやつやしたままで、まったく歳をとったように見えない。全自動管理システムが作動しているので、ときどき栄養液や薬品を補給し、溜まった排泄物を始末するだけで、いつまでも生命機能を順調に維持しつづけることができるのだ。静かに眠りこんでいるその姿を見つめていると、大きなガラス箱に収まった奇妙な生き物の標本のようにも思えてくる。ケンはここに来るたびに、もしかしたら最後の人類になるのはこの人なんじゃないか、と突飛な想像をしてしまう。

下のカフェでコーヒーを淹《い》れて休んでいると、ジェシカさんも降りて来た。ふうーっ、と大きく溜め息をつきながら、タバコを取り出して火をつける。大麻をブレンドしたジェシカさんお好みの銘柄だ。テーブルの端に半分腰をおろして、大きく煙を吐きだしたあと、ケンのほうに振り向いた。

「ケンちゃん、えらいわねえ。いつも力仕事を引き受けてくれて。さっきもオルガさんのことを気遣ってくれるしさ。でも、いつまでこんなところにいるつもり？　出て行く気はないの？」

ケンはちょっとためらったが、答をはぐらかして逆に尋ねた。

「ジェシカさんこそ出て行くつもりはないんですか、アキちゃんといっしょに？」

「あたしは出戻りだもん、もういいわ。前にも話したと思うけど、若い頃にひとりで飛び出したのよ。世界が見たかったから。たいして広い世界じゃなかったけど、それでも三十年前は今よりずっと活気があったわ。あちこちまわって、最後はトロントに住みついた。いちばん大きな町だったからね。若気の至りっていうか、仲間とつるんで空中バイクなんか乗りまわしちゃってさ。ぶいぶいいわせたものよ。わかる？　ぶいぶいって」

そう言いながらジェシカさんは微妙に腰をくねらせた。

「ケンちゃんにもあの頃のあたしを見せてあげたいわ。今と全然違うんだから。でもね、アキが生まれたとき、帰ってきちゃった。まあ、いろいろあってね」

ジェシカさんは先祖代々の江戸っ子だという話だった。まさか江戸時代からというわけではないだろうが、自分の一族が何百年も前から日本橋だかどこだか東京のど真ん中に住みつづけてきたというのが自慢の種だった。しばらく外の世界を楽しんだあとは、やはり地元に戻りたくなったのかもしれない。

「その頃はトーキョーもまだ一応暮らせる町だったのよ。サイ先生もいたから安心できたし。ケンちゃんのほかに子どもも何人かいたからね。だからアキも大丈夫だろうと思ったんだけど……でもそれから、みんな出て行っちゃったね」

そのことばを聞くと、ケンは胸が苦しくなって横を向いた。そうなのだ。まだ小さい頃には、何人も遊び友だちがいた。それが普通だと思っていた。みんなで鬼ごっこもできたし、ゾンビ・ゲームで騒ぐこともできた。家族を交えてミニ・キャンプで遊ぶこともあったし、子どもたちだけで探検隊を結成して、迷宮のように広がる無人の街を知らないところまで歩いてゆくこともあった。喧嘩をしたり仲直りをしたり、そんな生活がいつまでもつづくものだと思っていた。友だちといっしょに成長して、この小さな町で大人になってゆくはずだった。でもそれから、仲間たちはひとりずつ消えていった。シュウト、ミサ、ヨーゼフ……引っ越すことが決まったときはみんな寂しそうな顔をして小声で報告に来たけれど、別れの当日、「さよなら」と言いながら遠ざかってゆく姿は明るく弾んでいるように思えて仕方なかった。誰かがいなくなったあとは胸にぽっかり穴が開いたようで、取り残された寂しさにさいなまれた。しばらくはどんな遊びをしても気が乗らず、本当の楽しさは湧いてこなかった。残された者はみな同じ気持だったと思う。誰も口には出さなかったけれど、次は誰の番だろうと考えて互いの目を探り合っていたのだ。

トロントにいるシュウトや、ストックホルムに引っ越したミサとは、今でもときどきヴァリアで会うことがある。会えば懐かしくてそれなりに仲良く話はするけれど、もう昔のようには理解し合えない。ふたりともトーキョーのことなど忘れてしまったような顔で、「大きな町」のことをべらべらしゃべる。ぼくにはもうアキしかいない。

そんなケンの思いを感じ取ったかのように、ジェシカさんは真剣な顔になって言った。

「ケンちゃん、もしいつかもっと大きな町に出て行くつもりなら、アキも連れて行ってやってね。約束よ。あの子をひとりにしないでね」

それからタバコの火を揉み消すと、今度はからかうような笑顔を見せながらケンのほうに向き直った。

「あんたももうすぐ十六になるんだっけ。立派になったわねえ。こんな老人ホームみたいな町じゃつまらないでしょ。女の子だって一人もいないしさ……あ、アキはまだ子どもだからダメよ。せめて今のあんたと同じ年頃になるまでは待ってくれないとね。そのときまで何だったら、あたしが相手になってあげてもいいわ。男の子を喜ばすのは結構うまいんだから。ほら、筆おろしって言うのかな。やりたくなったら、いつでも言ってね。遠慮はいらないわ」

ケンは露骨な言い方に面食らって、一瞬ことばを失った。こんなことを言うジェシカさんは初めてだ。でも、確かにその通りだ。最近はアキを抱き締めていると、自分の欲望をどう抑えたらいいのかわからなくなってしまう。いや、いっしょにいるときはまだいい。アキが好きだ、アキが欲しい、とひそかに叫び、喜びに胸が震えるのを感じることができるからだ。家に一人でいるときに欲望に襲われると、ひどく惨めだ。アキの顔が浮かぶと同時に、妖しく動く女の裸体が目の前にあらわれて誘いをかけてくる。それはアキの顔とつながっているのだけれど、アキの身体とは思えない。淫《みだ》らに誘惑してくる幻の女体に翻弄されていると、いつの間にか顔は消えてしまう。顔のない雌《めす》の動物のようなこの身体は、アキだけれどもアキじゃない。アキじゃなくてもいいのだ。するとぼく自身の心と身体もばらばらになって収拾がつかなくなる。アキの顔を思い浮かべ、アキの名を呼びながら、別の欲望に身をゆだねてしまう。そんなぼくの内面をジェシカさんはきっと見抜いている。そして、ぼくの衝動的な欲望から自分の娘を守ろうとしている。いや、違う。ぼくを助けようとしてくれている。きっと大人の女として、孤独なぼくの苦しみを思いやり、慰めてくれようとしているんだ。もしも一度それを経験したら、ぼくの心と身体はばらばらにならずに済むのだろうか。ジェシカさんの身体。アキのお母さん。ダメだ。とんでもない。それともジェシカさん自身が孤独で、ぼくを求めているんだろうか。いや、まさか。それともただの冗談？　からかわれているだけ？

ほんの一瞬のあいだに、さまざまな矛盾する思いがケンの頭の中を駆けめぐった。ジェシカさんは自分の言ったことなど忘れたかのように、静かな目でケンを見つめている。何か答えなくては。

「そのうちお願いしようかな。そのときはどうぞよろしく」

おどけた口調でことばを返すと、ケンはぺこりと頭を下げた。

＊

母の家に行くのはこの一週間でもう三回目だった。ケンは最近気に入った空き家を見つけてひとり暮らしをはじめたばかりで、広すぎる空間を自分の生活に合わせて整えるのに忙しい毎日を送っていた。しかし母はいろいろ口実をつけては息子を家に呼び寄せようとする。きっと顔を見ないと不安なのだろう。まだ還暦を少し越えたくらいなのだが、ケンにはときどきそれ以上に歳をとってしまったように思えることがある。何かにつけて心配を口にするだけでなく、ときおり寄る辺のない子どものような表情を見せるようになったのだ。若い頃は活動的で頼もしい母親だったのに、今ではどちらが保護者かわからないような気さえする。ほんとうは元々苦労性の性格だったのかもしれない、とケンは思う。ひとりで小さい子を抱えて、きっと気を張って生きてきたのだ。それが年齢やら何やらのせいで、今では本来の性格が表面に出てくるようになったのだろう。

今回はＩＣ調理機の温度が高くなりすぎるという話だった。もちろんケンには家電製品の修理などできはしない。今のトーキョーにそんなことができる人はひとりもいない。何であれ壊れたものは捨てて、新しいものと取り換えるしかないのだ。そこでケンは倉庫に行って適当なものをみつくろい、母の家に届けに来たというわけだった。

母はいつものようにつけっ放しのテレビの前でぼんやり座っていた。ジェシカさんのように何かすることを見つければいいのに、とケンはもどかしい思いに駆られてひとこと言いたくなった。しかし母が無気力になったのは自分が独立したせいかもしれないという気もするので、そんな母を見捨てたような後ろめたい気持も湧いてくる。実際ひとりで子どもを育て終えたあとの母親に、何をしろと言えばいいのだろう。そんな権利が誰にあるというのか。

台所で調理機を取り換えていると母が立ってきた。作業の様子をじっと見つめながら「悪いねえ」と何度もくり返す。「悪いねえ」というのは最近の母の口癖だった。べつだん謝ったり感謝したりするような場面でないときにも、そのことばが無意識のように口から出てくる。ケンには今日も調理機のことだけを言っているのではないような気がした。母は高齢出産で一人息子を産んだ。考えた末の決断だったはずだが、今になってあれこれと思い悩んでいるのかもしれない。息子がこの先どうなるかと心配し、こんな狭い世界に産み落としてしまったことを「悪いねえ」と謝っているのかもしれない。

そんな必要は全然ないのに。

ぼくはこの世界しか知らない。ぼくにはこの世界がすべてだ。そしてこの世界に産んでもらったことを感謝している。この先どうなるかはわからないけれど、窓をあけて朝日を浴びるときも、全力で自転車を漕いで無人の道を疾走するときも、この腕の中にアキを抱き締めるときも、ぼくは生きていることの喜びをしみじみと実感する。幸福ということばが自分に理解できる範囲で、ぼくは幸福だと思う。

それは本当だ。生まれてきたことを後悔したことなんか一度もない……

居間に戻ると母は、ＡＩプランターから取り出したクローンメロンを切ってくれた。メロンはケンの大好物だった。みずみずしい甘さが口の中に広がると、小さい子どもの頃に帰ったような気がしてくる。

3Dテレビはトロント放送を流していた。一応まともな番組を作っているのは、今では世界中でここだけだ。ニュースの時間らしく、閑散としたスタジアムで陸上競技の練習をするアスリートたちが映っている。「間もなくここで人類最後のオリンピックが開催されようとしています」と、キャスターが興奮気味の声でしゃべっている。テレビでもネットでも、最近は「人類最後の」という言い回しが大はやりのようだ。でも、そんなことばで気分を盛り上げて何の意味があるのだろう。

映像が切り替わって、トロントの街並みが流れはじめた。人口一万二千人の世界最大の都市だ。堂々とした国連本部の建物や、すべての宗教に開かれた「祈りの塔」には見覚えがある。まだ小さい頃、母に連れられてトロントでひと夏過ごしたことがあるからだ。

「ほら、覚えているかい」と母が街の一角を指さして言った。「あそこでよくアイスクリームを食べたねえ」

もちろんケンもよく覚えていた。それは街の南側の、ケンたちが泊まっていたホテルの向かいにある大きな公園だった。打ち捨てられたトーキョーの公園とは違って、大勢の子どもたちが歓声を上げながら走りまわっていた。きっとあの頃から、世界中の子どもの大半がトロントに集まっていたにちがいない。ほかの町とくらべて、病院、保育園、学校など子育ての環境が圧倒的に整っているからだ。

あのときの母はたぶん、トーキョーを捨ててトロントに永住することを考えていたようだった。でもぼくにはトロントの街はあまり魅力的に映らなかった。公園の子どもたちと遊びはしたけれど、何かよそよそしい壁のようなものを感じていた。

それにぼくは、あの男が気に入らなかった。公園に行くたびに母の前に現れて、何かひそひそと秘密の話をはじめる。それからぼくに向かって親し気に話しかけてくる。甘ったるい笑みを浮かべてはいたけれど、しゃべっていることと考えていることが違うような気がして好きになれなかった。唇の上に短い髭をまだらに生やしているのも、何だかうさんくさい感じがした。おもちゃを持ってきてくれたときには、「いらない」と言い張って受け取らなかった。

母はときどきぼくを部屋に残して、ひとりで外出した。長い時間ではなかったけれど、あの男に会いに行っていたのだと思う。あれはぼくの父親ではない。顔も性格もちっとも似ていなかったから。今でもぼくはそう確信している。

夏が過ぎて少しずつ日が短くなりはじめた頃、母はぼくの目を見つめて、「どうする？　帰る？」と尋ねた。

ぼくは黙ってうなずいた。大きくて賑やかな町を離れるのは少しさびしかったけれど、それでいいのだと思った。母の気持は考えていなかった……

テレビの映像はいつのまにかスタジオに切り替わっていた。

メロンの皿を片付けながら母が言った。

「ひとり暮らしはどう？　おいしいものを作ってあげられなくて悪いけど、毎日ちゃんと食べてる？　身体には気をつけないといけないよ」

それから少し間をおいて、ことばをつづけた。

「今がいちばんいいときなんだからね。若いうちに、うんと楽しむといい。わたしなんかに気を遣わないで、好きなことをしていいんだよ」

「わかってるよ」と答えながら、気を遣っているのは母のほうだろうと思った。

「わたしはここでみんなと静かに暮らしていければ、それで充分なんだから」

ケンが黙っていると、後ろを向いたまま声を励ますようにして付け加えた。

「出て行ってもいいんだよ、こんな町から。ほら、アキちゃんといっしょにね」

ケンは数日前のジェシカさんのことばを思い出した。ジェシカさんと母は、ぼくとアキの将来のことを、隠れていろいろ話し合っているのだろうか。

もちろん人から言われなくても、いずれはもっと大きな町に出て行くことを考えないわけではない。でも、何をするために？

母はいつも「したいことをしなさい」と言うけれど、自分にはしたいことの具体的なイメージが何も浮かばない。サッポロ政府の役人なんかにはなりたくないし、トロント放送の番組制作者にもなりたくない。医者になってみんなの健康を守ろうとも思わないし、教師になって数少ない子どもたちの成長を助けたいとも思わない。

そもそも今の世界では、決まった職業を持っている人はほとんどいない。働かなくても食べていけるからだ。それに社会的な役割もあまり意味がなくなっている。クロサキ先生が勉強を教えてくれるのも、知事さんがみんなのまとめ役を買って出て、からかい半分「知事さん」と呼ばれているのも、ケンがお年寄りのために品物の配達をしているのも、みな必要や能力に応じて仕事を分担しているだけのことだ。できる人がボランティアをする、それは自然なことだし、とてもいいことだと思う。

でもそれは「ぼくのしたいこと」じゃない。

最近ひとりでいるときに、よく自分の中から何か熱いものがこみ上げてきて、じっとしていられなくなることがある。ことばではうまく表現できないけれど、ぶくぶく沸騰しているマグマのようなものだ。それを感じると、このエネルギーを思い切り何かにぶつけたいという欲求が身体の中で渦を巻き、胸がきりきりと締めつけられる。自分の中に生まれた新しい力が、目標を求めて叫んでいるような気がする。そんなときは家を飛び出して、人けのない街をやみくもに歩きまわったりする。このまま道に迷って帰れなくなってしまえばいいと思いながら、夜中から明け方まで知らない場所をほっつき歩いたこともある。

自分はいったい何を望んでいるのだろう。

それがはっきりわかりさえすれば、何でもやりとげる覚悟はあるし、どんな困難でも乗り越えられるような気がしているのに……

自分が望んでいることはつかめないけれど、ほかの人が望んでいることはだいたいわかっている。母も、ジェシカさんも、知事さんも、センセーも、みんながひそかに、無意識に、そして頑固に願っていること。誰もひとことも口にしないし、認めようともしないだろうけれど、それは新しい子どもが誕生するのを見ることだ。みんな自分たちはトーキョーの町といっしょに滅びるつもりでいる。自分が死ぬ日のことを想像して楽しんでいるようにさえ見える。それなのに大人たちは、無意識のうちに別のことも考えている。滅びてゆくトーキョーの廃墟の中から、ひとりの赤ん坊が生まれて元気な泣き声をあげるのを見たいと願っている。心の底から、馬鹿の一つ覚えのように願っている。みんな誰かに未来を託したいのだ。託すべき未来なんかないのに。

そんな不合理な希望を叶えられるのは、ぼくとアキしかいない。ふとしたときに、そういう無言の期待をひしひしと感じることがある。そんなときは嫌でも想像してしまう。ぼくとアキの子ども……みんな、わかっているんだろうか。その赤ん坊がたったひとりで、どんな人生を歩むことになるか。どんな思いで未来を生きることになるか。年老いた世界の中で、自分だけが若いというのがどういうことなのか、理解しているのだろうか。

その子がぼくの年齢になったとき、世界は少なくとも十六年分だけ今より縮まっている。未来は十六年短くなっている。十六年のあいだに動かなくなるものは、公園の噴水や倉庫の正面ドアだけではない。なくなるものはオリンピックだけではない。それでもその子は「生きていて良かった」と思えるだろうか。ぼくにはわからない。生まれてこなければ良かった、と思うかもしれない。そして生命を与えたぼくを恨むかもしれない。いや、きっと恨むだろう。

自分だけのことなら、死ぬのは別に怖くない。縮んでゆくこの世界で生きることを恐れてもいない。大人たちはひとりずつ消えてゆくだろうけれど、それは仕方のないことだ。たとえひとりになったとしても、ぼくは与えられた時間の中で自分の可能性を精一杯試してみたいと思っている。でも自分の子どもは……

ダメだ。そんなのは考えるだけでぞっとする。ぼくは「みんなの願い」になんか応えられない。そんな重荷をぼくひとりに背負わせないでくれ！

「どうなの？」と、母が不安げな顔で尋ねた。

ケンは我に返って、母の目を見た。

それから、これ見よがしに「ふうっ」と大きく溜め息をつくと、「ま、考えておくよ」と答えた。

＊

突然激しい雨が降りはじめたので、その日の授業は3Dリモートでおこなわれることになった。三人はクロサキ先生が用意したしゃれたサロンのような内装のヴァーチャル空間に集まった。白で統一されたそのサロンにケンとアキが現れてめいめいの席に着くと、ゆったりしたソファーに腰をおろして待っていた先生が口を開いた。

「ではさっそく始めよう。前回の授業の最後に、ケンがいい質問をしたね。誰も望まなかったのに、なぜ人間はこんなに減ってしまったのかという問いだった。これについて考えるために、まず進化論の基礎を復習しておこう。

よく誤解されるのだけれど、進化というのは弱肉強食の争いでもなければ、完成へと向かう進歩の道でもない。単にそれぞれの生物が環境に適応して変化するというだけのことだ。この変化を引き起こす基本的な原動力は、自然淘汰とか自然選択とか呼ばれている。といっても誰かが選んでいるわけではないよ。同じ種の中では、より環境に適応した性質を持っているものが世代を経るごとに自然に数が増え、したがって種全体がそういう性質に変わっていくということだ。それでは『環境に適応する』というのは、どういう意味だろう。それは『結果としてより多くの子孫を残す』という意味だ。これはまあ、トートロジーになるけれどね。おっと、トートロジーということばはわかるかな？」

「馬から落ちて落馬して、ってやつでしょ」と、ケンが答えた。

「うん、まあね」と言ってセンセーはケンとアキの顔をちらりと見たが、二人とも駄洒落《だじゃれ》に気づいてくれなかったので、何事もなかったかのような顔で講義をつづけた。

「一つの種に進化が起こるためには、その前提として一組の親からたくさんの子どもが生まれることが必要になる。厳しい環境の中で多くの子どもたちは死んでいく。生き残って大人になるのは平均二匹。生き残ったということは、つまり環境に適応した形質を持っていたということだ。彼らがまた大勢の子どもを産み、その中からまた環境に適応したものが生き残る。大雑把に言うなら、このくり返しで生物は少しずつ変化していくわけだ。

こうした進化のシステムにおいては、ひとつひとつの個体そのものに意味はない。問題になるのは親から子への継続だけだ。個体の役割はとにかく生き延びてたくさんの子どもを産むこと、それに尽きる。その中から自然選択によって生き残ったものがまた子どもを産む。生き物はすべてその果てしない連鎖の中にあり、その連鎖が進化を生み出すことになる。ここまではいいかな？」

二人の生徒は黙ってうなずいた。

「さて人間の場合はどうだろう。人間はほかの動物と違って、環境に適応するのではなく、都合の悪い環境を遮断する技術を身につけた。たとえば寒波に襲われたとき、ほかの動物はふさふさした毛を生やし皮下脂肪を蓄えたのに対して、人間は衣服を発明し、火をおこし、家を建て、暖房を設置した。ほかの動物は環境に適応するため、親から子への連鎖を通して自分の身体を変えていったのに、人間は逆に環境から自分を切り離すことで、自分自身は変わらないようにしたわけだ。それだけではない。自然の中で生きることはリスクが高いので、自分たちだけで集まって『社会』というものを組織し、それを自然環境に置き換えてしまった。進化というのは環境に合わせて生き物自身が変化することだったのに、人間はその環境から自立しようとしたんだ。

自然環境からの自立はとんでもない変化をもたらした。第一に人は死ななくなった。ホモ・サピエンスが誕生した頃は当然生き物どうしの食物連鎖の中に組み込まれていたわけで、猛獣には捕食されただろうし、食べ物がなければ餓死していただろう。気候の変化や病気にも弱かったかもしれない。ほかの動物と同じようにたくさんの子どもが生まれ、そのうちの多くが死んで平均二人が生き残る、そういう暮らし方をしていた。しかし人間はそうした過酷な環境から少しずつ身を守るようになった。道具を発明し、集団で行動して、ついに食物連鎖の輪から離脱した。また農業などをおし進めて食糧を確保し、社会の組織化を図ってインフラを整備し、医療を発達させて病気を抑えた。やがて人間にとって不慮の死のリスクはほぼゼロになった。つまり自然選択は働かなくなり、環境への適応度とは無関係に、生まれた子どもはみんな生き残るようになったわけだ。したがって人口は猛烈な勢いで増えはじめることになる。子どもはたくさん生まれるのに死ななくなったんだから当たり前だね。これが十九世紀頃からはじまる人口爆発の理由だ。

一方で環境からの自立は、第一の結果から少し遅れて第二の結果をもたらした。それは『生きる努力をする必要がなくなった』ということだ。ふつうの動物の立場から言えば『生きる必要がなくなった』と言い換えてもいいかもしれない。『生活革命』のことは知っているね。先進国の一部の人たちのあいだで二十世紀頃にはじまり、次の世紀には世界中に広がっていった生活様式の大変化のことだ。それまでの人間はほかの動物と同じように、大部分の時間を『生きる』ための活動に費やしていた。ところが電気をはじめとする科学技術の発展と、それにともなう生活水準の向上によって、生きるための努力はほとんど必要がなくなってしまった。それが二十一世紀以降のわれわれ

だよ。

してての生き方だったわけだ。人口爆発以前の世界では、大多数の人がそういう暮らしをしていたん
然環境の中で、生きるために働きつづける。つまり『個人』としてではなく、ヒトという『種』と
の世界だ。想像できるかなあ、それ以前の人類の生活を。わずかな道具だけを頼りに、荒々しい自

さて、問題はそのあとだ。ぼくはね、生活革命の恩恵が世界中に行きわたった時点で、人々がのんびり暮らすことを選んでいたらどうなっただろう、と想像することがあるんだ。なにしろ生き物の歴史の中ではじめて、あくせく生き延びる必要がなくなったんだからね。あとはその中で『ただ生きる』、つまり生きる意味など求めずに、不要不急の静かな暮らしをのんびり享受することにしてもよかったんじゃないか、そんなふうに考えることもあるんだよ。すべての人への富の平等な分配を心がけさえすれば、それが充分可能になったんだからね。

ところが人間は、のんびり暮らせるようになったあとでも、『適応と選択』の圧力に晒されているかのような行動を取ることをやめなかった。せっかく自分たちだけの世界を作り上げて、生き延びる努力をする必要がなくなったというのに、今度はその社会の内部で無意味な競争をはじめてしまった。二十一世紀頃の資料を見ていると、『進化』とか『淘汰』とか『生存競争』とかいったことばが、本来の進化論とはまったく違う意味でやたらに使われていてびっくりするよ。いくら余裕ができても人間は『生き残る』という強迫観念から抜け出せず、必要のないところに競争を作り出して、それを勝ち抜こうとせずにはいられなかったんだね。

もちろん社会的な競争は、生活革命以前にも存在していた。ほかの生き物にはあまり見られないことだけれど、人類は大昔から『種』の内部でさかんに優劣を競い合い、ときには凄惨な殺し合い

をくり広げていた。しかしそれは主として家族、氏族あるいは民族といった社会集団どうしの争いだった。昔の人は何らかの社会集団に所属しなければ生きていくことができなかったし、それぞれの社会集団は、とりわけ人口が急激に増加した場合、土地や資源を求めて他の集団と争わざるを得なかった。つまりそうした競争は、当時においてはそれぞれの社会集団が実際に生き残るための戦いという意味も持っていたんだ。

『生活革命』はそうした状況を一変させた。誰もが生存を保証されるようになると、家族も民族も、そして国家さえも次第に存在理由を失って解体しはじめる。人々は社会集団の絆から解き放たれ、独立した個人として自由な生活を享受できるようになった。その時点で本来ならすべての競争が終わってもよかったはずだ。それなのに人間は疑似的な進化論の呪縛から逃れられず、今度は個人どうしの競争をはじめてしまう。もはや生き残ることが問題ではないから、争う対象は何でもかまわない。お金、美貌、才能、ＳＮＳ上の承認度。何でもいいからとにかく人の上に立ちたい、自分の価値をできるだけ多くの人に認められたいという欲求が人々の心を支配しはじめる。人生とはそのような競争なんだ、となぜかみんなが思い込んでしまったんだろうね。

しかし当然ながら、誰もが特別な存在になれるはずはない。みんなから認められ、羨ましがられたいのは山々だけれど、それは普通の人には無理な相談だ。そこですぐに次の段階がやって来る。なりたいけれどなれないというジレンマが、心理的な逆転のプロセスを通して、今度は個人の意識の中に『自己承認』への欲求を生み出し、『自己実現』という目標に向かわせることになる。『ナンバーワンでなくていい、オンリーワンであればいい』というのはその頃はやった歌の文句だけれど、これなら誰にでも実現可能だからね。こういう発想は二十一世紀になると『情報革命』のおかげもあって、あっという間に世界中に広まった。生きるための努力から解放された人間は、こうしてほかの生物のように『ただ生きる』のではなく、『自分らしく生きる』ことを目指すようになった。『自分らしく』というのがどういう意味なのかは別にして、誰もが『自分』というものに絶対的な価値を置くようになったんだ。

ところでこうした考え方では、個体と種との関係が、自然選択の場合とはまったく逆になっていることがわかるだろうね。自然選択の場合はさっき話したように、個体の役割はとにかくたくさんの子どもを産んで、種の継続と進化の道筋を途切れさせないことだった。ひとつひとつの個体に特別の価値はなかった。しかし種としての進化がなくなった人類の世界では、個人の存在が何よりも優先される。ひとりひとりの人生こそが、絶対的な価値を持つものとみなされるわけだ。たとえば『生活革命』が世界に広まった頃の資料には、『人の生命は地球より重い』とか『安心・安全・ノーリスクの社会を目指す』とか、興味深いことばがいろいろ出てくる。個人の生命と安全が何よりも大事で、それを脅かすような危険はすべて排除すべきだと考えていたんだね。しかしこれは普通の生き物からすれば完全に転倒した生命観だ。なにしろ生物はたくさんの子どもたちを死のリスクにさらし、多くの個体をふるい落とすことで進化してきたんだから。逆に言うなら、『一ミリのリスクも許さない』といった危機管理的な発想がその頃の社会で広く受け入れられたということは、人類がちょうどこの時期に進化の道から外れていった証拠だろうと思うよ。

さて、前置きが長くなってしまったけれど、そのような世界で子どもを産むというのはどういうことだろう。社会集団が重要だった時代までは、子孫を作ることに疑問を持つ余地はなかった。集団の存続のためには次の世代が必要だからね。しかし個人が絶対的な価値を持つようになった世界では、もはやあとのことを考える意味はない。自分が生きているあいだに、やりたいことをやるだけだ。やりたいことの中に出産や育児が含まれるならそうするだろうし、含まれないならそうしないだろう。つまり『生活革命』以後の人間にとって子どもを作ることは、もはや自分のため、つまり『自己実現』や『自己承認』のための手段にすぎなくなってしまった。おまけに出産や育児は、個人にとって大きなリスクになる。時間とエネルギーを取られるというだけでなく、『地球より重い』ひとつの生命に責任を持つことになるんだからね。だから産むかどうかは、よほど慎重に考えたうえで決断を下さなければならない。わかりやすく言えば、自己実現を目指す社会では子どもはどうしても二の次になるし、場合によっては邪魔になるということだ。

こうして人類は、自分の遺伝子を次の世代に引き継ぐという生物の大原則から離れていった。その結果として人口は減りはじめ、現在のような世界が現れることになったわけだ」

「センセー」とアキが口をはさんだ。

「それじゃ、自己実現を望むのは悪いことなんですか」

「いや、そんなことはない。いいことだと思うよ」と、先生はおだやかに答えた。「いいことだと考えたから、みんなそうしたんだ。自然界では個体の幸せは問題にならないけれど、人間は進化の道を断念することによって、ほかの動物とはまったく違う異次元の価値をみずから作り出した。自己実現を望むのは、人間であることの証しだよ。生き延びる必要がなくなったおかげで、誰もが自由にそうした望みを追求することができるようになった。そういう意味でも『生活革命』以後の人類は、それ以前の人類よりずっと幸せだったとぼくは思う。それはやっぱり素晴らしいことだよ」

クロサキ先生は少し考えてから、ことばをつづけた。

「でも個人にとっていいことと、生物としての人類にとっていいこととは少し違うのかもしれないけれどね」

今度はケンが手を上げた。「そのことなんですけど、なぜ違ってしまったんでしょう。自己実現を目指す社会を作ったら人類全体が滅びるんだとすれば、生き物の本能からいってもそんな社会は作らないはずじゃないですか」

「うん、それだ。そこのところをいま話そうと思っていたんだ。

ここまでの説明は、ひとつの種がどう進化するかという話だった。しかし進化にはもうひとつの側面がある。それは種の多様化ということだ。新しい環境の中では種はたえず分化して、違う種を生み出そうとする。たとえば誕生したばかりの島に、一本の植物とひとつがいの虫が流れ着いたとしよう。この植物や虫は繁殖をくり返して島中に広がっていく。そして長い年月のうちにさまざまな形を取りはじめる。海辺と内陸、日陰と日向、湿地と乾燥地といった環境の違いに応じて別々の種に分化していくわけだ。それらは生息地を分けあいながら共存共栄し、やがて食物連鎖の循環を作り出し、生物相はどんどん多様で変化に富んだものになっていく。そしてすべての隙間が埋まって生態系が全体として安定したところで、進化の動きもいったん止まることになる。まあ、以前話した『極相林』のようなものだな。いずれにしても長い目で見れば、ひとつの種が他の生物を滅ぼして環境のすべてを独占するなんてことはけっして起こらない。進化というものは、全体としてみれば種の多様化と生態系の安定へと向かって進むんだ。

こうした多様性とバランスが、生命界全体にとって有利に働くことは間違いない。あらゆる環境に適応して多様な生物が共存していれば、すべての生き物がまとめて全滅するなんてことはまずないだろうからね。しかしどういうメカニズムでこういう絶妙なバランスが生まれるのか、それを説明するのはなかなか難しい。そこでだ」

と言いながらセンセーは急に顔を上げると、何かを追いかけるように目をきょろきょろ動かし、パシッと両手を叩き合わせた。そして、

「おっ、蚊が飛んできたぞ」と、いたずらっぽい笑みを浮かべた。

「センセー、ヴァーチャル空間に蚊なんか持ち込まないでください」とアキが真顔で言った。

「悪い、悪い。ではひとつアキに質問をしよう。なぜ蚊はわざわざブーンと音を立てて飛んでくるんだろう。人間に気づかれて不利になるのに。種の進化を考えるなら、自然選択で羽音を立てないようになってもいいんじゃないかな」

アキはしばらく首をひねっていたあと、小さな声で答えた。

「人が叩けるように……」

「そうなんだよ」と、センセーは両手を強く打ち合わせた。

「どうやら蚊はわざわざ叩かれるように羽音を立てているらしいんだ。そっと近づいてのんびり血を吸うなんて、安易すぎて卑怯だと考えてでもいるみたいにね。蚊には素速さという人間にはない武器がある。堂々と名乗りを上げて正面から勝負を挑めば、叩き殺されるか血が吸えるか、まあ五分五分の勝負だ。半分の蚊は殺され、残りの半分だけが無事に血を吸ってめでたく卵を産むことができるだろう。そういう五分五分の勝負に持ち込むことこそが、羽音を立てる理由のように見えるんだよ。

生命界のバランスはどこでも五分五分の勝負によって成り立っている。強い武器をいくつも持つ

ことは許されていない。だって鋭い牙と爪があって、足が速くて、頭が良くて、擬態をして、しかも集団行動をとるような肉食獣がいたら、ほかの動物はみんな絶滅させられてしまうだろう。擬態が許されるのは少数の弱い動物だけだ。昆虫がみんな完璧な擬態をはじめたら、鳥は飢え死にしてしまう。食物連鎖の輪が成立するのは、弱肉強食のイメージとは正反対に、食べる者と食べられる者の力関係が五分五分になるようにできているからなんだ。

でも、それじゃ種の進化とは矛盾するよね。さっき話したように、ひとつの種の中では生存に有利な形質が自然選択によってどんどん広がっていくはずなんだから。羽音を立てない蚊が突然変異で生まれた場合、その子孫が繁栄しないというのはおかしな話だ。そこで考え出されたのが『進化的アポトーシス』という概念なんだ。アポトーシスは知っているかな？」

ケンもアキも黙って首を横に振った。

「アポトーシスというのは、簡単に言えば細胞の自殺のことだ。多細胞生物ではいったん組織ができても、成長の過程で不要になったらその組織は消えてしまう。あるメカニズムが働いて自分から死んでいくんだよ。不思議な話だね。

ところで多細胞生物というのは多様な細胞が共生し協力してできているものだ。それなら多様な生物が共生して食物連鎖をなしている生態系においても同じようなことが起こってもいいんじゃないか、というのが『進化的アポトーシス』の考え方だ。この理論によれば、生物は生態系のバランスを保つために、それぞれ独自のやり方で死の可能性を高め、強くなり過ぎないようにしている。つまり蚊は羽音を立てることで、虫はあまり擬態しないことで、チーターは足が速くても持久力がないことで、種としてのほど良い自殺を図っているんだ」

二人の生徒は話についていくのが難しくなったのか、ぽかんとした様子でセンセーの顔を見つめている。

「さて人間の話に戻ろう。人間は環境から独立し、食物連鎖から離脱してしまった。あらゆる武器を身につけ、多くの生物を絶滅させ、生態系を破壊し、ついに地球のすべてを独占してしまった。これは生命界全体にとっては由々しい事態だ。さっき話したように、生き物の世界では多様なものの共存こそが大原則なので、一つの種が環境を独占するというのは、あってはならないことだからね。

ここで人間の中に『進化的アポトーシス』のメカニズムが発動することになる。自殺へと向かう衝動だ。つまり人類が個人の生命を何よりも貴いものとみなし、『自己実現』に高い価値を与えたうえで、『子どもを産まないことが有利になるような社会』を作り上げていったのは、無意識のうちにこの衝動に駆られて、種としての自殺を図っていたということなんだ。もちろん増えすぎた人類にとって、子どもを減らすことはやむを得ない選択だった。しかしちょうどいい数にまで減ったときも、人口の減少は止まらなかった。いくら止めようとしても、止める術《すべ》はなかった。生物の一種としては本来あり得ない事態なんだけれど、人類は知らず知らずのうちに、種としての全面的な『進化的アポトーシス』を起こしていたんだ」

「そんなことってあるんですか?」

「もちろん証明はできないよ。でも人類の歴史を振り返ってみると、そう考えるしかないような気がする。増えすぎた人類は生態系のバランスを崩すばかりか、地球上の生命全体の存続を危うくするほどになっていたわけだからね。言ってみればまあ、そういう危機にあたって、自然界における緊急独占禁止法が発令されたというところじゃないかな」

「でも、どういう仕組みでそんなことが起こるんですか?」

センセーは首を振った。

「昔の学者はいろいろなことを言っているけれど、ぼくにはよくわからない。『生命界全体の要請によって』なんていうと神秘的になり過ぎるだろうな。『原初の遺伝子に組み込まれた生命の自己保存システムによって』とでも言っておこうか。

考えてみてごらん。およそ四十億年前、われわれのいちばん最初の祖先にあたる生命体が生まれたとき、自己複製をはじめたその遺伝子の原型は、今も地球上のすべての生物の中で生きつづけているんだよ。あらゆる生物はその最初の生命体の子孫で、けし粒のようなその遺伝子の素《もと》を共有している。だから生き物はみんな兄弟みたいなものなんだ。たとえば人間の遺伝子と酵母の遺伝子には、共通部分がどれくらいあるか知ってるかな?」

二人の生徒はまた黙って首を横に振った。

「七割近くもあるんだよ。すごいだろう」と言って、センセーはにこやかな笑顔を見せた。

アキは難しい顔をして考え込んでいた。目を大きく見開いて唇を少し突き出した様子は、拗《す》ねているようにも見えるし、何かに挑戦しているようにも見える。

ケンの頭には全人類の自殺という壮大なイメージが浮かんでいた。九十億の民が地平線の彼方まで広がる平原の上にびっしりとひしめき、前方で切れ落ちている断崖に向かってゆっくりと進んでゆく。足取りは疲れて重そうだが、顔には諦めとも喜びともつかない静かな微笑が浮かんでいる。水面に広がる無数のさざ波のように、彼らは黙々と歩を進める。そして押されもしないのに、果てしなく深い断崖の底へ向かってつぎつぎにこぼれ落ちてゆく。

＊

ジョージさんは、あちらへ行くことに決めたようだった。

秋が深まりはじめたある日のこと、いつものようにケンが配達に行くと、ベッドに寝たまま天井を見つめていた。

「今までありがとう」と、ジョージさんは起き上がろうとしながらケンに礼を言った。

「今日で最後だ。もう来なくていいよ」

ケンは急いでジョージさんが上半身を起こすのを助け、背中の後ろに大きなクッションをあてがった。

「身体が動かなくなってねえ。動こうという気にもなれないし」と、ジョージさんは少し顔をゆがめて溜め息をついた。

ケンには百歳の身体というのがどんな感じがするものか、想像がつかない。熱を出したときのようにだるくて重苦しい気分なのだろうか。それとも全身がいつも鉛の服に包まれているようなものだろうか。

「それにファティマのようなこともあるからね」と、ジョージさんは小さな声でつぶやいた。

ファティマさんが亡くなったのは半年ほど前のことだった。老人ぞろいのトーキョーの中でも高齢のほうで百二十歳近くになっていたはずだけれど、身体はいたって健康で、とても元気そうに見えていた。「必要なものは届けますよ」とケンが申し出ても、「まだ若い者になんか負けないよ」と怒ったような口調で答えて、小さなカートを引きずりながら自分の足で倉庫まで取りに行っていたほどだ。それなのに、ある日突然死んでしまった。しばらく顔を見かけなかったので心配した知事さんが家を訪ねたところ、もう冷たくなっていたのだ。おそらく心臓発作か脳卒中だろうということだった。知らせを聞いて集まった人たちは「ぴんぴんころりで良かったじゃない」と口々に言い合っていたが、本心ではそう考えていない人も多いようだった。やはり死ぬ時と死ぬ場所は自分で選びたい、そういう思いが顔にあらわれている者もいた。それは便利な都市に移ることを拒否してトーキョーに残ると決めた人々の意地のようなものかもしれなかった。

遺体の運搬は力仕事なので、クロサキ先生とケンが引き受けた。しかしファティマさんの身体は思いがけないほど軽かった。そして薄い板のように冷たく硬直していた。皺だらけなのに生き生きとした表情を浮かべて元気に暮らしていた生前のファティマさんを思うと、信じられないほどだった。遺体を乗用ドローンの中に安置すると、クロサキ先生はケンに「もういいよ」と言った。みんなが遺品や花を持ち寄ってファティマさんのまわりに並べ、それぞれお別れのことばを述べた。そのあと先生がファティマさんをどこへ運んだのか、ケンは知らない。もうトーキョーには斎場も焼き場もないのだから、きっと生前のファティマさんのことばや暮らしぶりを思い浮かべて、いちばん喜んでくれそうな場所へ連れて行ってあげたのだろう。

そんなことを思い出していると、ジョージさんの少しかすれた声が聞こえた。

「もう充分だ。思い残すこともない」

その顔には、寂しいような安心したような曖昧な表情が浮かんでいる。

「明後日は快晴の予報だから、その日に決めたんだ。もう知事さんたちにも頼んである」

ケンはどう言ったらいいのかわからず、口の中でもごもごつぶやいて、視線を落としたまま頭を下げた。

ジョージさんの家に配達をするようになって、まだ一年も経っていない。それなのに、もうおしまい。ジョージさんの時間はあと二日で終わるのだ。三日後の世界に自分がいないと知っているとき、人はどんな思いで今を生きることになるのだろう。


その日はＡＩが予想した通りの秋晴れだった。午前中にブンカンのラウンジでお別れ会がおこなわれた。トーキョーに住むほぼ全員が顔を見せたが、半数ほどはヴァリアでの出席だったので、軽食とお茶の用意にもそれほど手間はかからなかった。みんなに連絡をまわしたのだけれど、ルナさんとオルガさんからは返事が来なかった。

お別れ会には特別の挨拶もなかったし、儀式もなかった。中央のソファーにすわったジョージさんを取り囲む形に小さなテーブルや椅子が並べられ、みんながそれぞれにとりとめのない話を交わすだけだった。補聴器をつけたジョージさんは、話しかけられるたびに首を動かし、少し震える声でにこやかに答えていた。

話題はたいていトーキョーにまつわる思い出話だった。こういった席では、それが慣例のようになっている。集まった者の多くはこの町が誕生して以来、ここでいっしょに暮らしてきた。それより前の時代を知っている者も少なくなかった。彼らが少年少女だった頃、トーキョーは東京という名の日本の首都で、かつての巨大都市の風貌をまだいくらかは残していた。何万人もの人々が暮ららす街は、見知らぬ顔であふれていた。新宿の高層ビル群は活動をつづけていたし、銀座の表通りにもまだ賑わいは残っていたのだ。

「ねえ、覚えてる？『銀座ＧＰＴ』っていう空中庭園。買い物をする人を眺めてるだけで、ファッションショーみたいに華やかでさ」

「もちろん覚えてる。懐かしいわ」

「渋谷の地下クラブ、と言っても若い者にはわからんだろうな。古いターミナル跡を改造したレトロな店に若い子が集まって夜通し騒いだもんだが」

「わたしは子どもの頃、六本木のフェアリーランドによく連れて行ってもらったわ。ヒューマノイド・アイドルのショーのときなんかすごい人出で、いつもお祭りみたいだった」

「へえ」と知事さんが口をはさんだ。

「六本木っていえば小さい頃の遊び場だったけれど、お化け屋敷みたいな廃墟があちこちにあってねえ。あれがそのフェアリーランドとかいうものの成れの果てだったのかな」

「あんたはまだ洟垂《はなた》れ小僧だものね。大人の話はわからないのよ」

知事さんはちょっと笑顔を見せた。もう八十歳近いのだが、自分の「若さ」をからかわれるのが好きなのだ。

「あの頃はとにかく、どこもかしこも賑やかだったね」

「それがこんなになるなんて」

「サッポロ移転が決まったときの大騒ぎ、覚えてる？　あたし中学生だったんだけどさ、国会前に行ってみたのよ。そしたら移転反対のデモで埋め尽くされてるじゃない。あんなに大勢の人をこの目で見たのは最初で最後ね」

「私は高校生だったよ。東京がなくなるのが嫌で、そのデモにも参加したんだ。みんなが出て行ったときは辛かった。誰もいなくなった都心部をひとりで歩きまわってね。泣きたい気持だったよ。最後は銀座の大通りのど真ん中に寝っ転がってみた。空の青さが目にしみたなあ」

「あれから火が消えたように寂しくなったわね」

「それでも千人近く残ったんだから大したものさ。あの頃はまだ、よそから流れてくる人もいたし」

「私が物心ついた頃は、もうそんなにいなかったよ。それに、どんどん出て行くばかりだったような気がする」

「みんな結局は出て行くのさ」

「あちらへ行く人は別にしてもね」

「ジョージが逝ったら、あと何人だ？　三十七人か？」

「わたしもそろそろ、と思っているのよ。身体はつらいし、頭はぼけるし、何もいいことないんだもの」

「うちも旦那がほとんど動けなくなっちゃってさ。自分も似たようなもんだから、もう疲れたわ」

「そのときはどこへ行くつもり？」

「最後は海が見たいなあ。江の島のあたりがいい。最近よく、広い砂浜に波が打ち寄せる景色を夢に見るようになってね。どこまでもつづく浜辺を、若い頃のあたしが駆けていくの。まるで空を飛んでるみたいに軽々と走れるのよ。ああ、これは夢なんだってわかっているんだけど、まだ覚めないでって祈りながら風を切ってどんどん走っていくの」

「わたしはできれば街がいいな。飯田橋で育ったから、あの頃に戻って懐かしい風景を眺めながら逝きたいわ。でも、もう無理よね。崩れた街並は見たくないし」

「あとの始末で迷惑をかけることさえなきゃ、あたしゃ今の家でいいんだけど……」

「わたしはまだ逝かないよ」と思いつめたような声が響いた。声のした方にみなが振り向くと、ベッドに横たわったままのイシハラさんが、ヴァリアの映像の中で食いしばった口元を震わせていた。イシハラさんももう百歳を超えている。選択死と自分葬を話題にする声を聞くと、介護を受けて寝ているだけの自分への当てつけのように思えるのだろう。一瞬、気まずい沈黙が流れた。スチュワートさんは何か言いたそうに口を半分あけたまま首を振っているし、マサコさんは険しい顔で眉を顰めている。

「大丈夫。あんたは百五十歳まで生きるさ」と、知事さんがつとめて明るい声で言った。それからちょっとしんみりした口調になって「そのときは私を看取ってくれると嬉しいね」と付け加えた。


出発の時間になった。大型ドローンの操縦席にクロサキ先生が乗り込み、ケンがジョージさんを介助して中央の席に座らせた。こちらを見つめているアキに目で軽く合図をしてから、ジョージさんの隣に腰をおろす。チョンボが勢いよく飛び乗ってきた。後ろの席にはまず知事さんが座り、つづいて何十年来トキさんの親友だったミヤコさんが乗り込んだ。

「私もついて行っていいかな」と、長年の囲碁友だちのヴィックさんもドアに手を掛ける。

ほかの人たちはここでお別れとなった。ケンの母親はみんなの後ろで少しおろおろとした様子を見せている。ドローンまで近づいて最後のことばをかける勇気が出ないのかもしれない。

「行ってらっしゃい」

「行ってらっしゃい」

みんなの挨拶にジョージさんは片手を少し持ち上げて答えた。

「ありがとう。いい人生だったよ」

クロサキ先生はドローンを東に向けた。ジョージさんの希望で、東京の上空をしばらくまわることになっているのだ。秋晴れの空に、薄いうろこ雲が浮かんでいる。

ドローンが進むにつれて後ろの席からは、ほら新宿だ、赤坂だ、皇居だ、と賑やかな声が響いてくる。クロサキ先生もときどき振り返って、あそこが上野ですよ、浅草ですよ、とジョージさんに声をかける。ジョージさんはうなずきながら、片手をチョンボの背中に乗せたまま、窓の外に視線を向けている。でもその目はどこか虚《うつ》ろで、何も見ていないようにも見える。

ケンもいろいろな地名を聞きながら、眼下に広がる風景に視線をさまよわせていた。このあたりが全部、昔の東京の中心地だったのだ。しかしケンの目には、どこも野生の森に浸食された、同じようなコンクリートの廃墟としか思えない。

ドローンは大きく旋回して、今度は南西の方角へと向かった。前方の林から小鳥の群れが騒がしく飛び立ったかと思うと、真上から一羽の大きな鷹がその中に飛び込んでいった。

やがてかなり大きな川が見えて来た。ジャングルのように生い茂る緑の中を悠々と蛇行して流れるありさまは、ミニチュアサイズのアマゾンのようだ。

「多摩川だな」と、ヴィックさんが言う。

「そう、二子島というのがあってね」と、ジョージさんが答える。

「あれだ、あそこの前に降ろしてもらえないかな」

河川敷は広々としており、川べりには白い砂利がきらきら輝いている。これだけ開けた場所ならば、少なくとも昼間のうちは野獣に襲われることもないだろう。

ドローンから荷物をおろし、ジョージさん愛用の椅子を川の流れに向けて置く。ジョージさんを支えて座らせ、やはり愛用の肩掛けとひざ掛けで身体を包む。サイドテーブルの上に飲み物と薬、そしてヴァリアのリモコンを載せる。チョンボは落ち着かない様子で川っぷちをちょこちょこ走りまわっている。

すべてを整え終えると、みんな口をきかなくなった。思い思いの場所で、川の流れを見つめながらたたずんでいる。

川面は無数の小魚のように、きらきらと太陽の光を反射している。流れの速い浅瀬では水泡がつぎつぎに生まれては消えてゆく。小さな砂州に向かって不規則に頭を出した石の列は、ずっと以前に誰かがここを渡っていた名残のようだ。

「昔トキと何度もここに来たんだよ、こんなよく晴れた日にね」そうつぶやくジョージさんの声は張りがあって、少し若返ったような気さえする。

「いい場所だねえ、空気がきれいだ」と、知事さんが答える。

ほかのみんなは黙ったまま、ゆったりと流れる川の音に耳を澄ませている。そよ風が顔をなぶり、川下のほうへと吹き抜けてゆく。

やがてジョージさんが顔を上げ、はっきりした声で言った。

「もういいよ、ありがとう」

お別れのときは、あまりぐずぐずしないのが礼儀だ。

まず知事さんが近づいて、「さようなら」と握手する。

つづいてヴィックさんが、「さよなら。向こうで再会したらまた碁を打とう」と言って、握ったままの手を何度も振る。

クロサキ先生は膝を曲げて「さようなら」と言いながら、ジョージさんの手を両手で握り締める。

ミヤコさんだけは何も言えずに、よろよろと近づくとそのまま抱きついてしまった。「あ、あ」と声を振り絞り、しばらくしてから、ようやくとぎれとぎれにつぶやいた。「あなたまで逝ってしまったら、わたし、どうしたらいいの」皺の寄った瞼の下で、赤くなった目に涙が溜まっているのが見える。

ケンが最後だった。骨が浮き上がった手をそっと握って「さようなら」と言ったあと、ひとこと付け加えずにはいられなかった。

「ジョージさんのことはけっして忘れません」

ジョージさんはにっこり笑って、ケンを励ますようにうなずいた。

ドローンがふわりと浮き上がると、チョンボが見上げて、尻尾を大きく振りながら一声「ワン」と鳴いた。

それと同時にジョージさんの隣に、椅子に座った女性の姿が現れた。トキさんだ。ジョージさんがリモコンのボタンを押したのだろう。何歳くらいのトキさんなのか、上空からはよくわからない。

二人と一匹の姿がどんどん小さくなってゆく。

帰りの道は静かだった。

ドローンは真っすぐにトーキョーへと向かう。ミヤコさんは窓の外に目を向けたままだ。

「サッポロへの定期便も最後になるようだねえ」と、知事さんが誰に向かって言うともなくつぶやいた。

サッポロの政府は今も週に一度軽便ジェットを飛ばしている。垂直離着陸のできるごく小さなジェット機で、申し訳程度に運航をつづけているだけだが、トーキョーのほかオーサカ、カナザワ、カルイザワなど、ある程度の住民がいるコミュニティーを巡回して、病人の搬送や必要な物資の供給をおこなっているのだ。しかしそれも今度の便で最後ということらしい。

「何かあったら、臨時便は出してくれるさ」と、ヴィックさんが答えた。

「どうかな。もうパイロットも歳だし、サッポロは最近私らに冷たいからね」

「じゃあドローンを使って、休み休み行くしかないか」

「自分で操縦して行くのは、私にはもう無理だろうな」

「サッポロからの国際便だって、いつまで続くやら」

「南半球への便は、そろそろ危ないようだね」

ミヤコさんは相変わらず窓の外を見つめている。

みんなをそれぞれの家に送り届けたあと、クロサキ先生は最後に残ったケンに「少しドライブしないか」と声をかけた。

ふたりを乗せた大型ドローンは、どこまでも青く輝く空の中を高く高く昇ってゆく。

「きみはいつまでトーキョーにいるつもりなの？」とクロサキ先生がいつになく真剣な口調で尋ねた。しかし答も待たずにことばをつづける。

「さっき上野の上空を通っただろう。あそこにはいろいろ美術館があってね。今もたくさんの絵や彫刻が収められているはずだ。でも、それを見る人はもういない。そこにあることさえ忘れられて、建物といっしょに朽ち果てていくんだ。

ニュースで聞いたけれど、パリももうすぐ町仕舞いをするらしいね。ルーヴルやオルセーはどうなるんだろう。『モナリザ』や『ミロのヴィーナス』ぐらいは持ち出すと思うけれど。でもどうあがいたところで、すぐに見る人はいなくなる。『モナリザ』はどこかの壁にかかったまま謎の微笑を浮かべつづけているのに、それを見る人間が一人もいなくなるんだ。悔しいなあ。

そういえばずっと昔の話だけれど、ある前衛的なアーティストが、自分の作品を誰にも見せずに箱の中に封じ込めたうえで、開ければ発火して全部燃えてしまう装置を取り付けたんだそうだ。馬鹿な話だね。今ならわざわざそんなことをする必要もない。世界中のあらゆるものが、そういう運命にあるんだから」

ケンは黙って聞きながら、図書館のことを考えていた。

ぼくがいなくなれば、あそこを訪れる人は誰もいなくなるだろう。あのたくさんの本を書いた人、印刷した人、製本した人、整理番号を振ってラベルを貼った人、ネットに登録した人、そして一冊ずつ順番に棚に並べていった人。みんなそういう作業に意味があると信じて、こつこつと仕事をしてきたはずだ。でも、ぼくがいなくなれば、それが全部忘れられてしまう。本そのものは残っているのに、その意味はすべて消えてしまう。

何千年にもわたって人類が築いてきた文明がもうすぐ終わる。

クロサキ先生はことばをつづけた。

「小説を書いているって、前に話したことがあっただろう。小説といっても、このトーキョーを舞台にした僕たちの、まあ一種の記録のようなものなんだけれど、ときどき虚しくなるんだよ。なぜこんなものを書いているんだろうって。どうせ読んでもらえないんだからね。人類は残り三百年として、日本語はせいぜい百年ちょっとかな。今だって日本語の小説を読む人なんか、もういないのかもしれない。

でもね、やっぱり何かを形に残したいんだよ。自分が生きた証しのようなもの――まあ、そんなことを考えるから人類は滅びるんだろうけれど……

実を言うとね、いつかきみに読んでもらいたい、僕はそう思って書いているんだ」

それからあわてたように、「いや、心配しなくていい」と大きく両手を振り、またあわててハンドルを握りなおした。

「べつに本当に読んでくれなくてもいいんだ。読者のことを想像しないと書けないものだから、きみの姿を勝手に思い浮かべているだけだよ。でもね、そういうわけだから、どこに行っても連絡だけはしてほしい。きみがどこかで元気に生きていると思うと、それだけで安心できるんだ。なにしろ僕にとってケンは、たった一人の未来の読者なんだからね」

＊

夜になると激しい風が吹きはじめた。昼間の晴天が嘘のようだ。

ケンの頭に、きらきら光る川の流れをじっと見つめているジョージさんの後ろ姿が浮かんだ。でも心配する必要はない。ジョージさんはもうチョンボといっしょにあちらへ行っているはずだから。

ケンは明かりを消して、布団の中にもぐりこんだ。荒れ狂う風の中から、ヒューヒューとか細い口笛のような音が聞こえてくる。その悲し気な声を聞きながら、ケンはクロサキ先生が書いているという小説のことを思い返していた。

ずっと先のいつかある日、センセーから一冊の本が送られてくる。きっとずっしりした手ごたえの本だ。本が届くとき、ぼくは今のセンセーくらいの年頃になっているだろう。いや、もっと歳をとっているかもしれない。その本にはすでに消滅したトーキョーのことが書いてある。世界の外れの島国にあったトーキョーという小さな町で、ずっと昔ぼくらがたしかに生きていたことが書いてある。ジョージさんとトキさんの生涯も書いてある。心配性の母のことも、親切なジェシカさんのことも書いてある。ルナさんとオルガさんのことも、イシハラさんのことも、植物状態の人のことも書いてある。ケンという名の少年と、アキという名の少女がその町で暮らしていたことも書いてある。センセーが二人を相手にどんな話をしたかも書いてあるし、その二人がいつもいっしょにいて、どんなに仲が良かったかも書いてある。そして、そのあと二人がどうなって、どんな未来を共に生きることになったかもきっと書いてある。ぼくの知っているトーキョーと、ぼくの知らないトーキョー。これまでのこととこれからのこと。それらが全部書いてある。その本を読むのはぼくだけだ。

ケンは寝返りを打った。ドライブのあいだのセンセーのことばが、ひとつひとつよみがえってきた。

「この歳になってね、何かを思い出せそうで思い出せないことがよくあるんだよ。そんなときは、とても切ない思いだけが胸に残る。あれは二度と戻ってこないんだと思ってね」

「僕はね、たくさんのことを忘れてしまった。大切な瞬間がいっぱいあったはずなのに、みんな消えてしまった。どうして覚えていられないんだろう。せっかくいろいろな人と出会って、いろいろな経験をしてきたのに……」

「でもね、だから書かずにはいられないんだ。僕の心の中に残っていることを。本当にあったことかどうかわからなくても書いておきたい。自分が覚えていることだけは、せめて書き留めておきたい」

センセーの気持はわかる気がした。寂しさや悔しさ、それに大事なものを残しておきたいという思いも充分に伝わってきた。

でもその一方で、大人たちはずるいとも思う。

ぼくには最初から、身にしみるような思い出なんてほとんどない。十六年近く生きてきたのに、ぼくはまだちっとも生きていないような気がする。

荒々しい風に乗って遠い森の声が響いてきた。野生の木々がざわざわと騒いでいる。その中から無数の獣たちの叫び声が聞こえてくる……

何かの気配がして、ふと目が覚めた。部屋の中は暗い。向こうのドアのあたりに、ぼんやりした白い影が浮かんでいる。それがゆっくりと動いている。小さな白い影。アキだ。アキじゃないのか？　呼びかけようと思うのに声が出ない。金縛りにあったように身体が動かない。白い影が近づいてくる。アキは裸だ。夢か。それともヴァリアの映像なのか。裸のアキがそこに立っている。白い身体は少年のように細いのに、胴はさらに細くくびれ、小さな胸の丸いふくらみが芽生えかけた女の性を主張している。

アキは黙ったまま布団の中にもぐりこんでくる。温かい肌がぴったりと押し当てられる。陶器のようにつるつるしているのに、微熱があるように火照って、みずみずしく弾む柔らかい肌。熱い吐息が頬にかかり、ふっと耳をかすめる。夢じゃない。

「アキ！」とつぶやきながら、ぼくはその身体を強く抱き締める。

「ケンちゃん」と、アキが思いつめたような声を出す。

「あたし出て行く。今度の最終便で。ママには悪いけど、もう決めたの。もっと広い世界が見たい。もっとたくさん、もっと自由に生きたいの」

そのことばを聞いてもなぜか驚きはない。アキの気持はずっと前からわかっていたような気がする。夢の中で何度も聞いた台詞をまた耳にしているような既視感を覚えながら、ぼくは生き生きと弾むその身体をいっそう強く抱き締める。

「シュウト君がね、トロントにおいでって言ってくれてるの」

（何だって！　シュウトが？　それではずっと連絡を取り合っていたのか！　ぼくにはひとことも

言わずに……）

「もっと広い世界に出ておいでよって。大きな町に来て、楽しく暮らせばいいじゃないかって。こっちには何でもあるからって」

（世界は広くなんかない。もうすぐすべてが消えてなくなるのに）

「だからね、ケンちゃんもおいでよ。いっしょに行こうよ」

（ここを離れて何をしようっていうんだ）

「トロントには子どもや若い人がまだいっぱいいる。あたしたち、二人っきりじゃなくなるんだよ」

（二人っきりじゃなくなる？　どうして二人っきりじゃいけないんだ！）

ぼくの手の下で息づいている温かい身体が、蛇のようにくねる。魚のように跳ねる。生命力でいっぱいの淫らな尻と胸が、ぼくの心と身体をさいなみ、圧迫する。

「行こうよ。ねえ、あっちに行こうよ。自由に生きられるところへ行こうよ」

アキは懸命にぼくを誘っている。でも誘惑するこの身体からは裏切りの声が響いてくる。ぼくにはわかる。柔らかい肌のこのなまめかしい動きは後ろめたさの証しだ。蜜のように甘やかで、炎のように熱いこの吐息は、偽りの棘《とげ》を隠している。でも、その棘はなんと愛しくぼくの胸に突き刺さることだろう。不実な心を秘めたこの肌は、なんと切なくぼくのすべてを包み込んでくれることだろう。

「ケンちゃん、ねえ、ケンちゃん！」

唇を押しつけて口をふさいでも、アキはぼくの名前を呼びつづけている。

産毛の生えたうなじを撫で、細い首筋に手をかけても、アキはぼくを呼ぶのをやめない。

「ケンちゃん、ケンちゃん！」

その声がぼくの下で少しずつか細くなり、遠ざかっていくようだ。

若い草食獣のように温かく息づくアキの身体をつぶれるほど強く抱き締めながら、ぼくは遠い風の音を聞いている。風がだんだん強くなる。

その風を正面から顔に受けながら、ぼくはたったひとりで高い塔の上に立って、トーキョーの廃墟を見下ろしている。

もうここには誰もいない。

最後のピクニック

「おいしいものを食べに行こう」と、かをるさんが誘いに来てくれた。

かをるさんはグルメだ。ご馳走には目がない。そのうえ熟練したサバイバーだ。どんな過酷な環境に置かれても生き延びるすべを知っている。身体にいいものと悪いものを一目で見分けて、毒のあるものには近づかず、食べられるものは何でもぺろりと平らげてしまう。

その点がわたしにはむしろ心配だ。かをるさんは恐れを知らないし、健康的すぎる。のこのこついて行ったら、何を食べさせられるかわかったものではない。

「おいしいものって……お皿にのっているものかな?」と、おそるおそる尋ねてみる。

「お皿?」と、かをるさんはちょっと馬鹿にしたように笑う。

「あのね。おいしいものは生きているんだよ。おいしさの素は生命力なんだ」

やっぱりそうだ。生きて動いているものを捕まえて、そのままむしゃむしゃ食べてしまおうというのだ。

でもこのあたりに、生命力の強い生き物はあまりいないはずだ。いったいどこへわたしを連れ出すつもりなのだろう。

「今日はちょっと遠出をしたいな。カニを食べに行こう」と、かをるさんは舌なめずりをする。

「今が旬《しゅん》だからね。ぷりぷりした身がいっぱい詰まっていて最高だよ。それに森へ行けばキノコが花盛りだ。オドリタケが踊っているし、スッポンタケが絡み合っている。カニとキノコの取り合わせって、たまんないよね」

「旬」とか「盛り」とかいうのは苦手なことばだ。初心者のわたしには季節の感覚がよくわからない。時間はいつもどんよりとしていて、昨日も今日も同じように流れている気がする。でも、かをるさんが言うのだから間違いないのだろう。今はきっとカニがぷりぷりして、キノコが踊っている季節なのだ。

「わかった。でもね……」と、わたしはもう少し抵抗を試みる。

　実を言うと、しばらく前からあまり体調が良くないのだ。目が覚めると一晩中悪い夢を見ていたようにぐったりして、全身に汗をかいている。関節が硬くなり手足がこわばって、身体を伸ばそうとするとばりばり音がする。皮膚も乾燥して黒ずみ、ところどころひび割れが走っている。そんな状態だから出かける気にもならないし、食欲なんてほとんどない。べつに痛くも痒《かゆ》くもないけれど、自分の身体が自分のものではなくなったような気分だ。その証拠に心臓が勝手にあちこち移動しているみたいで、子どもが打ち鳴らす太鼓のように不規則な鼓動が、身体中のいろいろなところから響いてくる。

「だから遠出はちょっと……」

「大丈夫。きっとあれだよ」と、かさかさに荒れたわたしの手を面白そうに見ながら、かをるさんは明るい声で言う。

「そうかなあ」

わたしにはあまり自信がない。

「うん、間違いない。そういうときは、おいしいものをいっぱい食べるといいんだ」

かをるさんは自信たっぷりだ。その顔はよく見るとカエルに似ている。口が一文字に長く伸び、キョロリとした丸い目が、あさっての方向に少し飛び出している。以前はこんな感じじゃなかったような気がする。もっと産みたての卵みたいに丸くつるりとしていたような記憶があるけれど、はっきりとは思い出せない。なにしろサバイバーなのだから、少しぐらい顔が変わることもあるのだろう。

「じゃ、出かけようか」

わたしの不安を無視して、かをるさんは勢いよく飛び出してゆく。仕方なくわたしも、その後についてゆく。


いつものように外は薄暗く、黄色い靄《もや》におおわれていた。昼だか夜だかもわからない。ねっとり湿った靄は海流のようにゆっくりと渦を巻いて流れ、その中をこまかい砂粒が舞っている。大きな粒も浮かんでいるらしく、乱反射する光がときどき目を撃つ。なまぬるい空気が全身にまとわりつく。降り積もった砂に足を取られながら歩いていると、涸《か》れた温泉の底にたまった汚泥の中をさまよっているような気分になってくる。

このあたり一帯はＴＨＣと呼ばれている。正式には「特別変形地域」というのだそうだ。どういう意味なのかは知らない。きっとほかの場所にくらべて、何かが特別に変形しているのだろう。そのせいか高圧電線が張り巡らされているように空気がピリピリ震え、神経に響くノイズがたえず発生している。まるで工場で作られた機械の虫たちが助けを求めていっせいに鳴いているみたいな音だ。もしかしたら空間全体がゆがんでいるのかもしれない。

ＴＨＣは一種の砂漠だと言われている。「一種の」と言ったのは、もちろんほんとうの砂漠ではないからだ。ほんとうの砂漠というものは、目がくらむほど白い砂が大きく波を打ちながらどこまでもつづいているものらしい。海原のように広がる一面の砂の上に、真っ青な空から太陽の強烈な光が降りそそいでいるという話も聞いたことがある。

ここには太陽もなければ空もない。何もかもが曖昧だ。外の世界を知らない穴居人が「砂漠」ということばを聞き齧《かじ》って、想像の中で闇雲に作りあげた巨大な砂場みたいだ。穴居人たちはきっとまわりにあるものをすべて打ち砕いて、ざらざらした砂に変えてしまったのだろう。

灰色に広がる砂の上には、廃墟の影がいくつも蜃気楼《しんきろう》のように浮かんでいる。屋根が割れたドームのようなものもあれば、ただの瓦礫の山もある。おぼろな人影がそのまわりを動いている。崩れかけた壁に沿って、一列に並んでゆっくりと歩いてゆく人々がいる。のどかに散歩しているようにも見えるし、どこか遠いところへ連行されてゆくようにも見える。ところどころに根元が埋まった塔のようなものもあって、盛り上がった砂の丘から尖った頭を突き出している。その前で、じっとたたずんでいる人がいる。祈るようにひざまずいている者もいる。

「ご先祖様たちだね」と、かをるさんが言う。

「あの人たちは昔、ここで暮らしていたんだ。ここは以前『街』って呼ばれていたんだよ。ほら、崩れかけたあの建物。内側に仕切りがあるのが見えるだろう。言い伝えによると、ご先祖様たちは昔あの中に住んでいたんだ。そして、ときどき窓から顔を出して外にいる人と話をしたり、テラスに出てお茶を飲んだりしていたっていうことだよ。日曜日になるとみんなでピクニックに行って、日の当たる芝生の上でお弁当を広げていたっていう話も聞いたことがある。なんのことだか、わけがわからないよね。日曜日とかピクニックとかって知ってる？」

「うん、知っているような気がする」

何気ないふりで答えたけれど、内心ではうろたえて、声がちょっぴり震えてしまう。芝生の上でお弁当を広げている人々の姿がはっきりと目に浮かんでくるからだ。その人たちは輪になって座り、楽しそうに笑いながら話をしている。今のご先祖様たちからは想像もつかないほど、明るくて屈託のない表情だ。空は青く輝いて、木々のあいだから小鳥の声が聞こえてくる。魔法瓶の蓋をあけると、湯気といっしょに温かいお茶の香りが立ちのぼって、思わずうっとり目を閉じてしまう。なんでこんな光景が浮かんでくるんだろう。そんなことあるはずもないのに、自分も昔そうやって暮らしていたような気がしてくる。だって目鼻もはっきりしないあの人たちの顔には、なんだか見覚えがあるんだもの。ここに来てご先祖様たちがゆっくり歩いているのを見ると、いつも昔の人々の暮らしを想像してしまう。すると動悸が速くなり、ふだんよりもっと乱れてくる。まるで心臓が身体の中を飛びまわって、遅すぎる警鐘をけたたましく鳴らしているみたいだ。

THCができたのは「あのとき」からだと言われている。わたしは初心者なので、もちろん「あのとき」のことは何も知らない。サバイバーのかをるさんだって、それがいつのことで、どういうことが起こったのか知らないはずだ。わかっているのはただ、そのときに街が砂漠に変わり、ご先祖様たちがこのような姿になってしまったということだけだ。ご先祖様たちはそれ以来、黄色い靄の中をさまよい歩き、埋もれた塔に向かってときどき虚しい祈りをささげている。

伝えられている話によると、「あのとき」世界の中身は半分ほど消えてしまったらしい。何が消えたのかは、今となっては知りようがない。ことわざにもあるように、「消えたものは消え、残ったものが残った」のだ。ともかくそれ以来、世界は半分になった。わたしたちは今、半分の世界で暮らしている。現在の世界が半分になった結果、未来は四分の一になってしまったということだ。きっと未来のそのまた未来は、八分の一しか残されていないのだろう。

「でも今のところ半分は残っているんだよ」と、かをるさんは言う。

「残されたものにとっては、それが全部さ」

かをるさんはご先祖様のことなど気にかけてもいない様子で、ゆらゆらと腰を振りながら前へ前へと進んでゆく。わたしはついて行くのがやっとだ。だんだん廃墟の影がまばらになってきた。このあたりから先は、覚えているかぎりでは足を踏み入れたことがない。べつに禁止されているわけではないけれど、あまり遠くまで行きたいとは思わない。わたしの居場所はＴＨＣなのだ。

やがて行く手に、褐色の筋がぼんやり見えてきた。砂漠を区切る地平線みたいだ。近づくにつれて地平線は太くなり、無数の細い縦縞に分かれはじめた。どうやら小さなのぼり旗のようなものが密集して地面から生え、左右の視界の果てまで伸び広がっているらしい。

近くまで来ると、のぼり旗は見上げるほどの高さになった。その正体はコンブによく似た異様に丈の高い植物だ。枝も葉もなく、分厚い褐色の布地のような茎がどこまでも伸びあがり、黄色い風にゆらめいている。まるで海底の砂の上を歩いていて、巨大なコンブの森に行く手をさえぎられたみたいだ。

「これは砂防林だよ」と、かをるさんが教えてくれた。

「まあＴＨＣの有害物質を抑えるフェンスみたいなものだね。でも気をつけなきゃいけないよ。フェンスは出入りを止めるのが役目だから、油断してると捕まってしまう」

「捕まったらどうなるの」

「そりゃ食べられちゃうさ」

かをるさんは事もなげに言う。

「ほら、見てごらん」

ちょうど長い尻尾を生やした大きなゴキブリのような生き物が、砂の中から這い出てきたところだ。ネズミのように太ったゴキブリは、コンブの茎をするすると上ってゆく。柔らかそうな部分を見つけると、ひげを震わせながら齧りはじめた。すると齧られているコンブの茎から長い触手のようなものが伸び出し、鎌首をもたげた蛇のように、ゴキブリの太った身体に巻きついた。どうやらコンブとゴキブリは、おたがいに食べ合って暮らしているらしい。

「わかっただろう。でも怖がらなくていいよ。こいつらは鈍いからね」

そう言いながら、かをるさんはコンブの林の中に平気で入ってゆく。わたしもあわてて後を追う。隠れた触手に用心しながら速足でコンブのあいだをすり抜けてゆくと、案外早く向こう側に出ることができた。コンブたちはたしかに砂防林を形成しているらしく、足元の地面が急に固くなった。

砂ばかりでなく黄色い靄もいつのまにか消えている。

「ほらね」と、かをるさんがわたしを見て得意そうに言う。

「ＴＨＣの外に出たのは初めてなんだろ。外はこうなっているんだ。砂もなければ靄もない。気持がいいよね。だからフェンスのあっち側に行くときは、いつもちょっと気が滅入るんだ。なにしろ特殊廃棄物貯蔵所っていうくらいだものね」

「えっ！」とわたしは思わず叫んでしまった。

「ＴＨＣって特別変形地域っていう意味じゃないの？」

「そう思っている人もいるみたいだね。まあ、どっちでもいいんじゃないかな。ＴＨＣはＴＨＣだよ」

廃棄物だなんて。わたしは自分の居場所の品位を落とされたような気がして、少し傷ついた思いを抱えながら周囲を見まわす。靄は消えたけれど、あたりはいっそう暗い。それに空気が重くて澱んでいる。これならＴＨＣのほうがましじゃないだろうか。暗さがそのまま四方から押し寄せて全身を圧迫してくるようで、ただでさえ体調の悪いわたしにはかなりこたえる。地下の狭い洞窟に押し込められたみたいだ。

「このあたりはまだＴＨＣの周辺ゾーンだからね。空間が詰まっているんだ。世界が目詰まりを起こしているっていうのかな。たとえば、ほら、瓶の首って細くなっているよね。あんな具合だよ」

「そのせいかな、なんだかわたしの中も詰まってるみたい」

「大丈夫、大丈夫。さあ、行くよ」

かをるさんはもっと暗いほうへと向かって、またゆらゆらと腰を振りながら進んでゆく。そちらは急な上り坂だ。それに地面がでこぼこしている。すぐに息が切れてきた。おまけに耳鳴りまではじまった。なんとか脚を交互に踏み出すけれど、関節がすっかりこわばってしまって、まるで役に立たなくなった二本の棒切れみたいだ。かおるさんは熟練したガイドのように、颯爽《さっそう》と前をゆく。

「どこまで行くの？」わたしは喘ぎながら尋ねる。

「瓶の外だよ」前の暗がりから声がする。

「ここから出たところが、世界が交わる場所なんだ。そこで十字路みたいに世界が交差している。昼と夜、海と山、オスとメス、生きているものと生きていないものが混じり合う。おいしいものはそこで生まれてくるんだよ」

ようやく奥のほうにぼんやりとした明るさが見えてきた。無数の小さな光が、ホタルのように点滅をくり返している。

「ツチボタルかな」当てずっぽうに尋ねてみる。

かをるさんは答えずに、振り返って言う。

「耳を澄ませてごらん。ほら、ささめいているよ」

そう言われてみると、耳鳴りはいつのまにか消えて、代わりに早口のささやきのようなものがかすかに聞こえてきた。ひとつやふたつの声ではなく、まるでおおぜいの小人たちが声を潜めててんでにおしゃべりをしているみたいだ。

「もう着いたよ。あそこが笹べりだ。世界の境目さ。境目には笹が生えるんだよ」

とたんにすっと圧迫感が抜けた。凝り固まっていた空気が、息を吹き返したように流れだし、喜び勇んで四方に広がってゆく。きっと瓶の外に出たのだ。

あたりは暗いけれど、なぜか明るい。広いけれど、果てがわからない。地面は固いけれど、苔を敷きつめたように柔らかい。涼しい風が吹いて、目の前で笹が揺れている。右も左も一面の笹藪だ。

笹は真っ赤に輝いて、ざわめいている。いや、赤いのは笹の葉じゃない。実がなっているんだ。指先ほどの大きさの真っ赤な実が鈴なりになっている。そして四方八方に自分勝手に揺れている。

「あれっ」と、わたしは思わず声をあげた。

「この笹の実、動いているよ。それに、しゃべっているみたいだ」

「それはね、ササガニっていうんだ。この笹藪は動物質だからね」

そう言われて目を近づけると、豆粒ほどの赤い実はたしかにカニの形をしている。糸のように細い脚を懸命に動かして、キシキシとかぼそい声をあげている。それが何千も何万もうじゃうじゃと笹の茎の先から生え出ている。

かをるさんは無造作に赤い実をひとつかみむしり取って、口の中に放り込んだ。むしゃむしゃと口を動かしながらわたしに声をかける。

「食べてごらん。おいしいよ」

おそるおそる手を伸ばし、一匹ぷちっと茎から千切り取る。するとササガニは小さな手足を蠢《うごめ》かせて指にしがみついてくる。思い切って口に入れて噛んでみた。歯ごたえはカニというよりはイクラに近い。割れて弾けた殻の中から汁がとろりとしみ出てくる。甘酸っぱいようでちょっと塩辛い不思議な味だ。殻もいっしょに呑み込んだが、こまかい繊維が歯のあいだに残った。食べ滓《かす》になっているのにまだもさもさと動いているのが、少し気持悪い。口をすぼめて吐きだすと、タンポポの綿毛のようなものが、風に乗ってふらふら飛んでいった。

かをるさんはもうササガニを食べるのをやめて、笹藪の奥のほうを見ている。そこは山裾のような斜面で、鬱蒼《うっそう》とした森になっている。幅広い笹の帯が、畳の縁《へり》のように森を取り巻いている恰好だ。

「あそこが穴場だな。あのあたりにいちばんおいしいご馳走があるんだよ」と、かをるさんは言って、そのまま藪の中に入ってゆく。すぐ後につづいたが、笹は密集していて藪を漕ぐのはけっこう大変だ。さらさらと鳴る笹の葉を両手でかき分けながら進むと、熟したサガニが茎からぽろぽろこぼれ落ちる。ささめきの声が不平を鳴らすように高くなる。

藪の上をふわふわと、クラゲのようにただよっている白いものがある。

「あれは何？」

「ああ、ヤマクラゲだよ。浮遊性のキノコさ。食べられるけど、あんまりおいしくはないね」

それから振り返って付け加える。

「言い忘れてたけど、ヤブサメには気をつけて。噛みつかれると痛いからね。大きな背ビレが見えたら、しっしって声を出して追い払えばいい」

わたしは怖くなって、かをるさんにぴったりくっつくようにして歩いてゆく。

やがて藪が切れて森に出た。見たこともない木がいろいろ生えている。

「これにするかな」

かをるさんは電信柱のように同じ太さでどこまでも高く伸びている木に近づくと、つるつるした幹に両手をかけてぐいっと押した。幹は弓のようにしなり、手を放すとその反動なのか、くすぐったがっているように腰をくねらせる。すると上からばらばらと、真っ赤な松ぼっくりのようなものが落ちて来た。地面に跳ねて転がった松ぼっくりたちは、二つの目玉を突きだして驚いたようにあたりを見まわし、それから左右に脚を伸ばして横向きに歩きだす。逆さにひっくり返ったままカメのように手足をばたばた動かしているやつもいる。なんだか楽しくなってきた。冗談を言いたい気分だ。

「ねえ、これってきっとマツバガニだよね。タラバガニもいるのかな」

かをるさんは答えてくれないけれど、カエルのような目をぎょろりとさせた。笑っているみたいだ。そして「こっちかな」と言いながら、今度は二本並んだ幹が螺旋のように絡み合って伸びている木に揺さぶりをかける。螺旋の木は痙攣を起こしたように震え、その振動がぐるぐるまわってずっと上の梢《こずえ》まで伝わったかと思うと、どすんと大きな音を立ててヤシの実のようなものが落ちてきた。下草の上に転がったヤシの実はゆっくりと身を伸ばす。ロブスターのような生き物が身体を丸めていたのだ。

「これこれ。これが今日のご馳走だよ」と、かをるさんが嬉しそうに言う。

「ヤシガニだね」と、わたしははしゃぐ。

かをるさんはヤシガニを両手でつかまえ、指に力を入れてぱりっと背中から二つに割る。そして半分をわたしに手渡してくれる。半身になったヤシガニは、中身の白い肉をひくつかせながら、長い髭を震わせている。

かをるさんにならって殻を両手で持ち、ぴくぴく跳ねている肉にかぶりついた。思いがけず脂《あぶら》が乗っていて、トロみたいだ。ぷりぷりした肉が舌の上でバターのように溶けてゆく。ほのかな磯の香りが鼻を打ち、栄養たっぷりの濃厚なスープが喉を流れ落ちる。

「おいしいねえ」と、わたしは夢中になってつぶやく。なかったはずの食欲が、お腹の底から大粒の泡のように湧き上がってくる。

かをるさんは「付け合わせも食べなきゃね」と言って、下草の中に入ってゆく。落ち葉からピンクの頭を突きだしているテングの鼻のようなものを見つけると、スッポンと引き抜く。銀色に輝くタマゴのようなものもいくつか掘りだしてくる。

もらったものはキノコのようだ。テングの鼻はマツタケの香りがするし、タマゴからはトリュフの匂いが漂ってくる。

「その通り。テングタケとタマゴタケさ」と、かをるさんは笑う。

テングタケはアワビのような食感だ。でも噛んでいると苦みの混じった貝の肉から森の香りが漂いだす。タマゴタケは軽く押すと、薄い皮が破れて黄金色《こがねいろ》の汁がとろりとあふれ出る。まるで名人が作った柔らかいオムレツみたいだ。わたしは一心にテングタケを齧り、タマゴタケの汁をすする。

「おいしいねえ、おいしいねえ」

するとなぜか、あの人にも食べさせてあげたかったなあ、という思いが湧いてきた。あの人は食べることがとっても好きだった。太陽の光が降りそそぐ芝生の上で、大きなおにぎりを頬張りながら無心に喉を鳴らしたり、好物の果物にかぶりついて唇の端から甘い汁を垂らしたりしていた様子が目に浮かぶ。こんな珍しいものをお弁当に持って行ったら、どんな顔をしただろう。きっと一口食べるごとに子どものように笑い、「おいしいねえ、おいしいねえ」と喜んでくれたにちがいない。でも「あの人」って誰のことだろう。ご先祖様のひとりだったのかもしれない。いずれにしても、もうあの人に食べさせてあげることはできない。だからわたしが食べるんだ。

「もっといっぱい食べるといいよ」

かをるさんはそう言って、いろいろなご馳走を取ってきてくれる。乱れ髪のように縺《もつ》れ合うオカヒジキ。芋虫のようにうごめく数珠《じゅず》つながりのムカゴ。バラの枝に咲いたイソギンチャク。

そのうえかをるさんは、これはウドンみたいにつるつる呑み込めばいいとか、これは硬い筋があるからこうやって引っこ抜くのだとか、上手な食べ方まで教えてくれる。

わたしは山海の珍味にむしゃぶりつく。「あの人」の代わりという気持で、手当たり次第に口に入れ、舐め、噛み、しゃぶり、呑み込む。なにもかも食べつくす。だんだんお腹がいっぱいになってきた。口の中がごちゃごちゃになって、舌も喉もとろけてしまいそうだ。そのうち目がまわって、足元がふらふらしてきた。

森が踊っている。遠い葉擦《はず》れの音が、わっしょ、わっしょ、というざわめきになって響いてくる。わたしの錯覚ではなさそうだ。かをるさんが何本も木を揺さぶったものだから、幹のくねりが次々に伝染して、今では森全体がお祭り騒ぎになっているのだ。

キノコたちもいっせいに飛び上がって、朦朧としたわたしの目の前で乱舞をくり広げる。マイタケが舞い、ワライタケが笑い、ハナガサタケが踊り、スッポンタケが首をもたげ、ナメコが這いまわる。妄想竹が狂い、根曲り竹がよじれ、傘を開いたツチグリはポップコーンのように弾け飛ぶ。

空中には半透明の小さな粒が無数に浮かんで、波を打つようにひしめき合っている。

「あれは何？」

「卵だよ。春だからねえ」

やがてあたりが白く霞みはじめた。霧が湧いてきたようだ。潮が満ちるように霧はしだいに深くなり、宙に浮かんだ卵を空の彼方に押し流してゆく。キノコたちは霧に隠れ、森のざわめきも次第に静まりはじめた。なんだか舞台が入れ替わってゆくようだ。

「山の時間が終わるよ」と、遠くを見ながらかをるさんが言った。

「これから海の時間だ」

濃い霧がさらに濃密になってきた。目に見えるほどの水滴が空中に漂っている。空気と水が混じり合い、どんどん重さを増してゆく。

思いがけない移り変わりに呆然と見とれながらも、わたしはお腹が苦しくてたまらない。あんまり欲張って食べ過ぎたせいだ。胃の中で石炭が燃えているように熱い。熱は全身に飛び火してゆく。もう動けない。近くの木の幹にもたれて、ぜいぜいと喘ぐ。頭の中が渦を巻いている。心臓は狂ったように飛び跳ね、その鼓動は巨大なシンバルの乱れ打ちかと思えるほどだ。

歯を食いしばり、手足にぎゅっと力をこめてみる。しかし全身が鎧《よろい》に覆われているみたいにこわばって、身動きができない。目に幕がかかったように視界が暗くなり、息をするのも苦しい。まるで生きたまま墓穴に埋められ、棺の中で悶えているみたいな気持だ。必死に手足を突っ張り、エビのように全身をのけ反らせる。墓の土を突き破ろうと、天に向かって全力で頭を伸ばす。

不意に背中に激痛が走った。同時にばきっと音がして、激しい衝撃が全身を貫いた。背骨に沿って皮膚が真っ二つに裂けてしまったようだ。神経が悲鳴をあげるけれど、痛みに耐えてさらにのけ反る。ばきっ、ばきばきっ、ばきっ。釘を打ちつけられた棺の蓋を割り裂くようにして、上半身が一気に解放された。すうっと痛みが引いてゆく。思わず口を大きくあけ、胸いっぱいに息を吸い込んだ。なんて爽やかな空気だろう。いや、空気じゃない。水みたいだ。大きく息を吐くと、口の中から泡がぶくぶくと湧きだし、一列になってまっすぐ上ってゆく。水だ。ああ、気持がいい。生命《いのち》の水だ。喜びのあまり、大声で叫んでみる。らららららー、るるるるー。不思議な声が耳に響いた。

自分の喉から出た音のようだ。これがわたしの新しい声なのだろうか。

　ふと横を見ると、かをるさんがわたしの様子を見つめていた。その顔はびっくりするほど美しい。大きな目がきらきらと輝き、少し開いた薄い唇にはあでやかな笑みが浮かんでいる。あんまり見つめていると、生まれ変わったばかりの魂が溶けだして、あの唇の中に丸ごと吸い込まれてしまいそうだ。

「やったね」と、かをるさんは嬉しそうに声をかけてくれる。

「うん、そうみたい」と、とわたしはちょっと照れくさい気持でうなずく。

　これでようやく、かをるさんの仲間になることができた。自分の新しい身体が誇らしい。さっきまで黒ずんでかさかさだった皮膚の代わりに、薄い緑色の皮がエメラルドのように全身を包み、その上につややかな半透明のウロコがきらめいている。

　足元にはくしゃくしゃになった薄い服のようなものが落ちている。わたしが脱ぎ捨てた人間の殻。こんな醜いものを着ていたのか。これまでのことはすべて、夢の中の出来事みたいだ。人間だったときの記憶はかすかに残っているけれど、だからといって特に思うことはない。あれこれ考えたり思い悩んだりしていたことは全部、ぺしゃんこの抜け殻の中に永遠に封じこめられたようだ。

　いつの間にか空には満月が出ている。丸い光が水面にゆらゆら揺れている。

　青白い海の子どもたちが列を作って、岩の向こうを通り過ぎてゆく。きっと一回目の脱皮を終えたところなのだろう。

　深い闇をたたえた大洋が、わたしたちを招くように広がっている。

「行こうか。みんな、待っているよ」

「うん」

わたしたちはヒレを大きく振って泳ぎ出す。

【著者略歴】

朝比奈弘治（あさひな・こうじ）

1951 年生まれ。翻訳家・フランス文学研究者。著書に、『フローベール「サラムボー」を読む——小説・物語・テクスト』（水声社）、『はじめて学ぶフランス文学史』（共著、ミネルヴァ書房）など、訳書に、レーモン・クノー『文体練習』（朝日出版社）、ジュール・ヴェルヌ『地底旅行』（岩波文庫）、アレクサンドル・デュマ・フィス『椿姫』（新書館）、エミール・ゾラ『パリの胃袋』（藤原書店）、ジュール・ヴァレス『子ども（上・下）』（岩波文庫）などがある。

夢に追われて

2023年9月25日初版第1刷印刷
2023年9月30日初版第1刷発行

著　者　朝比奈弘治

発行者　青木誠也
発行所　株式会社作品社
〒102-0072 東京都千代田区飯田橋2-7-4
TEL.03-3262-9753　FAX.03-3262-9757
https://www.sakuhinsha.com
振替口座00160-3-27183

装　幀　　水崎真奈美（BOTANICA）
本文組版　前田奈々
編集担当　青木誠也
印刷・製本　中央精版印刷株式会社

ISBN978-4-86182-995-6 C0093

【作品社の本】

嵐

J・M・G・ル・クレジオ　中地義和訳

韓国南部の小島、過去の幻影に縛られる初老の男と少女の交流。
ガーナからパリへ、アイデンティティーを剝奪された娘の流転。
ル・クレジオ文学の本源に直結した、ふたつの精妙な中篇小説。

ISBN978-4-86182-557-6

犬が尻尾で吠える場所

エステル＝サラ・ビュル　山﨑美穂訳

パリとカリブ海、一族の物語。
小さな島の一つの家族の歴史と世界の歴史・人・文化が混ざり合い、
壮大な物語が展開される——。カリブ海／全＝世界カルベ賞などを受賞し、
各所で好評を博した著者デビュー小説！

ISBN978-4-86182-940-6

アルジェリア、シャラ通りの小さな書店

カウテル・アディミ　平田紀之訳

1936年、アルジェ。21歳の若さで書店《真の富》を開業し、
自らの名を冠した出版社を起こしてアルベール・カミュを世に送り出した男、
エドモン・シャルロ。第二次大戦とアルジェリア独立戦争のうねりに翻弄された、
実在の出版人の実り豊かな人生と苦難の経営を叙情豊かに描き出す、傑作長編小説。
ゴンクール賞、ルノドー賞候補、〈高校生（リセエンヌ）のルノドー賞〉受賞！

ISBN978-4-86182-784-6

ブヴァールとペキュシェ

ギュスターヴ・フローベール　菅谷憲興訳

翻訳も、解説も、訳注もほぼ完璧である。この作品を読まずに、もはや文学は語れない。
自信をもってそう断言できることの至福の悦び……。——蓮實重彥。
厖大な知の言説（ディスクール）が織りなす反＝小説（アンチ・ロマン）の極北、
詳細な注によってその全貌が始めて明らかに！

ISBN978-4-86182-755-6

【作品社の本】

ル・クレジオ、文学と書物への愛を語る

J・M・G・ル・クレジオ　鈴木雅生訳

未だ見知らぬ国々を、人の心を旅するための道具としての文学。
強きものに抗い、弱きものに寄り添うための武器としての書物。
世界の古典／現代文学に通暁し、人間の営為を凝縮した書物をこよなく愛する
ノーベル文学賞作家が、その魅力を余さず語る、愛書家必読の一冊。
【本書の内容をより深く理解するための別冊「人名小事典」附】

ISBN978-4-86182-895-9

ビトナ　ソウルの空の下で

J・M・G・ル・クレジオ　中地義和訳

田舎町に魚売りの娘として生まれ、ソウルにわび住まいする大学生ビトナは、
病を得て外出もままならない裕福な女性に、
自らが作り出したいくつもの物語を語り聞かせる役目を得る。
少女の物語は、そして二人の関係は、どこに辿り着くのか——。

ISBN978-4-86182-887-4

アルマ

J・M・G・ル・クレジオ　中地義和訳

自らの祖先に関心を寄せ、島を調査に訪れる大学人フェルサン。
彼と同じ血脈の末裔に連なる、浮浪者同然に暮らす男ドードー。
そして数多の生者たち、亡霊たち、絶滅鳥らの木霊する声……。
父祖の地モーリシャス島を舞台とする、ライフワークの最新作。

ISBN978-4-86182-834-8

心は燃える

J・M・G・ル・クレジオ　中地義和・鈴木雅生訳

幼き日々を懐かしみ、愛する妹との絆の回復を望む判事の女と、
その思いを拒絶して、乱脈な生活の果てに恋人に裏切られる妹。
先人の足跡を追い、ペトラの町の遺跡へ辿り着く冒険家の男と、
名も知らぬ西欧の女性に憧れて、夢想の母と重ね合わせる少年。

ISBN978-4-86182-642-9

【作品社の本】

眠れる記憶

パトリック・モディアノ　山﨑美穂訳

記憶の芸術家、ノーベル文学賞受賞後の第一作。
小さな偶然と大きな奇跡——
忘却と想起を詰め込んだ、日本語版オリジナル編集の小説集。

ISBN978-4-86182-982-6

エトワール広場／夜のロンド

パトリック・モディアノ　有田英也訳

ナチ占領下のパリに蠢く闇商人、
ゲシュタポの手先、ユダヤ人コラボ（対独協力者）……。
モディアノの衝撃のデヴュー作にして翻訳不可能と言われた最大の問題作が、
遂に翻訳完成！　第2作『夜のロンド』も併載／詳細な解説、訳注、関連地図付き。

ISBN978-4-86182-552-1

迷子たちの街

パトリック・モディアノ　平中悠一訳

さよなら、パリ。ほんとうに愛したただひとりの女……。
2014年ノーベル文学賞に輝く《記憶の芸術家》パトリック・モディアノ、魂の叫び！
ミステリ作家の「僕」が訪れた20年ぶりの故郷・パリに、封印された過去。
息詰まる暑さの街に《亡霊たち》とのデッドヒートが今はじまる——。

ISBN978-4-86182-551-4

さびしい宝石

パトリック・モディアノ　白井成雄訳

愛されなかった私。嘘だらけのママンの本当の人生を探しにゆく。
果てしない孤独と人の優しさを描いた「もっともモディアノらしい名作」

ISBN978-4-87893-594-7